Goldmann S

Theodore Sturgeon

Von Theodore Sturgeon
sind außerdem lieferbar:

Das Geheimnis von Xanadu. 0188
Sein Name war Mensch. 0184
Venus plus X. 0181

THEODORE STURGEON

Tausend Schiffe am Himmel

THE WORLDS OF THEODORE STURGEON

Band 2

Utopisch-technische Erzählungen

WILHELM GOLDMANN VERLAG

MÜNCHEN

Made in Germany · I · 1112

 Die Science-Fiction-Erzählungen »The Worlds of Theodore Sturgeon« erscheinen im Wilhelm Goldmann Verlag als zweibändige Ausgabe: »Das Geheimnis von Xanadu« (Band 1), »Tausend Schiffe am Himmel« (Band 2). Aus dem Amerikanischen übertragen von Tony Westermayr. Ungekürzte Ausgabe. Umschlag: F. Jürgen Rogner. Gesetzt aus der Linotype-Garamond-Antiqua. Druck: Presse-Druck Augsburg. SF 0189 · L.: Schwoerer, H.: G. Hunger

ISBN 3-442-23189-2

Inhalt

Der andere Mensch

Als er sie wiedersah, schrie er beinahe auf – mit einem wortlosen, schmerzhaften Laut, einer geballten Silbe von fünf Jahren Einsamkeit, Zorn, Selbstbeschimpfung und jener Qual, die dem Opfer des ›anderen Menschen‹ eigen ist. Trotzdem beherrschte er sich, lenkte das Ganze mit einem geübten Reflex um zu einer Anspannung seiner Bauch- und Oberschenkelmuskeln hinter dem Schreibtisch, ließ den Schlag fallen, wie er sollte, unbeobachtet.

Äußerlich hatte er sich in der Gewalt. Es war sein Beruf, die Sprache der Lider, Kiefermuskeln, Lippen zu kennen, und es war seine besondere Geschicklichkeit, sie stumm zu machen. Er stand langsam auf, als seine Krankenschwester sie hereinführte, und während sie die drei kurzen Schritte auf ihn zuging. Er betrachtete sie mit leidenschaftsloser Wildheit.

Er hätte sie sich in alten oder in billigen Sachen vorstellen können. Sie trug Kleidung, auf die beides zutraf. Er hatte in seinen Gedanken an sie Veränderung einkalkuliert, aber nicht für möglich gehalten, daß ihre Nase gebrochen oder daß sie so erschreckend mager sein könnte. Er hatte geglaubt, daß sie immer den Gang von etwas Wildem ... nein, Freiem ... haben würde, aber auch vornehm, ausgewogen, schön anzusehen. Und wirklich hatte sie ihn noch; aus irgendeinem Grund tat ihm das weher als alles andere.

Sie blieb vor dem Schreibtisch stehen. Er nahm die Hände hinter den Rücken; ihr Blick haftete an ihnen, und er wollte erreichen, daß sie aufsah. Er wartete, bis Miss Jarrell die Tür diskret zugezogen hatte.

»Osa«, sagte er endlich.

»Tja, Fred.«

Das Schweigen wurde quälend. Wie lange dauerte das – zwei Sekunden, drei? Er gab einen sinnlosen Laut von sich, etwas wie Lachen, und ging um den Schreibtisch herum, den Stuhl zurechtzurücken.

»Setz dich doch endlich.«

Sie setzte sich, und schlagartig, zum erstenmal, seit sie ins Arbeitszimmer gekommen war, sah sie ihm ins Gesicht.

»Du siehst – du siehst gut aus, Fred.«

»Danke.« Er setzte sich. Er wollte etwas sagen, aber das einzige, was sich einstellen wollte, war: ›Du siehst auch gut aus‹ – eine so auffällige Lüge, daß er sie nicht über die Lippen brachte. Und endlich fiel ihm etwas anderes ein: »Es ist viel geschehen.«

Sie nickte, und ihr Blick fand eine Ecke der ledernen Schreibunterlage auf dem Schreibtisch. Sie studierte sie still.

»Fünf Jahre«, sagte sie.

Fünf Jahre, in denen sie alles über ihn gewußt haben mußte, zuerst, weil eine solche Trennung niemals scharfrandig ist, sondern unregelmäßig, knisternd von den verschiedenen Rissen verschiedener Fäden zu verschiedenen Zeiten; und später, weil die ganze Welt wußte, was er war, was er getan hatte. Was er vertrat.

Für ihn, fünf Jahre, zuerst erfüllt von einem Nicht-Osa, wie ein Blatt Papier, aus dem jemand einen Scherenschnitt herausgetrennt hat; und danach die verblassende Gegenwart Osas als Klatsch – sehr wenig nur davon, weil jeder, der unmittelbar vom Klatsch betroffen ist, gewöhnlich in einer Aura des Schweigens herumläuft; Osa als Gerücht, Osa als Mutmaßung. Er hatte gehört, daß Richard Newell zu der Zeit, als er Osa für sich gewann, seine Stellung verloren – aufgegeben – hatte, und nie mehr hörte er davon, daß er wieder gearbeitet hätte.

Als er Osas billige Sachen sah und die neuen kleinen Fältchen in ihrem Gesicht, kam er zu dem Schluß, daß das, was Newell zu tun gefunden haben mochte, nicht viel gewesen sein konnte. Newell, dachte er bitter, ist ein Mann, der von Gott nur für einen Sieg geschaffen wurde, und den hat er verbraucht.

»Hilfst du mir?« fragte Osa grell.

Er dachte: Habe ich darauf gewartet? Ist das eine Art Belohnung, daß sie zu mir um Hilfe kommt? Einmal hätte er so denken können. Im Augenblick kam er sich nicht belohnt vor.

Er saß da und betrachtete ihre Frage, als sei sie ein konkreter Gegenstand, eine Schachtel von einer gewissen Größe, einer gewissen Form, aus einem besonderen Material, die nicht geöffnet werden durfte, bis er ihren Inhalt erraten hatte.

Hilfst du mir? Geld? Wohl kaum – Osa mochte viel verloren haben, aber ihren überwältigenden Stolz besaß sie gewiß noch. Außerdem regelt Geld gar nichts. Ein bißchen ist nie genug, und es hilft nur, bis es verbraucht ist. Etwas mehr schiebt echte Lösungen ein wenig weiter in die Zukunft. Eine große Menge begräbt das wahre Problem, wo es wie Krebs weiterwuchert.

Also kein Geld. Eine Stellung vielleicht? Für sie? Nein, er kannte sie gut. Sie konnte sich ihre Stellungen selbst suchen. Das hatte sie nicht getan, also wollte sie keine haben. Das konnte nur bedeuten, daß sie so, wie sie lebte, um Newells willen lebte. O ja, er würde der Ernährer sein, und wenn die Illusion sie zum Verhungern zwang.

Dann eine Stellung für Newell? Wußte sie nicht, daß man ihm keine verantwortliche Stellung anvertrauen konnte und daß er nicht dazu geschaffen war, etwas Niedrigeres anzunehmen? Natürlich wußte sie es.

Damit blieb nur eines. Sie mußte auch überzeugt sein, daß Newell einverstanden war, sonst wäre sie nicht gekommen.

»Wann kann er mit der Behandlung beginnen?« fragte er.

Sie zuckte, überall und auf einmal, so als habe er sie mit einer Hochspannungselektrode berührt – der erste und einzige Hinweis auf ihre schreckliche Anspannung. Dann hob sie den Kopf, das Gesicht erleuchtet von mehr, als Worte ausdrücken konnten, von etwas, was groß und hell genug war, um die ganze Welt zu erhellen und zu wärmen. Sie versuchte zu sprechen.

»Nicht«, flüsterte er. Er streckte die Hand aus und zog sie wieder zurück. »Du hast es schon gesagt.«

Sie drehte den Kopf zur Seite und versuchte etwas anderes zu sagen, aber auch darüber ging er hinweg.

»Ich werde bezahlt«, sagte er rundheraus. »Nach dieser Behandlung wird er mehr als genug verdienen –«

»Für uns beide? Für meine Rechnung? Um alles zu vergelten, was er dir angetan hat?«

»Für alles.«

»Ich hätte es wissen müssen«, wisperte sie. Er begriff. Sie hatte befürchtet, daß er Newell nicht als Patienten annehmen würde. Sie hatte befürchtet, daß er, wenn er ihn nahm, darauf bestehen würde, ihn kostenlos zu behandeln, was den Namen Mildtätigkeit trug. Sie hätte sich keine Sorgen zu machen brauchen. *Ich hätte es wissen müssen.* Jede Antwort darauf, von einem Achselzucken bis zum Widerspruch, hätte etwas zerstört, und so sagte er nichts.

»Er kann jederzeit kommen«, erklärte sie. Das bedeutete: *Er arbeitet zur Zeit nicht.*

Er schlug seinen Terminkalender auf und blätterte darin. Er sah ihn nicht.

»Ich möchte recht gründlich mit ihm arbeiten«, sagte er. »Sechs, acht Wochen.«

»Du meinst, er müßte hierbleiben?«

Er nickte.

»Und ich fürchte – ich würde vorziehen, wenn du ihn nicht besuchst. Macht dir das sehr viel aus?«

Sie zögerte.

»Bist du sicher, daß –?« Ihre Stimme erstarb.

»Ich bin sicher, daß ich es tun möchte«, sagte er rauh. »Ich bin sicher, daß ich alles tun werde, um ihn in Ordnung zu bringen, ohne jeden Vorbehalt. Du wirst nicht von mir hören wollen, daß ich in irgendeiner anderen Beziehung Gewißheit habe.«

Sie stand auf.

»Ich rufe dich an, Fred.« Sie betrachtete einen Augenblick sein Gesicht. Er wußte nicht, ob sie ihm die Hand würde geben wollen oder – oder nicht. Sie atmete tief ein, dann drehte sie sich um, ging zur Tür und öffnete sie.

»Danke –«

Er setzte sich und starrte die geschlossene Tür an. Osa war nicht parfümiert gewesen, aber ihre Aura im Zimmer nahm er trotzdem wahr. Auf einmal wurde ihm klar, daß sie nicht ›Danke‹ gesagt hatte.

Das war er gewesen.

Osa rief nicht an. Drei Tage, vier, dauernd das Telefon, und nie ihre Stimme. Dann spielte es keine Rolle mehr – oder sie hatte vielmehr keinen Grund anzurufen, weil das Sprechgerät wisperte und mit Miss Jarrells klarer Stimme sagte, als er die Taste drückte: »Ein Mr. Newell möchte Sie sprechen, Doktor.«

Stumpfsinnig fragte er: »Richard Newell?«

Bss. Pss. Bss.

»Ja, Doktor.«

»Schicken Sie ihn herein.«

»Wie bitte?«

»Schicken Sie ihn herein«, sagte der Doktor. Ich dachte, das hätte ich gesagt? Wie hörte es sich an? Er konnte sich nicht erinnern. Er räusperte sich mühsam. Newell kam herein.

»Na-a, Freddy-Boy.« Zwei leichtfüßige Schritte; Kopf auf der Seite, halbes Lächeln. »Die Welt ist klein.« Ohne eine Einladung abzuwarten, setzte er sich in den großen Sessel vor dem Schreibtisch.

Auf den ersten Blick hatte er sich nicht verändert; und dann begriff der Arzt, daß es der – welcher Ausdruck war hier am Platz? – die symphonische Qualität des Mannes war, die Art der vollkommenen Verschmelzung – sie war es, die sich nicht verändert hatte.

Newells Ausdrucksweise hatte stets zu der Kleidung gepaßt, die er trug, und seine Bewegungen waren so beherrscht wie seine Sprache. Er trug noch immer teure Sachen, aber sie waren Jahre alt – und trotzdem so erstklassig, daß man es ihnen kaum ansah. Der Arzt erkannte sofort, daß unter den unzerstörbaren Falten und Säumen ein Futter war, das fast mit Sicherheit durchgewetzt war;

daß das elegante Gesicht wie eine billige Ausgabe war, gedruckt nach abgenutzten Druckplatten, und der Verstand dahinter eine gegenseitige Abhängigkeit schwacher Teile, so genau aufeinander abgestimmt, daß es in dem schwachen Komplex keine schwächste Komponente gab. Eine Maschine in diesem Zustand mochte ewig laufen – im Leerlauf.

Der Arzt schloß in kurzer Ungeduld die Augen und überantwortete diese Gedanken dem Geisterreich allzu vereinfachter Analogien.

»Was wollen Sie?«

Newell zog die Brauen ein wenig hoch.

»Ich dachte, das wüßten Sie. Ah, ich verstehe«, ergänzte er und verengte die Augen. »Eine dieser blitzartigen Fragen, die einem die Wahrheit herauslocken sollen. Moment mal, was ist mir in den Kopf geschossen, als Sie mich das fragten?« Er betrachtete das Fenster, dann beugte er sich vor und schnellte einen Finger nach vorn. »Mehr.«

»Mehr?«

»Mehr – das ist die Antwort auf die Frage. Ich möchte mehr Geld. Mehr Zeit für mich. Mehr Vergnügen.« Er weitete seine Augen und blickte offen in die des Arztes. »Mehr Frauen«, sagte er, »und bessere. Einfach – mehr. Sie verstehen. Geht das?«

»Ich kann nur soundso viel erreichen«, sagte der Arzt gleichmütig. Seine Schenkel schmerzten. »Was Sie mit dem, was ich Ihnen gebe, anfangen, hängt von Ihnen ab . . . Was wissen Sie über meine Methoden?«

»Alles«, sagte Newell beiläufig.

Der Arzt sagte ohne eine Spur von Sarkasmus: »Das ist gut. Erzählen Sie mir alles über meine Methoden.«

»Tja, Einzelheiten beiseite«, sagte Newell, »Sie hypnotisieren einen Patienten und stochern herum, bis Sie das finden, was Ihnen gefällt. Das holen Sie durch Suggestion herauf, bis es dominiert. Gleichermaßen vermindern Sie andere Teile, die Ihnen nicht passen, und treiben sie unter die Oberfläche. Sie stoßen und ziehen und sprengen und quetschen, bis Sie zufrieden sind, dann backen Sie ihn in Ihrem Ofen – ich gebrauche eine Redewendung, versteht sich –, bis er genau als Laib von der richtigen Größe herauskommt. Stimmt's?«

»Sie –« Der Arzt zögerte. »Sie haben einige Einzelheiten übersprungen.«

»Das sagte ich doch.«

»Ich habe es gehört.« Er hielt Newells Blick für kurze Zeit nüchtern fest. »Es ist kein Ofen und kein Backen.«

»Das habe ich auch betont.«

»Ich frage mich, warum.«

Newell schnaubte – Belustigung, Herablassung, etwas in dieser Richtung. Weder Gereiztheit noch Ungeduld. Newell hatte es sich zur Richtschnur gemacht, nie gereizt zu wirken. Er sagte: »Ich beobachte Sie bei der Arbeit. Jeden Augenblick beobachte ich Sie dabei. Ich weiß, was Sie machen.«

»Warum nicht?«

Newell lachte.

»Ich wäre in einer geheimnisvollen Atmosphäre mehr beeindruckt. Sie sollten hier Gobelins anbringen und Weihrauch verwenden. Einen Turban tragen. Aber zurück zu Ihnen und Ihrem Backofen, wie nennen Sie ihn –«

»Psychostat.«

»Ja, Psychostat. Sobald Sie einen Menschen auseinandergenommen und wieder zusammengesetzt haben, fixiert ihn Ihr Psychostat in der neuen Struktur, so wie siedendes Wasser ein Ei fixiert. Sonst würde er stufenweise wieder in seine frühere, sündige Art zurückgleiten.« Er zwinkerte freundlich.

Der Arzt nickte, ohne zu lächeln.

»So ungefähr. Sie haben aber das Wichtigste nicht erwähnt.«

»Wozu auch? Darüber weiß doch jeder Bescheid.« Seine Augen zuckten zu den Wänden, und er drehte sich halb um und sah nach hinten. »Entweder Sie besitzen keine Eitelkeit, oder Sie haben mehr als jeder andere, Fred. Was haben Sie mit all den Briefen und Urkunden gemacht, die jeder normale Mensch rahmen und aufhängen würde? Wo sind alle die Plaketten, die in den Nachrichtensendungen so monoton wirken?« Er schüttelte den Kopf. »Es kann nicht sein, daß es keine Eitelkeit ist, also muß es mehr sein als bei jedem anderen. Sie müssen das Gefühl haben, daß die ganze Anlage, daß Sie selbst Ihre eigene Belobigungsurkunde sind.« Er lachte, das professionell freundliche Lachen eines Gebrauchtwagenverkäufers. »Reichlich aufgeblasen, Freddy.«

Der Arzt zuckte die Achseln.

»Ich weiß, wozu die Propaganda diente«, sagte Newell. »Ein bösartiges Komplott, Sie zum erstenmal in Ihrem Leben in einen Star zu verwandeln.« Wieder das anziehende Lächeln. »Es ist nicht schwer, Sie vom Thema abzubringen, Freddy-Boy.«

»Doch«, sagte der Arzt ruhig. »Ich habe nur darauf hingewiesen, daß das, was ich hier mache, in Übereinstimmung mit einem ethischen Prinzip steht, das feststellt, jede Methode, die zur Vernichtung individueller Persönlichkeit führt, chirurgisch oder anderweitig, sei Mord. Ihre Bemerkung, daß es öffentlich und gesetzlich akzeptiert worden ist, trifft genau. Wenn Sie diese Analogie anwenden wollen, daß ein Patient ganz auseinandergenommen und auf andere, bessere Weise wieder zusammengesetzt wird, sollten Sie hinzufügen, daß nichts von den Bestandteilen durch etwas Neues ersetzt und daß nichts weggelassen wird. Alles, was Sie jetzt haben, werden Sie nach der Behandlung auch besitzen.«

»Und das alles wird gestützt von der erhabensten Ethik seit Mahatma Gandhi«, meinte Newell augenzwinkernd. Das Zwinkern verschwand hinter einem ätzenden Glanz. Die Stimme klang noch immer ruhig. »Glauben Sie, ich wäre dämlich genug, mich in Ihre Hände zu geben – in *Ihre* Hände –, wenn ich Sie und Ihre legendäre Ethik bis hier geschluckt hätte?« Er tippte sich auf die Brust. »Sie sind so vollgestopft mit ethischem Verhalten, daß Sie keinen Platz für eine ehrliche Beleidigung mehr haben. Sie tragen da Ethik, wo andere Leute ihren Mumm haben.«

»Weshalb sind Sie hergekommen, wenn Sie so feindselig eingestellt sind?« fragte der Arzt gelassen.

»Ich will Ihnen sagen, warum«, sagte Newell lächelnd. »Erstens amüsiere ich mich. Ich habe ein Wertgefühl, das mir sagt, daß ich ein besserer Mann bin als Sie, trotz Gesetz und Ruhm und allem, und ich kann auf siebzigerlei Weise – mit einer waren Sie mal verheiratet – das beweisen. Warum sollte das jemand nicht genießen?«

»Das war ›erstens‹. Gibt es auch noch ein Zweitens?«

»Eine Wucht«, sagte Newell. »Das macht auch Spaß: Ich glaube, ich bin die härteste Nuß, die Sie je zu knacken hatten. Ich bin wirklich zufrieden mit dem, was ich bin – alles, was ich will, ist *mehr*, nicht *etwas anderes*. Wenn Sie meinen liebenswerten Charakter oder irgendeinen Teil davon nicht beseitigen – und das tun Sie nicht; Sie haben sich die Möglichkeiten selbst verbaut –, stehen Sie am Schluß genau vor dem, was Sie jetzt sehen, nur noch hochgradig verstärkt. Und um ein bißchen Salz in die Suppe zu bringen, möchte ich Ihnen gleich sagen: Ich weiß, daß Sie ohne Hypnose nicht gut arbeiten können, und ich bin nicht hypnotisierbar.«

»Nein?«

»Nein. Schlagen Sie es nach. Manche Leute können nicht hypnotisiert werden, weil sie es nicht wollen, und ich will es nicht.«

»Warum nicht.«

Newell zuckte die Achseln und lächelte.

»Verstehe«, sagte der Arzt. Er stand auf und ging zur Wand, wo sich eine Schiebetür öffnete. Er griff nach einer funkelnden Injektionsspritze, knickte die sterile Hülse ab und stach die Kanüle in eine Ampulle. Er ging zum Schreibtisch zurück und hielt die Spitze mit der Nadel nach oben. »Bitte den Ärmel aufrollen.«

»Ich weiß zufällig auch«, sagte Newell, während er sofort gehorchte, »daß es Ihnen enorm schwerfallen wird, Drogenwirkungen von echten Reaktionen zu unterscheiden, selbst mit Neoscopolamin.«

»Ich erwarte nicht, daß meine Arbeit einfach sein wird. Ballen Sie die Faust bitte.«

Newell tat es und lachte, als die Kanüle zustach. Das Lachen dauerte vier Silben, dann sank er stumm im Sessel zusammen.

Der Arzt nahm ein leeres Heft aus dem Schreibtisch und trug Newells Namen, das Datum und ein paar Bemerkungen ein. In die Spalte ›Medikation‹ schrieb er ›10 ccm neutrale Salzlösung‹.

Dann richtete er sich auf, betrachtete den ›besseren‹ Mann und murmelte: »Du kannst die Meile also schneller laufen als Einstein.«

»Fertig, Doktor?«

»Sofort.«

Er ging zum Garderobenständer in der Ecke und griff nach einem weißen Kittel. Abzeichen des Amtes, dachte er, Gewand des Hippokrates, entwickelt aus einem zusätzlichen Staubmantel, den wir zu tragen pflegten, um die Körpersäfte von unserer Straßenkleidung fernzuhalten . . . und der heute getragen wird, weil die Verallgemeinerung ›Arzt‹ für den Patienten ein einfacherer Ausgangspunkt zur Behandlung ist als die verwirrende Bezeichnung ›Mensch‹. Als nächster Schritt die Zaubermaske, und der Kreis schließt sich.

Er bog in den westlichen Korridor ein und prallte mit Miss Thomas zusammen, die vor Newells geschlossener Tür stand.

»Verzeihung!« sagten sie gemeinsam.

»Eigentlich meine Schuld«, meinte Miss Thomas. »Ich wollte vorher mit Ihnen sprechen, Doktor. Er – er ist nicht völlig demontiert.«

»Das sind sie häufig nicht.«

»Ich weiß. Ja, das weiß ich.« Miss Thomas vollführte eine ganz untypische, sinnlose Flatterbewegung mit den Händen und preßte sie dann erbost an ihre gestärkte Tracht.

Der Arzt verspürte Belustigung und zeigte sie. Miss Thomas, seine Chefassistentin, war während der Arbeitszeit weder Mensch noch Frau, und das leichte Erröten, die Unruhe taten ihm irgendwie gut.

»Ich bin mit dem – äh – Unerwarteten vertraut, Doktor«, sagte sie. »Natürlich. Aber nach achtzig Stunden maschineller Katalyse rechne ich nicht damit, daß ein Patient etwas anderem gleicht als einer Reihe von Bauteilen, die auf einem Labortisch aufgereiht sind.«

»Und womit ist dieser Patient zu vergleichen?«

Durch die geschlossene Tür drang plötzlich helles Frauenlachen. Sie starrten gemeinsam auf die nackte Holzfläche und sahen einander an.

»Zweihundert Hertz«, sagte Miss Thomas. »Hören Sie sie sich an.«

Sie lauschten: Miss Jarrells Stimme, eine girrende, unartikulierte Miss Jarrell, sagte: »Ach – du – du!« Und wieder Gelächter.

Miss Thomas sagte streng: »Ich weiß, was Sie von Hildy Jarrell denken, aber tun Sie's nicht. Genau das habe ich auch getan.« Wieder bewegte sie flatternd die Hände. »Oh-h!« Sie atmete ungeduldig ein.

Weil er gütig war, ignorierte der Arzt das meiste davon und sagte nur: »Zweihundert Hertz. Was erhalten Sie bei den anderen Frequenzen?«

»Ach, das ist in Ordnung, und zwar alles. Durchschnittsreaktion. Die prätherapeutische Persönlichkeit reagiert am besten bei achtzig Hertz. Überall sonst ist er brav und zugänglich. Jedenfalls«, sagte sie ein wenig lauter, offenkundig, um ein leises Lachen hinter der Tür zu übertönen, »wollte ich Ihnen nur klarmachen, daß ich getan habe, was ich konnte. Sie sollten nicht glauben, daß ich im Spektrum etwas übersprungen habe. Das war nicht der Fall. Es gibt nur im Zweihundert-Hertz-Bereich eine Persönlichkeit, die sich nicht demontieren läßt.«

»Noch nicht«, verbesserte er mild.

»Ach, *Sie* können es«, sagte sie in schneller Verlegenheit. »Ich habe nicht gemeint – ich meinte nur –« Sie atmete tief ein und begann von neuem. »Sie sollten nur die Gewißheit haben, daß *meine* Aufgabe beendet ist. Was das betrifft, was Sie können, na, Sie schaffen es schon. Nur –«

»Was nur, Miss Thomas?«

»Es ist schade, mehr nicht«, stieß sie hervor, eilte an ihm vorbei und verschwand um die Ecke.

Er schüttelte den Kopf, während tief in ihm Verwirrung und Lachen sanft miteinander rangen. Erst dann setzte sich in ihm etwas, was sie gesagt hatte, ganz durch: *Es gibt im 200-Hertz-Bereich eine Persönlichkeit, die sich nicht demontieren läßt.*

Diese Frau verfügt über eine Präzision, die durch Gefühle vernebelt werden kann, dachte er, aber zu beseitigen ist sie nicht. Wenn sie sagt, im 200-Hertz-Bereich gebe es eine Persönlichkeit, dann meint sie genau das. Eine Persönlichkeit, nicht eine Komponente oder Matrix oder einen Komplex.

Wie sie es selbst ausgedrückt hatte: Nach der Katalyse sollte ein Patient nicht mehr sein als eine Reihe von Bauteilen auf einem Labortisch. Durch die Ebenen der Hypnose hinab würden verschiedenen Teilen der Persönlichkeit hörbare Frequenzen willkürlich zugeteilt werden, und durch Suggestion würde jeder Teil während der gesamten Behandlung auf seine Frequenz reagieren. Man konnte jeden beliebigen Teil heranholen, analysieren, dann bei der endgültigen Modulierung vermindern, vergrößern, betonen oder unterdrücken und im Psychostaten dauerhaft machen. In dem Stadium jedoch, in dem sich Newell befand – befinden sollte –, waren es nur *Teile*, höchstens Teile-Additionen. Was sollte das heißen, ›eine Persönlichkeit‹ im 200-Hertz-Bereich?

Sie irrte sich natürlich. O Gott, dachte er, sie hat sich doch getäuscht, oder?

Er öffnete die Tür.

Miss Jarrell sah ihn nicht. Er schaute einen langen Augenblick zu, dann sagte er, eben laut genug, um das leise Schwirren des 200-Hertz-Tons aus den Lautsprechern zu übertönen: »Nicht aufhören, Miss Jarrell. Ich möchte etwas mehr davon sehen.«

Miss Jarrell riß das blutrote Gesicht hoch.

Der Arzt sagte noch einmal, leise, aber mit großem Nachdruck: »Weiter bitte.«

Sie drehte sich herum zum Bett, mit starrem Rücken, während ihre Ohren, durch das Haar erkennbar, wie die Spitzen kleiner roter Zungen aussahen.

»Ist schon gut«, beruhigte sie der Arzt. »Schon gut, Miss Jarrell. Sie sehen ihn wieder.«

Sie schnaubte leise durch die Nase, grinste schief und ging zu den Reglern. Sie stellte einen davon auf die Schlafbefehlfrequenz des Patienten ein und drehte den Hauptschalter. Es gab eine kleine Geräuschexplosion – ›weißen‹ Lärm, eine Kombination aller Hörfrequenzen, die dazu diente, den demontierten Patienten zu desorientieren, wobei sein Gehorsamsreflex auf alle Befehle gleichzeitig zu reagieren versuchte – zehn Sekunden lang, dann hörte der Ton automatisch auf, und es blieb nur die 550-Hertz-Schlaffrequenz.

Das Gesicht des Patienten wurde schlaff, er legte sich langsam zurück und schloß die Augen. Er schlief, bevor sein Kopf das Kissen erreichte.

Der Arzt stand eine Weile in Gedanken versunken da. Miss Jarrell strich sanft die Decke des Patienten glatt. Das geschah nicht pflichtgemäß oder zur Ablenkung, während sie auf den nächsten Schritt wartete. Aus irgendeinem Grund berührte das den Arzt tief und holte ihn aus seiner Versunkenheit.

»Geben Sie mir die PT, Miss Jarrell.«

»Ja, Doktor.« Sie sah im Register nach und drehte vorsichtig an den Reglern. Auf sein Nicken betätigte sie den Hauptschalter. Wieder der weiße Lärm und dann das tiefe Brummen des 80-Hertz-Tons.

Die PT – Prätherapeutische – Persönlichkeit blieb während der Behandlung unberührt erhalten, bis hin zum endgültigen Fixierprozeß im Psychostaten, abgesehen natürlich von dem posthypnotischen Grundbefehl, der alle Segmente unter der Kontrolle des Hörspektrums hielt. Der Arzt beobachtete das schlafende Gesicht und spürte einen höchst angebrachten Wunsch, dort etwas anderes auftauchen lassen zu können als die unberührte PTP.

Er warf Miss Jarrell einen Blick zu, ohne den Kopf zu drehen. Sie sollte jetzt gehen, und gewöhnlich tat sie es auch. Aber im Augenblick verhielt sie sich nicht wie gewohnt.

Die Augen des Patienten öffneten sich halb und blieben so einige Zeit. Es war wie das leise Erschrecken einer Katze, die etwas wahrnimmt, sich nicht entscheiden kann, ob das mehr Aufmerksamkeit verdient als der Schlaf, und deshalb einfach wartet, gewappnet und damit entspannt.

Dann sah er die Augen sich bewegen, nur die Lider nicht. Das war die Katze beim Prüfen der Situation, während sie die Gegner noch in dem Glauben wiegte, sie sei schläfrig. Der Mann wandelte sich wie eine Aurora, die immer dieselbe ist, solange man hinsieht, aber etwas ganz anderes, sobald man wegsieht und wieder hinblickt. Ich denke in Vergleichen, rügte sich der Arzt, wenn mir die Tatsachen nicht behagen.

»Na, Freddy-Boy«, sagte Richard Newell gedehnt.

Hinter sich hörte er Miss Jarrells nahezu unhörbaren Seufzer und ihre schnellen, leisen Schritte, als sie den Sprachrekorder einschaltete, das Zimmer durchquerte und die Tür hinter sich schloß.

»›Schwester‹ ist eine seltsame Bezeichnung für eine Frau, die so gebaut ist«, sagte Newell. »Wie steht's, Freddy?«

»Kommt darauf an«, sagte der Arzt.

Newell setzte sich auf und streckte sich. Er wies auf das rote Auge des Rekorders.

»Alles, was ich sage, wird festgehalten und kann gegen mich verwendet werden, was?«

»Alles wird verwendet, ja. Nicht –«

»Ach, ersparen Sie mir die Predigt, Fred. Sie übertragen die Texte selbst, wie?«

»Ich – nein.« Als er Newells Vorstellung begriff und genau erkannte, was der Mann als nächstes tun würde, stieg ohnmächtige Wut in ihm hoch. Man sah es ihm nicht an.

»Fein, fein.« Newell gähnte breit und sagte etwas lauter: »So bin ich nicht mehr aufgewacht, seitdem ich ein kleiner Junge war. Ohne Orientierung, wissen Sie, ohne einen Augenblick lang zu wissen, wo ich war. Das Bett, in dem ich zuletzt lag, war nicht so einsam. Viel Schlaf war ja nicht zu holen, so wie sie sich auf mich gestürzt hat. ›Dick, ach, Dick, bitte –‹«, höhnte er grausam. »Ich sagte, sie solle den Mund halten und Frühstück machen.« Er lachte, offenkundig nicht über etwas, was er gesagt hatte, sondern über das sich windende, stumme Ding im Inneren des Arztes, das er nicht sehen konnte, von dem er aber wußte, daß es vorhanden sein mußte. Wieder schaute er auf die Kontrollampe des Rekorders und sagte: »Ohne Namen zu nennen, versteht sich«, und der Arzt begriff sofort, daß Namen genannt werden würden, Orte, Daten und Beziehungen, sobald Newell dazu Lust hatte . . . und zwar dann, sobald es ihn nicht mehr belustigte, die Spannung aufrechtzuerhalten. Inzwischen konnte sich der Arzt auf das Getuschel hinter seinem Rücken vorbereiten, auf die hochgezogenen Brauen der den Text übertragenden Schreiberin, die Debatten nach Dienstschluß über die ethische Position eines Arztes bei einem Patienten, der . . . der . . .

Die Sequenz schwebte in Spiralen hinab zu einer tiefen Schicht seines persönlichen Infernos und flackerte dort, heiß und rauchlos.

»Sie haben noch nichts gesagt«, meinte Newell. »Wie steht's? Haben Sie das Geheimnis meines Erfolges schon gefunden?«

Der Arzt zuckte beiläufig die Achseln, was nicht leichtfiel.

»Wir haben noch nicht begonnen.«

»Dachte ich mir.« Newell schnaubte. »Bis Sie fertig sind, werden Sie auch noch nicht angefangen haben.«

»Warum sagen Sie das?«

»Ich schließe es aus allem. Ich komme her, Sie geben mir ein Betäubungsmittel, ich schlafe gut und wache frisch und fröhlich auf. Ansonsten – nichts. Ich weiß aber, daß Sie meinen schlummernden Korpus hergenommen, gepufft und ausgewunden, Karten gelocht und vier Meilen Computerband produziert haben – wozu? Ich bin immer noch ich, nur ein bißchen ausgeruht.«

»Woher wissen Sie, daß wir das alles getan haben?«

»Ich lese die Zeitungen.« Als der Arzt nichts erwiderte, lachte Newell wieder. »Sie und Ihre Druckknopftherapie.« Er sah zur Decke hinauf, als lese er dort ab. »Was wird da behauptet – zweiundachtzig Prozent Ihrer Patienten geheilt?«

»Moduliert.«

»Hübsches Wort, ›moduliert‹. Hübscher Prozentsatz. Was für eine Art Sieb verwenden Sie?«

»Sieb?«

»Erzählen Sie mir doch nicht, daß Sie Ihre Patienten nicht auswählen!«

»Nein, wir nehmen sie, wie sie kommen.«

»Ha. Sie reden wie die Lysenko-Anhänger. Erinnern Sie sich? Russische Genetikexperten vor fünfzig Jahren. Die beriefen sich auf solche Ergebnisse. Sie behaupteten auch, nicht selektiv vorgegangen zu sein, selbst als man Leute, die angeblich Getreide mit geteiltem Korn züchteten, dabei ertappte, wie sie die Körner mit dem Messer spalteten. Sogar die Kommunisten selbst wandten sich nach einer Weile dagegen.« Er warf einen Blick auf den Rekorder und grinste. »Aber kein Kommunist würde *Sie* ablehnen, Freddy«, sagte er laut und deutlich.

Bei den vier möglichen Reaktionen, die ihm einfielen, konnte der Arzt keine finden, die nicht wie ein schuldbewußter Protest klang, also sagte er nichts. Newells verstärktes Grinsen machte ihm klar, daß sein Schweigen ebenso schlimm war.

»Ah, Fred, mein Junge, ich kenne Sie. Ich kenne Sie gut. Ich wußte schon vor fünf Jahren allerhand über Sie und habe inzwischen eine Menge dazugelernt.« Er berührte die dichten schwarzen Haare auf seiner Brust. »Zum Beispiel, daß Sie kein einziges Haar auf der Brust haben. Das hat man mir jedenfalls erzählt.«

Wieder gebrauchte der Arzt Schweigen als Antwort. Er konnte seine Gefühle später untersuchen – er wußte, daß er es tun würde; er mußte es unausweichlich tun. Für jetzt wußte er, daß jede Antwort ein neuer Pfeil in Newells Köcher werden würde. Schweigen war ein Zustand, den Newell nicht ertragen oder dulden konnte; Schweigen zwang Newell zum Reden, zum Ergreifen der Offensive... er mußte seine eigenen Kräfte bloßstellen. Schweigen konnte Newell nur manchmal gebrauchen; Worte immer.

Newell betrachtete ihn einen Augenblick, schien dann zu der Erkenntnis zu gelangen, daß es, um zu einem Ziel zurückzukehren, manchmal nötig war, es vorübergehend aufzugeben, und blickte auf die kompakte Instrumententafel.

»Darüber habe ich viel gelesen. Drück eine Taste, und ich bin eine Kampfmaschine. Drück eine andere, und ich lege mich zu den Lämmern. Wer war es, der einmal gesagt hat, die Menschheit werde sich zu einem Finger und einem Druckknopf entwickeln – und das sei das Ende der Menschheit, weil der Finger einfach zu faul sein würde, den Knopf zu drücken?« Er bewegte den Kopf hin und her. »Sie bringen sich mit Ihren Apparaturen noch um Ihr Brot, Fred.«

»Haben Sie gelesen, was über dem Eingang steht, als Sie herkamen?« fragte der Arzt.

»Mir ist aufgefallen, daß da etwas war«, sagte Newell leutselig, »aber gelesen habe ich es nicht. Ich nahm an, daß es sich um irgendeinen alten Käse über die Heiligkeit der Persönlichkeit handelt, und ich wußte, daß ich darüber von Ihnen und Ihren Helfern noch genug hören würde.«

»Dann sollten Sie ein bißchen mehr über Ihre sogenannte ›Druckknopftherapie‹ erfahren, Newell. Hypnose ist keine Therapie, ebensowenig die Audio-Reaktions-Technik, die wir anwenden. Die Hypnose verschafft uns Zugang zu den einzelnen Teilen der Persönlichkeit und schafft ein Klima für die Therapie, das ist alles. Die Behandlung selbst steht und fällt mit der Fähigkeit des Therapeuten, und das gilt für meine Richtung genauso wie für alle anderen, mit Ausnahme der Lobotomie-Anhänger.«

»So, so, so. Endlich habe ich eine richtige Prahlerei aus Ihnen herausgelockt. Ich wußte nicht, daß Sie das in sich hatten.« Newell lachte in sich hinein. »Zweiundachtzig Prozent erfolgreich, und das machen Sie alles ganz allein. Ist das nicht toll? Sagen Sie, fähiger Therapeut, wie erklären Sie die achtzehn Prozent, die Ihnen entwischen?«

»Weshalb wollen Sie das wissen?«

»Ich könnte Ihre Statistik vielleicht verändern. Wer sind diese robusten Seelen?«

»Organgeschädigte«, sagte der Arzt. Und gewisse andere ... aber das behielt er für sich.

Newell schrie: »Touché!« und ließ sich mit dröhnendem Lachen zurückfallen. Der Arzt sah aber seine Augen, bevor er sie schloß, kleine Fenster, aus denen alle Gesichter des Hasses blickten.

Der Arzt war erfreut. Er machte sich auf die Reaktion gefaßt, die seine Freude hervorrufen würde, weil er sie von seinem strengen Berufsethos stets zu erwarten hatte, aber sie blieb aus. Er registrierte das zusammen mit den anderen Dingen, von denen er wußte, daß er sie später untersuchen mußte.

Newell sagte gerade: »Sie können nicht beides haben, Fred. Daß Hypnose keine Therapie ist, meine ich. Was habe ich da von gewissen Frequenzen gehört, die gewisse Wirkungen haben, gleichgültig, wer man ist?«

»Ach das. Ja, manche Bereiche des Hörspektrums wirken auf die meisten Menschen. Unterschall – vierzehn bis etwa zwanzig Hertz zum Beispiel, wenn man die Amplitude groß genug wählt – verursacht Angst. Und Rhythmusfrequenzen zwischen zwei Tönen, wo der Rhythmus sich dem des menschlichen Pulsschlags nähert, haben manchmal eigenartige psychologische Wirkungen. Aber das sind Nebenerscheinungen. Wir verwenden die, auf die wir uns verlassen können, und ignorieren oder meiden die anderen. Hörfrequenzen sind zufällig praktisch, genau und für Patienten sowie Therapeuten leicht zu identifizieren.

Aber sie sind nicht unbedingt notwendig. Wir könnten dasselbe vermutlich mit gesprochenen Befehlen oder einem Geruchsspektrum erreichen. Die Hörfrequenzen sind aber am besten; der reine elektronisch erzeugte Ton ist den meisten Leuten nicht vertraut und besitzt keine Assoziationen außer jenen, die wir ihm verleihen. Deshalb verwenden wir sechzig Hertz nicht – das Summen, von dem man durch Wechselstromgeräte die ganze Zeit umgeben ist.«

»Und wenn man nun kein musikalisches Gehör hat?« fragte Newell mit einem Unterton von Schadenfreude, der nur bedeuten konnte, daß er von sich selbst sprach.

»Niemand ist Tönen gegenüber so taub, außer Organgeschädigte.«

»Ach«, sagte Newell enttäuscht, dann kehrte er wieder zur halb verächtlichen Suche nach Informationen zurück. »Und so marschiert der Patient hier hinaus, darauf eingestellt, für den Rest seines Lebens in einen Zustand der Brunst zu geraten, sobald ein Waldhorn den Kammerton a bläst?«

»Sie kennen sich besser aus«, erwiderte der Arzt und verbarg zur Abwechslung einmal seine Ungeduld nicht. »Dafür gibt es den Psychostaten. Jede Frequenz, auf die der Patient anspricht, wird dort«, er wies auf die Instrumententafel, »zusammen mit der Intensität aufgezeichnet. Sie werden von einem Computer analysiert und von einem anderen mit einem Muster verglichen, das anzeigt, welche Segmente abweichen – wie zu großer Zorn oder unbegründete Angst, im Hinblick auf das Optimum des Patienten. Der Psychostat wendet Dämpfer auf die großen an und verstärkt die verkümmerten, bis die Reaktion dem Grundmuster entspricht. Sobald jedes Segment sein Optimum erreicht hat – das des Patienten, wohlgemerkt; nicht das eines anderen –, wird das neue Muster von einem umfassenden posthypnotischen Einfluß fixiert, der alle anderen angewandten Suggestionen entfernt.«

»Der Patient geht also doch hypnotisiert hier weg!«

»Er kommt hypnotisiert her«, sagte der Arzt. »Ich wundere mich über Sie, Newell. Für jemanden, der soviel über meine Methode weiß, sollten Sie keine Vorträge über die Grundbegriffe brauchen.«

»Mir gefällt Ihre Stimme so gut«, sagte Newell ätzend, aber die Säure war verdünnt. »Was heißt ›Der Patient kommt hypnotisiert her‹?«

»Die meisten Leute sind es die meiste Zeit. Im Ursinn steht ein Mensch unter Hypnose, sobald irgendeiner seiner Sinne nicht auf einen gegenwärtigen Reiz anspricht oder wenn seine Aufmerksamkeit auch nur gering von seiner Umgebung abgelenkt wird. Man steht unter Hypnose, wenn man ein Buch liest, wenn man dasitzt und nachdenkt und nicht sieht, was man anstarrt, wenn man mit dem Schienbein an einen Tisch stößt, den man im hellen Licht nicht bemerkt hat.«

»Das sind doch Haarspaltereien.« Newell machte nicht einmal eine Pause vor dem nächsten Satz, der aus einem ganz anderen Bereich kam als aus seiner spöttischen Ungläubigkeit. »Warum haben Sie mir das alles nicht gesagt, als ich erklärte, daß ich nicht hypnotisiert werden kann?«

»Ich zog es vor, Ihnen zu glauben, als Sie sagten, Sie wüßten schon alles.«

Jede Vorspiegelung von Freundlichkeit verschwand.

»Hören Sie«, zischte Newell mit dem bösartigsten Tonfall, den der Arzt je gehört hatte, »Sie sollten sich lieber überlegen, was Sie machen.«

Es war wieder Zeit für Schweigen, und der Arzt gebrauchte es. Er ließ Newell keine andere Wahl, als dazuliegen und seine eigenen Worte anzustarren. Er verfolgte, wie der Mann mühsam seine Haltung wiedergewann, Hand über Hand, dann ausruhte, Versuche machte, abwartete, bis er Gewißheit besaß, daß er wieder sprechen konnte.

»Tja«, sagte Newell schließlich, und der Arzt bewunderte ihn beinahe für seinen ruhigen Ton, »bis jetzt hat es Spaß gemacht, und es wird noch besser. Wenn Sie wirklich fertigbringen, was Sie behaupten, revanchiere ich mich, Freddy-Boy. Ich lege wirklich etwas auf den Tisch.«

»Das ist fein«, sagte der Arzt vorsichtig.

»Fein? Nur fein? Mann, ich gebe Ihnen einen Schatz, den Sie sonst nie bekommen könnten. *Sie* nie bekommen könnten«, verbesserte er. Er starrte dem Arzt ins Gesicht. »Beinahe fünf volle Jahre im Bau und ganz für Sie. Ich fange was Neues an.«

»Wovon reden Sie?«

»Von meinem kleinen schwarzen Buch. Alles drin, von der Nutte bis zur Prinzessin. Wer man auch ist, wie man sich auch fühlt, da gibt es eine Gespielin. Sie könnten wirklich etwas anfangen damit, Freddy. Sie müssen ja enorm was in sich aufgespeichert haben, seit – na, Sie wissen schon«, sagte er und grinste zum Tonbandgerät hinüber. »Eine Hand wäscht die andere, abgemacht?«

Das Schweigen war diesmal ungeplant. Der Arzt ging zu den Reglern, wählte 550 und betätigte den Hauptschalter. Der 80-Hertz-Ton erstarb, der weiße Lärm trat an seine Stelle, dann kam das 550-Hertz-Schlafkommando. Der Arzt spürte, wie das gleißende Grinsen aus dem Zimmer verschwand, wie eine Last von seinem Rücken.

Er ist ein Patient, dachte der Arzt endlich, als er sich aus seiner Betäubung löste. Er ist ein Patient in einer therapeutischen Umwelt, von der Welt so losgelöst wie ein nichteuklidisches Theorem. Es gibt keinen Newell, nur einen Patienten. Es gibt keinen Fred, nur einen Arzt. Es gibt keine Osa, nur Episoden. Newell wird der Welt zurückgegeben, weil er eine Persönlichkeit hat und sie ein Optimum besitzt, weil es das ist, was ich hier mache und wozu ich da bin.

Er berührte die Sprechtaste und sagte: »Miss Jarrell, ich brauche Sie.«

Sie öffnete die Tür beinahe augenblicklich; sie mußte im Flur gewartet haben.

»Oh, Doktor, es tut mir wirklich leid! Ich weiß, daß ich so etwas nicht tun sollte. Es ist nur – na ja, bevor ich mich's versah –«

»Entschuldigen Sie sich nicht, Miss Jarrell. Im Ernst – wirklich nicht. Sie haben vielleicht sogar etwas Nützliches geleistet. Aber ich muß genau wissen, welche Einflüsse ... nein, nicht erklären«, sagte er, als sie etwas sagen wollte. »Zeigen Sie es mir.«

»Oh, das könnte ich nicht! Es ist so – *albern*!«

»Nur zu, Miss Jarrell. Es ist gar nicht albern.«

Sie wurde rot, ging mit abgewandtem Blick an ihm vorbei und trat an die Tafel. Sie wählte eine Frequenz, betätigte den Hauptschalter, und als der weiße Lärm aufbrandete, ging sie zum Bett und wartete. Das Geräusch erstarb, bis auf ein tiefes, gleichmäßiges Vibrieren – 200 Hertz.

Der Patient öffnete die Augen. Er *lächelte*. Es war ein Lächeln, wie der Arzt es noch nie gesehen hatte, wenngleich er es sich vorgestellt haben mochte. Aber nicht auf dem Gesicht von Richard Newell. In Richard Newell war nichts vorstellbar, was sich mit diesem Ausdruck vertrug.

Der Patient blickte hinunter und sah Miss Jarrell. Ekstatisches Erkennen huschte über sein Gesicht. Er packte die Decke, riß sie sich über den Kopf und blieb still und starr liegen wie ein Bleistift.

»Du –!« säuselte Miss Jarrell, und die Decke wurde vom Kopf des Patienten gerissen, und er gluckste vor Lachen. Sie griff nach seinen Zehen, und er bäumte sich auf und kicherte und deckte sich wieder zu. »Die Hummel, summ –«, murmelte sie, und er erbebte vor freudiger Erwartung, »um den Baum herum . . . und summ . . . summ . . . *summ*!« und sie packte wieder seine Zehen.

Er zog die Decke blitzschnell vom Gesicht und überließ sich einer Explosion der Heiterkeit, für die es keinen stimmhaften Ausdruck mehr gab – bis auf das leise, intensive Kichern gab er kaum einen Laut von sich.

»Du –«

Der Arzt schaute zu und spürte langsam ein Vakuum in der Szene und einen starken Drang, es mit Verstehen auszufüllen, und das Verstehen wollte sich nicht einstellen, bis das Wort ›lächerlich‹ auftauchte . . . und das war es: Das sollte lächerlich sein, ein erwachsener Mann, der wie ein sieben Monate altes Kind reagierte. Das Ungewöhnliche war, daß es *nicht* lächerlich wirkte und daß es wirklich ein erwachsener Mann war, nicht bloß ein kindliches Segment.

Es war etwas zu fühlen. Es gab ein – ein Strahlen in diesen Ausbrüchen offener Fröhlichkeit, das, wenngleich kindlich, nicht kindisch war. Es war eine Eigenschaft zu belachen, nicht auszulachen.

Er blickte auf den Audio-Wähler. Ja, das war die 200-Hertz-Reaktion, von der Miss Thomas gesprochen hatte. *Eine Persönlichkeit* . . . Er begann zu begreifen, was sie gemeint hatte. Er bekam es außerdem mit der Angst zu tun.

Er ging zum Wandregal, wo die Reaktionsliste angebracht war. Es war ein Formular mit einer Spalte für die willkürlich den

Altersschichten zugeteilten Frequenzen (700 Hertz und die Suggestion: ›Du bist elf Jahre alt‹) und mit einer Spalte für die Gemütszuständen zugeteilten Frequenzen (800 Hertz und ›Du bist sehr zornig‹; 13 Hertz – ›Du hast Angst‹).

Sobald der Patient vollständig katalysiert war, konnte man ohne weiteres Reaktionszustände hervorrufen und ihr Episodenmaterial herausholen – Angst im Alter von drei Jahren, Sexualität mit vierzehn, Angst plus Zorn plus Befriedigung mit sechs oder jede andere Kombination.

Der 200-Hertz-Bereich war fleckig durch Miss Thomas' Radierungen, aber sonst leer.

Der Arzt schüttelte sich innerlich und nahm sich zusammen. Er trat ans Bett und blickte auf das sensible, empfängliche Gesicht hinunter.

»Wer bist du?« fragte er.

Der Patient sah ihn an, mit glänzenden Augen, ein frohes, erwartungsvolles Lächeln auf den Lippen. Der Arzt spürte, daß der Mann ihn nicht verstand, aber es gerne wollte; ferner, daß der Mann vom Grund seines Herzens aus bereit war, sich zu freuen, sobald er verstand. Es erfüllte den Arzt mit einer beinahe zärtlichen Besorgnis, einer schützenden Fürsorge. Dieses Wesen durfte nicht enttäuscht werden – das wäre unkünstlerisch bis zur groben Ungerechtigkeit gewesen.

»Wie heißt du?« fragte der Arzt.

Der Patient lächelte ihn an und setzte sich auf. Er blickte mit einer beinahe unerträglichen Aufmerksamkeit und erwartungsvollem Warten in die Augen des Arztes, bereit, wie einen Schatz zu hüten, was jetzt kam, wenn – wenn er es nur erkennen konnte.

Eines ist klar, dachte der Arzt, hier handelt es sich nicht um ein infantiles Segment. Kind ja, aber nicht nur.

»Miss Jarrell.«

»Ja, Doktor.«

»Auf dem Krankenblatt steht noch ein Anfangsbuchstabe für einen zweiten Vornamen, ein ›A‹. Wofür?«

Nach einer Pause: »Anson.«

Zum Patienten sagte er: »Ich werde dich Anson nennen. Das wird dein Name sein.« Er legte die Hand auf die Brust des Patienten. »Anson.«

Der Mann blickte auf die Hand und sah erwartungsvoll wieder zu dem Arzt auf.

Der Arzt berührte seinen weißen Kittel.

»Arzt. Doktor.« Er deutete auf Miss Jarrell. »Miss –«

»Hildy«, sagte Miss Jarrell schnell.

Der Arzt konnte nicht anders; er grinste kurz. Das entlockte dem Patienten einen Ausbruch der Freude, der sofort abbrach und der Erwartung, der wachsamen und vollen Aufmerksamkeit wich. Er belastete den Arzt mit seinem Warten, aber was für eine Last war das schon? Dieses Wesen würde einen Schlag ins Gesicht zu schätzen wissen oder zwei Strophen eines Volkslieds.

Der Arzt stand über das Bett gebeugt, wartete auf eine Antwort, und sie kam:

Die Last lag nicht in der Notwendigkeit, diese Wesenheit zu erfreuen, sondern es richtig zu machen, auf eine Art, die man später nicht korrigieren mußte. *Er vertraut mir* – da, in drei Worten, war die Last ausgedrückt.

Der Arzt ergriff die Hand des Patienten und führte die Fingerspitzen nah an seine Lippen.

»An-son«, sagte er. Dann legte er die Hand auf den Mund des Patienten und nickte aufmunternd.

Der Patient wollte es offenkundig auch richtig machen – noch dringender als der Arzt. Seine Lippen zitterten. Dann sagte er: »An-son.«

Miss Jarrell, auf der anderen Seite, klatschte in die Hände und lachte glücklich.

»Richtig«, sagte der Arzt lächelnd und deutete. »Anson. Du bist Anson.« Er berührte seine eigene Brust. »Dok-tor.« Er deutete wieder. »Miss Hildy.«

Der Mann auf dem Bett setzte sich langsam auf, die Augen auf das Gesicht des Arztes gerichtet.

»An-son. Anson.« Und dann schien ihn ein Licht zu durchfluten. Er klopfte sich mit den Fingerknöcheln auf den Brustkorb. »Anson!« rief er. Er betastete seinen eigenen Bizeps, sein Gesicht und lachte.

»Richtig«, sagte der Arzt.

»Dok-tor«, sagte Anson mühsam. Er sah sehnsüchtig aus, beinahe bestürzt.

»Schon in Ordnung. Gut. Doktor.«

»Dok-tor.« Anson wandte sich Miss Jarrell zu und zeigte mit dem Finger. »Miss Hildy!« sang er triumphierend.

»Wunderbar«, sagte sie.

Während Anson grinste, stand der Arzt einen Augenblick da und grinste zurück wie ein Narr und hatte Angst und kratzte sich am Kopf.

Dann machte er sich an die Arbeit.

»Richard«, sagte er scharf und achtete auf eine Reaktion.

Es gab keine, nur den glücklichen Eifer.

»Dick.«

Nichts.

»Newell.«

Nichts.

»Heb die rechte Hand. Schließ die Augen. Schau zum Fenster hinaus. Berühr deine Haare. Zeig mir deine Zunge.«

Anson tat nichts davon.

Der Arzt befeuchtete die Lippen.

»Osa.«

Nichts.

Er warf Miss Jarrell einen Blick zu.

»Anson«, sagte er, und Anson steigerte seine Aufmerksamkeit. Es war verblüffend; der Arzt hatte nicht gewußt, daß er das konnte. »Anson, hör zu.« Er zog den Ärmel zurück und zeigte seine Armbanduhr. »Uhr. Uhr.« Er hielt sie ihm vors Gesicht und dann ans Ohr.

Anson gurgelte freudig.

»Ticktick«, machte er nach. Er legte den Kopf auf die Seite und hörte aufmerksam zu, als der Arzt das Wort wiederholte. Dann: »Uu, Uh, Uhr«, und er klatschte genauso in die Hände wie vorher Miss Jarrell.

»Gut, Miss Jarrell. Das genügt vorerst. Schalten Sie ihn ab.«

Er hörte, wie ihr Atem stockte, und glaubte, sie werde etwas sagen. Als sie es nicht tat, wandte er sich ihr zu und lächelte.

»Es ist gut, Miss Jarrell. Wir werden gut auf ihn aufpassen.«

Sie suchte nach dem Sarkasmus in seinem Gesicht, zwischen seinen Worten, im Rückblick, überall, und fand ihn nicht. Sie lachte plötzlich und herzlich; er wußte, daß sie über sich selbst lachte, verzaubert, wie sie gewesen war, besorgt um das glänzende Etwas, das sich im 200-Hertz-Bereich verbarg.

»Ich glaube, ich könnte selbst etwas Behandlung vertragen«, sagte sie staunend.

»Ich würde es empfehlen, wenn Sie anders reagiert hätten.«

Sie ging zur Tür und öffnete sie.

»Ich arbeite gerne hier«, sagte sie, wurde rot und ging hinaus.

Das Lächeln des Arztes verschwand mit dem Zuschnappen der Tür. Er warf einen Blick auf den Patienten, dann ging er blindlings zu den Reglern. Er sperrte sie und ging zu seinem Büro zurück.

Miss Thomas klopfte. Als sich nichts rührte, trat sie ein.

»Oh, entschuldigen Sie, ich dachte, Sie sind noch –«

Der Ausdruck auf seinem Gesicht brachte sie zum Schweigen. Sie legte die Berichte, die sie mitgebracht hatte, auf den Schreibtisch. Er rührte sich nicht. Sie ging zum Schrank, der sich öffnete, und schüttete zwei Pillen aus einem Fläschchen. Sie unterbrach mit einer geübten Handbewegung eine Lichtschranke. Ein Pappbecher fiel herunter und füllte sich mit Eiswasser. Sie trug ihn hinüber.

»Da.«

Er sagte schnell hintereinander: »Was? Was? Was?« und schaute in die falsche Richtung, um ihre Stimme zu finden. Er drehte sich herum und entdeckte sie. »Was?« Dann legte er die Hand kurz auf die Augen. »Oh, Miss Thomas.«

»Da«, sagte sie noch einmal.

»Was ist das?« Er schien den Becher identifizieren zu wollen, so als habe er noch nie einen gesehen.

Weil sie gutmütig war, faßte Miss Thomas es anders auf.

»Dexamyl.«

»Danke.« Er nahm die Tabletten, trank einen Schluck Wasser und sah zu ihr auf. »Danke«, sagte er noch einmal. »Ich scheine –«

»Es ist gut«, sagte Miss Thomas entschieden. »Alles ist in Ordnung.«

Er faßte sich langsam wieder und lachte ein bißchen.

»Wenden Sie meine eigene Therapie auf mich an?«

»Es ist wirklich alles in Ordnung, soviel ich weiß«, sagte sie in dem brummigen Ton, hinter dem sie sich so oft verbarg. Sie verschränkte die Arme mit einem beinahe hörbaren Knacken und sah grimmig zum Fenster hinaus.

Der Arzt blickte auf ihren starren Rücken und amüsierte sich unwillkürlich. Sie forderte ihn heraus, sie hinauszuwerfen, ihr zu verschweigen, wo das Problem lag. Er erinnerte sich auf einmal, daß die Neugier sie wohl maßlos plagte. *Eine Persönlichkeit im 200-Hertz-Bereich, die sich nicht demontieren läßt ... ach, Sie schaffen es schon, aber ... es ist schade, mehr nicht ...*, erinnerte er sich.

»Es ist ein Fall wie bei Prince«, sagte er.

Sie schwieg so lange, daß es den Anschein hatte, als habe sie nichts gehört, und der Teufel soll mich holen, wenn ich es ihr noch vorbuchstabiere, dachte er.

Aber sie sagte: »Das glaube ich nicht«, und in sein Schweigen hinein: »Morton Princes Vorstellung von einer alternierenden Persönlichkeit mag in manchen Fällen die einzige Erklärung sein, aber diesen Fall erklärt sie nicht.«

»Nein?«

»Zwei Persönlichkeiten in einem Gemüt – drei oder mehr sogar, manchmal. Eine seiner Fallgeschichten betraf eine Frau, die fünf deutlich abgegrenzte Ichs besaß. Ich argumentiere nicht gegen die Möglichkeit, Doktor.«

Jedesmal, wenn Miss Thomas ihn überraschte, geschah das auf eine Weise, die ihm behagte. Eines Tages würde er genauer darüber nachdenken, nahm er sich vor.

»Weshalb dann Einwände gegen *den* Fall?« fragte er.

Sie ließ sich in dem großen Sessel nieder, ohne Maske, ohne Scheu. Sie saßen eine Weile in geselligem, nachdenklichem Schweigen.

Dann sagte sie: »Princes Fälle sind sehr unterschiedlich. Ich meine, das eine Ich war verfeinert, gebildet, ein anderes rauh und dumm. Manchmal nahm das primäre die anderen wahr, manchmal nicht; manchmal haßten sie einander. Aber es gab den einen gemeinsamen Nenner: Wenn der Zustand überhaupt existierte, dann deshalb, weil das Alternativ-Ich sich mitteilen konnte und es auch tat. Es tun mußte.«

»Morton Prince war nicht auf Segmentierung unter tertiärer Hypnose eingerichtet.«

»Ich glaube, das hat nichts damit zu tun«, sagte Miss Thomas rundheraus. »Ich sage es noch einmal: Princes zusätzliche Ichs *mußten* hervortreten. Ich glaube, das ist das Entscheidende. Wenn ein Ich sich nicht mitteilen kann und nicht hervortritt, außer man zerrt es am Kragen heraus, dann verdient es für mich den Namen Ich nicht.«

»Das können Sie sagen, obwohl sie Ans ... das alternative Ich gesehen haben?«

»Anson. Hildy Jarrell hat mir von der Taufe erzählt. Ja, das kann ich sagen.«

Er sah sie ruhig an, und sie senkte den Blick. Er erinnerte sich wieder an ihre Begegnung im Korridor vor Newells Tür. *Ich weiß, was Sie von Hildy Jarrell denken – ich habe es auch getan.*

»Miss Thomas, warum wollen Sie mich von dem Fall weglenken?«

»Doktor!«

Er schloß die Augen und sagte: »Sie finden ein Segment, das man nicht mehr demontieren kann. Es ist ein besonders – nun, sagen wir, was immer es sein mag, Sie haben es gern.« Er machte eine Pause und sagte genau im rechten Zeitpunkt: »Unterbrechen Sie mich nicht. Sie wissen ganz genau: Absolute Grundlage meiner Arbeit ist die Unverletzbarkeit der Persönlichkeit. Sie wissen, daß ich den Fall nicht anrühren würde, wenn es ein echter Fall alternierender Ichs wäre – ich könnte es nicht, weil der Mann nur einen Körper hat, und um ihn zu normalisieren, müßte ich das eine oder andere Ich zerstören.

Sie wußten nun sehr genau, daß ich das zweite Ich entdecken würde. Als erstes lenken Sie daher meine Aufmerksamkeit darauf, und danach streiten Sie mit mir darüber, wohl wissend, daß ich widersprechen werde, wohl wissend, daß ein Zweifel, wenn es einen solchen in mir geben sollte, bei der Auseinandersetzung verschwinden muß.«

»Weshalb, um alles in der Welt, sollte ich so etwas tun?« fragte sie scharf.

»Ich habe es Ihnen schon gesagt – damit ich den Fall aufgebe, die PT-Persönlichkeit wieder einstelle und ihn entlasse.«

»Verdammt«, sagte Miss Thomas bitter.

»Das ist der Haken dabei, wenn man zuviel über die Gedankenprozesse eines Kollegen weiß«, sagte er ins Leere hinein. »Man kann keinen manipulieren, der einen versteht.«

»Wen von uns beiden meinen Sie damit?« fragte sie.

»Ich weiß es eigentlich nicht. Wollen Sie mir jetzt sagen, weshalb Sie das versucht haben, oder soll ich es tun?«

»Ich sage es Ihnen«, erklärte Miss Thomas. »Sie sind müde. Ich möchte nicht, daß diesem Anson etwas passiert. Als ich ihn gefunden hatte, wußte ich genau, was passieren würde, wenn Sie mit Newells Therapie fortfahren würden. Anson wäre der Eindringling. Egal, wie – wie schön er sein mag, er kann nur als Abweichung erscheinen, als etwas nicht Dazugehöriges. Sie würden ihn auf Pillengröße verkleinern und in einem Newell vom neuesten Modell so tief vergraben, daß er nie wieder ans Tageslicht käme. Ich weiß nicht, wieviel Bewußtsein er hat, aber ich weiß, daß ich es nicht ertragen könnte, ihn lebendig begraben zu wissen.

Und angenommen, Sie behandeln nur Anson, holen ihn herauf wie einen schimmernden jungen Billy Budd und begraben diesen Halunken Newell – entschuldigen Sie den laienhaften Ausdruck, Doktor – irgendwo in ihm? Glauben Sie, Anson könnte sich verteidigen? Glauben Sie, er könnte im großen Wettrennen eine Bahn belegen? Wir leben nicht in einer Welt für Cherubinen.

Es gibt also keine Wahl. Ich weiß nicht, was Anson mit Newell gemein hat, und ich werde es nie wissen. Ich weiß aber, daß Anson, wie immer er bisher auch existiert hat, unverdorben geblieben ist, und die einzige Chance für ihn zu bleiben, was er ist, besteht darin, daß er in Ruhe gelassen wird.«

»*Quod erat demonstrandum*«, sagte der Arzt und hob die Hände. »Sehr gut. Jetzt wissen Sie, weshalb ich Fälle mit verschiedenen Ichs nie behandelt habe. Und vielleicht begreifen Sie auch, wie nutzlos Ihre kleine Intrige gewesen ist.«

»Ich mußte sicher sein, das ist alles. Tja, ich bin froh. Es tut mir leid.«

Er lächelte kurz.

»Ganz meinerseits.« Er sah zu, wie sie aufstand, das Gesicht weicher durch Befriedigung, die Bewunderung für ihn ganz unverhüllt.

Sie richtete einen ungewöhnlich warmen Blick auf ihn und ging zur Tür. Unterwegs schaute sie sich einmal um, und dort angekommen, blieb sie stehen und wandte sich ihm zu.

»Irgend etwas ist los.«

Er wußte, es gab andere Möglichkeiten, damit fertig zu werden, aber im Augenblick mußte er jemandem weh tun. Es gab auch mehrere Möglichkeiten, Schmerz zuzufügen, und er wählte die schlimmste, indem er nichts sagte.

Miss Thomas wurde wieder zu Miss Thomas, die Augen wie Einwegspiegel, die Haltung wie die eines Soldaten. Sie schaute aus sich heraus zu ihm und sagte: »Sie setzen die Behandlung fort.«

Er bestritt es nicht.

»Wollen Sie mir sagen, wer sie erhält?«

»Das hängt davon ab, was Sie mit ›erhalten‹ meinen«, sagte er mit grimmigem Humor.

Sie reagierte auf den schwachen Scherz, wie es dieser verdiente, und wartete einfach.

»Beide«, sagte er.

Sie wiederholte das Wort mit genau seiner Betonung, so als könne sie es besser verstehen, wenn es ihr so nah war wie ihre Lippen. Dann schüttelte sie ungeduldig den Kopf.

»Sie können nur bis zu einer bestimmten Grenze Therapie anwenden, und dann muß eine Wahl getroffen werden.«

»Diese Wahl muß getroffen werden«, sagte er mit gepreßter Stimme, so daß seine Kehle schmerzte. »Newell lebt in einer Gesellschaft, für die er nicht taugt. Er ist mit einer Frau verheiratet, die er nicht verdient. Wenn es in meiner Macht steht, ihn tauglicher und würdiger zu machen, wo ist da vom ethischen Standpunkt die Wahl?«

Miss Thomas trat an den Schreibtisch heran.

»Sie haben angedeutet, daß Sie solche Fälle früher abgelehnt haben. Sie schickten sie unbehandelt in die Gesellschaft zurück.«

»Früher hat man Aussätzige unbehandelt zurückgeschickt«, fauchte er. »Die Therapie muß irgendwo, mit irgend jemandem beginnen.«

»Dann fangen Sie mit Ratten an.«

Das mache ich ja, sagte er, zum Glück zu sich selbst. Er überdachte ihre Bemerkung genauer und beschloß, sie nicht zu beantworten, weil er wußte, wie tief Miss Thomas inzwischen bedauern mußte, daß sie sie ausgesprochen hatte.

»Hildy Jarrell wird kündigen, wenn sie das erfährt«, sagte sie.

»Sie wird nicht kündigen«, sagte der Arzt sofort und mit Nachdruck.

»Und was mich angeht –«

»Ja?«

Ihre Blicke hefteten sich aneinander wie zwei Stahlstäbe, Ende an Ende, preßten sich aneinander, immer stärker, und sie wußten, daß ein geringes Schwanken, ein Abweichen zustande kommen und einen Bruch und einen Zusammenprall bringen mußte.

Aber statt dessen brach sie. Sie schloß die Augen gegen die Tränen und verflocht die Finger ineinander.

»Bitte«, flüsterte sie, »müssen Sie weitermachen? Warum? Warum?«

O Gott, dachte er, ich hasse das.

»Ich kann nicht darüber sprechen.« Das ist die echte Wahrheit, dachte er gequält.

»Ich bin nicht der Meinung, daß Sie es tun sollten«, sagte sie schwerfällig. Er wußte, daß es ihr letztes Wort war.

»Es ist eine psychologische Entscheidung, Miss Thomas, keine technische.« Er wußte, daß es unfair war, so zu argumentieren, aber es mußte Schluß sein.

Sie nickte.

»Ja, Doktor.« Sie ging hinaus und machte die Tür zu leise zu. Er dachte: Was muß man einem Menschen sein, daß man jemandem nachlaufen und schreien kann: ›Komm zurück! Komm zurück! Haß mich nicht! Mir geht es schlecht, und ich quäle mich!‹

Miss Jarrell brauchte etwa vierzig Minuten, um ins Büro zu kommen. Der Arzt hatte sich ungefähr halb sechs Uhr dafür errechnet. Er war vorbereitet.

Sie klopfte mit der einen Hand und drehte den Türknopf mit der anderen und flog herein wie eine zornige Biene. Ihr Gesicht war gerötet, und eine blasse Falte der Anspannung zeigte sich an beiden Nasenflügeln.

»Doktor –«

»Ah, Miss Jarrell«, sagte er mit schwerfälliger Herzlichkeit. »Ich wollte Sie eben rufen. Ich brauche Ihre Hilfe bei einem Sonderprojekt.«

»Also, *das* tut mir leid«, begann sie. Ihre Augen waren geweitet und flammend, die Ränder leicht gerötet. Er wünschte sich, daß er ihr ein paar Gran Azazyklonol ins Blut zaubern könnte; sie hätte sie gebrauchen können. »Ich bin hier, um –«

»Der Fall Newell –«

»Ja, der Fall Newell. Ich glaube nicht –«

Diesmal mußte er beinahe schreien.

»Und *ich* glaube, daß Sie für die Aufgabe genau die Richtige sind. Ich möchte dieses Zweihundert-Hertz-Wesen – Anson, Sie wissen –, ich möchte, daß er erzogen wird.«

»Also, ich finde, das ist – *was?«* Und als die zornige Silbe durch das Zimmer surrte, starrte sie ihn an und sagte schüchtern: »Wie bitte?«

»Ich möchte Sie von Ihren anderen Pflichten entbinden und ganz auf Anson ansetzen. Möchten Sie das?«

»Ob ich möchte . . . Was habe ich zu tun?«

»Ich möchte mit ihm in Verbindung treten. Er braucht einen Wortschatz und muß Grundbegriffe beigebracht bekommen. Wahrscheinlich weiß er nicht einmal, wie man eine Gabel hält oder sich schneuzt. Ich glaube, Sie könnten gute Arbeit leisten.«

»Also, ich – na, aber gerne!«

»Gut. Gut«, sagte er wie ein Kaufhausweihnachtsmann. »Nur ein paar Einzelheiten. Ich will jede Minute auf Tonfilm haben, von weißem Lärm zu weißem Lärm, und ich möchte die Aufnahmen jeden Tag sehen. Und ich müßte Sie natürlich bitten, mit keinem Menschen darüber zu sprechen, nicht im Dienst und nicht außerhalb. Es ist ein einmaliger Fall mit einer neuen Therapie, und davon hängt viel ab. Von Ihnen.«

»Oh, Sie können sich auf mich verlassen, Doktor!«

Er nickte zustimmend.

»Wir fangen morgen früh an. Bis dahin habe ich die ersten Wortlisten und andere Instruktionen für Sie. Ich muß inzwischen Nachforschungen betreiben. Den Medizinischen Informationsdienst in Washington einschalten und ›Prince, Morton‹ und ›Persönlichkeit, Multiple‹ in ihrem großen Gehirn abfragen. Ich brauche Auszüge von allem, was in den letzten fünfzig Jahren über das Thema erschienen ist. Keine Durchschriften. Ein Register. Bestellen Sie lieber Mikrofilme, die per Faksimileschreiber übermittelt werden sollen, ganz dringend.«

»Ja, Doktor«, sagte Miss Jarrell eifrig. »Ausländische Veröffentlichungen auch?«

»Alles, was je wissenschaftlich erarbeitet worden ist. Und Auftrag wie Lieferung sollen unter ›vertraulich‹ laufen.«

»*Wirklich* geheim.«

»Wirklich.« Er unterdrückte das Lächeln, das sich vordrängen wollte; vor seinem inneren Auge war das Bild eines kleinen Mädchens aufgetaucht, das Gummibonbons versteckt. »Und bringen Sie mir die Dienstliste der Krankenschwestern. Ich muß ziemlich jonglieren.«

»Sehr wohl, Doktor. Ist das alles?«

»Zunächst ja.«

Sie hüpfte beinahe zur Tür. Er sah Weiß aufschimmern, als sie sie öffnete; Miss Thomas stand im Vorzimmer. Er hätte nicht zufriedener sein können, wenn sie ausdrücklich auf seine Anweisung gekommen wäre, denn als Miss Jarrell hinausging, sagte sie: »Und vielen Dank, Doktor – herzlichen Dank.«

Da hast du was zu kauen, Thomas, dachte er, fühlte seine eigene kleine Rachsucht und erlaubte sich zur Abwechslung einmal, sie zu genießen.

Und: Warum lasse ich es an Thomas aus?

Na ja, weil ich es ja ab und zu an irgend jemandem auslassen muß, und sie kann es vertragen.

Weshalb sage ich ihr nicht alles? Sie hat Verstand. Vielleicht liefert sie ein paar gute Ideen. Warum nicht?

Warum nicht? fragte er noch einmal mit freudloser Stimme. Weil ich mich auch irren kann. Ich könnte mich ja so täuschen. Deshalb nicht.

Die Forschungsarbeiten begannen, die langen Nächte. Zusätzlich zu den ungeheuren Mengen Lektüre – über das Thema der multiplen Persönlichkeit war weit mehr veröffentlich worden, als er angenommen hatte – mußte er jeden Tag den gedrehten Film analysieren, Notizen machen, Auszüge für Computerkodierung anfertigen und schließlich, nach gründlicher Überlegung, die Lektion für den nächsten Tag skizzieren.

Der Rest der Klinik weigerte sich, stillzustehen und abzuwarten, bis diese Arbeit getan war, und eine zusätzliche Belastung bestand für den Doktor darin, seine Unschuld mit allem anderen außer dem Fall Newell verbergen zu müssen. Er war so veranlagt, daß ihn eine solche Belastung überpedantisch gerade bei den Dingen werden ließ, die er vermeiden wollte, so daß seine gewöhnliche Arbeit eher mehr Zeit beanspruchte als weniger.

Was die Nachforschungen anging, so war vieles Theorie und Debatte; das Thema schien, wie die Reinkarnation, Zeloten von der entschiedensten und wortreichsten Art anzuziehen, sowohl pro wie kontra. Er quälte sich durch das Material und legte zwei Arbeiten frei, die von ungeheurem Interesse für ihn waren. Die eine war eine Theorie, die andere ein Zwischenbericht über eine Versuchsreihe, die durch den Tod des Wissenschaftlers nie zu Ende geführt worden war.

Die Theorie, von einem gewissen Weisbaden dargelegt, gründete auf einer Suche durch ebensolches Material, wie er sie unternahm. Weisbaden schien außer ihm tatsächlich der einzige zu sein, der das Medizinische Informationszentrum um dieses komplette Paket gebeten hatte.

Daraus hatte er Statistiken gezogen, sie seiner Theorie angepaßt und die überraschende Meinung vertreten, bei der multiplen Persönlichkeit handle es sich um eine Zwillingserscheinung, und man werde, falls man eine Methode finde, alle diese Fälle zu erkennen, eine Übereinstimmung zwischen dem Auftreten von Mehrlingsgeburten und dem Vorkommen multipler Persönlichkeiten entdecken. Soundso viele Geburten pro Tausend sind Zwillinge, soundso viele pro Hunderttausend Drillinge, und die Chancen für Vierlinge und Fünflinge gehen in die Millionen.

Genauso, sagte Weisbaden, werde die statistische Erwartung für die Erscheinung der multiplen Persönlichkeit aussehen, sobald man damit aufhöre, solche Fälle als schizoid oder als anderweitig abnorm zu bezeichnen.

Weisbaden war kein Arzt gewesen, sondern eine Art Versicherungsmathematiker, aber seine Schlußfolgerung war faszinierend. Wie viele Zwillinge und Drillinge liefen als Einzelwesen auf der Erde herum, ohne jeden organischen Hinweis darauf, daß sie keine waren? Wie viele wurden wegen bestimmter Zustände behandelt, die sie gar nicht hatten; wie viele siamesische Zwillinge wurden bestraft, weil sie nicht gehen wollten wie andere Vierbeiner; wie viele getrennte Wesen wurden gezwungen, ihr Leben im Marschtritt zuzubringen?

Eines Tages, dachte der Arzt, wie so viele Ärzte vor ihm, eines Tages, wenn wir den genetischen Biologen näherkommen, wenn die Psychologie eine echte Wissenschaft sein wird, wenn jemand ein Verweisungssystem zwischen den Disziplinen entwickelt, das wirklich funktioniert . . . und eines Tages, wenn ich die Zeit habe, na ja, vielleicht könnte ich der Sache nachgehen, diese Vermutung genauer prüfen. Aber es ist nur eine Vermutung, weder auf Beobachtung noch auf Versuche gegründet. Aber faszinierend – wenn man sie nur testen könnte.

Die andere Arbeit war von praktischem Wert. Ein gewisser Julius Marx – auch er kein Arzt, sondern Konstruktionsingenieur, offenbar mit Hobbys – hatte einen Elektroenzephalographen für zwei gebaut, der bei jedem der beiden Patienten durch eine Reihe von Reizen Kurven aufzeichnete und gleichzeitig eine dritte schrieb, eine Resultante.

Marx kam es auf eine Methode an, Gehirnwellentypen zu bestimmen, statt individuelle Erscheinungen, und er hatte Schaltpläne für Maschinen erstellt, die bis zu acht Personen auf einmal bewältigen konnten. In einer Anmerkung hatte er mit trockenem Humor dazu geschrieben: ›Vielleicht nähern sich eines Tages die unwahrscheinlichen Theorien von Dr. Prince der Unmöglichkeit, wenn das Gerät auf einen Fall von multipler Persönlichkeit angewendet wird.‹

Der Arzt bestellte unmittelbar nach der Lektüre dieses Artikels Elektroenzephalogramme für Anson und Newell, und als sie ihm vorlagen, wünschte er sich dringend, daß Julius Marx zur Stelle hätte sein können; er vermutete, daß der Mann Humor hatte, auch wenn es auf seine eigenen Kosten ging.

Die Kurven waren so verschieden, wie es solche Kurven nur immer sein können.

Die Bestätigung seiner Diagnose war aufregend, und er hinterließ Miss Jarrell eine Notiz, alle Fälle multipler Persönlichkeit aufzuspüren, die er in den vergangenen acht Jahren abgewiesen hatte, und zu prüfen, was hinsichtlich weiterer Versuche unternommen werden konnte. Was danach kommen sollte, wußte er nicht – noch nicht.

Die andere brauchbare Idee aus der Arbeit von Marx war der Gedanke einer Resultante zwischen zwei ungleichartigen Elektroenzephalogrammen. Er stellte eine aus den Newell-Anson-EEGs her – ohne etwas so Ausgefallenes wie Marx' kompliziertes Gerät zu verwenden, sondern einfach durch schlichte Computerkupplung. Er behielt sie in der obersten Schreibtischschublade, und alle paar Tage zog er sie heraus und machte sich seine Gedanken ...

Die Therapie für Anson war keine Therapie. Gleich zu Anfang hatte Miss Thomas erklärt, das sei eine Persönlichkeit, die sich nicht demontieren lasse; sie hatte völlig recht gehabt. Man kann kein Episodenmaterial aus einer Wesenheit holen, die kein subjektives Bewußtsein besitzt, keine Erfahrung, die keinen Namen hat, kein Gefühl der Selbsterkenntnis, kein selbständiges Bewegungsvermögen, keine Erinnerung.

Es gab viele Bestandteile des seltsamen Glanzes von Anson, und sie lagen alle im Auge des Betrachters, der Anson schützte, weil er wehrlos war, der ständig über sein Un-Selbstbewußtsein staunte, als sei es ein Attribut und kein Mangel. Seine Entdeckung der Einzelheiten des Selbst und der Umwelt war wunderbar zu beobachten, weil er selbst sich so freute und die grausamen Strafen nicht kannte, die wir dem Ausdruck grenzenloser Freude auferlegen, noch die Verhüllung, die wir dafür anwenden. ›Nicht übel, der Sonnenuntergang da. Ja. Nicht schlecht.‹

»Er ist gut«, sagte Miss Jarrell einmal zum Arzt. »Er ist nur gut – nichts sonst.«

Die Therapie für Newell war aber Therapie und nicht erfreulich. Der ordnungsgemäß demontierte und segmentierte Patient ist verhältnismäßig einfach zu behandeln.

Man erregte Zorn – 1200 Hertz – und fragte: ›Wie alt bist du?‹ Da Zorn nicht ungestützt existiert, mußte eine Episode hervortreten; der Zorn hatte ein Ziel, das zu einer bestimmten Zeit und an einem bestimmten Ort existierte; und da war die Episode. ›Ich bin sechs‹, sagte der Patient. Man führt den ›Du bist sechs Jahre alt‹ -Ton zur Verstärkung zu und ist bereit für bedeutsames Erinnern. Oder man beginnt mit dem Altersindex: ›Du bist zwölf Jahre alt.‹ Wenn das akzeptiert ist, fragt man: ›Wie fühlst du dich?‹, und wenn im zwölften Lebensjahr wichtiges Material verborgen ist, tritt es zutage. Wenn es Angst ist, fügt man den ›Angst‹-Ton hinzu, fragt: ›Wo bist du?‹, und die ganze Geschichte schält sich heraus.

Aber bei Newell war das nicht der Fall. Es gab natürlich genug Konfliktmaterial, aber die Konflikte erschienen stets sekundär; sie waren eher Wirkungen als Ursachen. Die größte Kategorie von Traumata ist bei weitem der ungerechtfertigte Angriff – eine harte Mißhandlung, eine Krankheit, eine Abweisung. Er wirkt sich als Trauma aus, weil er, vom Standpunkt des Patienten aus, ungerechtfertigt ist. In Newells Fall gab es Leiden genug, Niederlagen genug, aber bei jeder einzelnen Episode hatte er sie verdient. Dadurch fehlte ihm das Schuldbewußtsein. Seine innere Überzeugung war, daß alle seine Grausamkeiten gerechtfertigt waren.

Der Arzt fühlte immer deutlicher, daß Newell sein ganzes Leben in einem Zustand der ausgeglichenen Buchhaltung, der bezahlten Schuld gelebt hatte. Seine Episoden besaßen keinen Zusammenhang, von einer zur anderen. Es war, als finde jede Episode im rechten Winkel zur Richtung seines Daseins statt; einmal überstanden, blieb sie zurück, wie ein mathematischer Punkt. Die Episoden waren leicht aufzufinden, auf keine Weise miteinander und dem Endprodukt in Verbindung zu bringen.

Der Arzt bemühte sich sehr, Anson und Newell innerlich als diskrete, völlig unzusammenhängende Individuen zu behandeln, aber Miss Jarrells sentimentale Bemerkung klang in ihm nach: ›Es ist gut; er ist nur gut – nichts sonst‹, und erzeugte das Gegenstück, auf Newell gewandt: ›Er ist böse; er ist nur böse – nichts sonst.‹

Das brachte ihn auf. Wie schön, wie wunderschön, sagte er sich sarkastisch, die Geister des Guten und Bösen miteinander verbunden, um einen ganzen Menschen auszumachen, und wie fein alles dazu paßt; Schwarz ist völlig Schwarz, und Weiß ist Weiß, und gemeinsam ergibt das Grau. Er ertappte sich dabei, daß er sich sagte, so einfach sei das nicht und nichts entwickle sich nach moralischen Bewertungen, die noch willkürlicher waren als sein Hörspektrum.

Es war etwa um diese Zeit, daß er an der Richtigkeit seiner Entscheidung zu zweifeln begann, am Wert seiner Therapie, an der Möglichkeit der Ergebnisse, die er wünschte, und an sich selbst. Und er hatte niemanden, der ihn beraten konnte. Das sagte er zu Miss Thomas.

Es war leicht, und es überraschte sie beide. Er hatte sie zu sich gerufen, um ein tägliches EEG über beide Facetten des Falles Newell zu veranlassen und die Resultante zu erklären, die er gleichfalls täglich haben wollte. Sie sagte ja, Doktor, und sehr wohl Doktor, und sofort Doktor, und noch eine Reihe anderer, ganz korrekter Dinge. Aber sie sagte nicht wieso, Doktor?, oder das ist gut, Doktor, und plötzlich hielt er es nicht mehr aus.

Dann kam es heraus, einfach und erstaunlich für sie beide: »Aber ich bin ganz allein damit, Tommie.«

Er hatte sie noch nie so genannt, nicht einmal bei sich selbst, und er war überwältigt vom Staunen darüber, wo das hergekommen sein mochte.

Miss Thomas sagte brummig: »Nein, das sind Sie nicht.«

»Na ja, verdammt«, sagte der Doktor, und dann hatte er sich wieder ganz in der Hand. Er steckte eine Filmpatrone in den Betrachter und holte seine Unterlagen heraus. Er gebrauchte sie als Register und saß da, die Hand am Schalter, ließ das weniger interessante Material durchlaufen und zeigte ihr die Höhepunkte. Er lieferte keine Auslegungen, während sie zuschaute und zuhörte.

Sie hörte Newell fauchen: »Überlegen Sie sich lieber, was Sie tun«, und sah Anson im Zimmer herumdeuten und singen: »Boden, Blume, Buch, Bett, Bläschen. Fenster. Rad, wackeln, wunderbar.« Er hatte in diesem Stadium noch nicht gewußt, was ein ›wunderbar‹ war, aber Miss Jarrell sagte es beinahe jede Stunde einmal. Sie sah Newell in Wut, mit elf Jahren, wie er seine Lehrerin anschrie: »Ich mach' Sie fertig, Sie alte Schachtel!«, und mit dreizehn, kühl befriedigt von etwas, was eine Katze und eine Zentrifuge betraf und am besten unberichtet bleibt.

Sie sah Anson mitten im Zimmer stehen, den linken Ellbogen in der rechten Hand, den linken Daumen an der Kinnspitze, eine Haltung, wie der Doktor sie einnahm, wenn er perplex war: »Wenn ich alles weiß, was es zu wissen gibt«, hatte Anson nüchtern erklärt, »wird es zwei Doktor Freds geben.«

Auf das hin gab Miss Thomas einen Brummlaut von sich und sagte: »Ein schöneres Kompliment können Sie nie und von keinem verlangen.« Der Arzt sagte: »Pst!«, aber freundlich. Als er die Szene zum erstenmal gesehen hatte, war ihm ein Brennen in den Augen aufgefallen. So war es immer noch. Er sagte sonst nichts.

Sie sah alles, bis zum Film des vergangenen Tages; Newell in tausend Stücken aus einem offenbar gesonderten Zusammensetzspiel für jedes einzelne Stück und Anson als schimmerndes Wunder, jetzt beim Lesenlernen, alles bestaunend, weil alles neu war – Teelöffel und Musik und Berge, das Sonnensystem und belegte Brote und Vanillegeruch.

Und während er zusah, öffneten sich Türen im Gehirn des Arztes. Sie öffneten sich nicht weit, aber soviel, daß er wußte: Es gab sie und in welchen Mauern. Wie sollte man das unbeschreibliche *Gefühl* der Erfahrenheit beschreiben?

Es heißt, ein guter Fernfahrer besitze Nervenenden, die bis zur Stoßstange und zur Heckleuchte reichen. Der Klaviervirtuose wird nicht jede Spreizung und Krümmung jedes Fingers wollen; er will die Töne, und sie erscheinen.

Der Arzt hatte diesen Kurs unmöglicher Auswahlmöglichkeiten durch solches Wollen und solche Orientierung gesteuert; und wieder spürte er ihn, den Drang, daß dieser Weg jetzt der richtige ist und daß etwas Bestimmtes als nächstes getan werden muß. Das Wunder für ihn war nicht das Gefühl, sondern daß es wiedergekehrt war, während er die Filme mit Miss Thomas sah, die Tonbänder mit ihr hörte, Miss Thomas, die nichts gesagt hatte, die keine Beurteilung, keinen Rat gab. Es waren dieselben Filme, die er studiert, in derselben Reihenfolge betrachtet hatte. Der Unterricht lag allein darin, daß er nicht mehr allein war.

»Wohin wollen Sie?« fragte Miss Thomas.

Vom Kleiderschrank her sagte er: »Reihen Sie das Material ein und sperren Sie ab, ja, Miss Thomas? Ich rufe Sie an, sobald ich zurück bin.« Er ging zur Tür und lächelte Miss Thomas an. Sein Gesicht schmerzte dabei. »Danke.«

Miss Thomas öffnete den Mund, um etwas zu sagen, tat es aber nicht. Sie hob die rechte Hand zu einer Art Gruß und drehte sich um, die Unterlagen aufzuräumen.

Der Arzt rief von einer Zelle in der Nähe von Newells Wohnung aus an.

»Habe ich dich geweckt, Osa? Entschuldige. Manchmal merke ich nicht, wie spät es wird.«

»Wer – Fred? Bist du das, Fred?«

»Bist du einem schmerzlichen Gespräch gewachsen?«

Erschreckt rief sie: »Ist etwas passiert? Ist Dick –«

Er hätte sich am liebsten einen Fußtritt für seine Ungeschicklichkeit gegeben. Wie anders sollte sie eine solche Bemerkung auslegen?

»Es fehlt ihm nichts. Tut mir leid. Ich habe wohl kein Talent für Wortgeplänkel . . . Kann ich dich sehen?«

Sie schwieg einen langen Augenblick. Er hörte ihre Atemzüge.

»Ich komme herunter. Wo bist du?«

Er sagte es ihr.

»Gleich um die Ecke ist ein Café, links vor dir«, sagte sie. »In zehn Minuten.«

Er hängte ein und ging zur Ecke. Es war eine schäbige Straße, die sich zu verstecken schien. In der Straße versteckte sich das Café. In dem Café versteckten sich die Nischen. In einer der Nischen saß der Arzt und war versteckt. Er mußte sich anstrengen, sich nicht zusammenzurollen wie ein Fötus.

Ein Kellner kam. Er bestellte Cocktails mit weißem Rum. Dann erschlaffte er, die Unterarme auf dem Tisch, das Kinn auf sie gestützt, sah die Bläschen in den Gläsern hochsteigen und an der Unterseite der Eiswürfel sich sammeln, bis die Gläser so beschlugen, daß er die Bläschen nicht mehr sehen konnte. Dann schloß er die Augen und versuchte das Denken zu unterlassen, aber er hörte ihre Schritte und sprang auf.

»Hier bin ich«, sagte er mit einem seehundartigen Bellen, viel lauter, als er vorgehabt hatte.

Sie setzte sich ihm gegenüber.

»Rum Collins«, sagte sie, und erst jetzt fiel ihm ein, daß sie das immer gemeinsam getrunken hatten, als sie noch alles gemeinsam gehabt hatten. Er fragte sich: Warum habe ich denn das getan? und antwortete: Das weißt du ganz genau.

»Ist er wirklich in Ordnung?« fragte sie.

»Ja, Osa. Bis jetzt.«

»Entschuldige.« Sie drehte ihr Glas, hob es aber nicht an die Lippen. »Ich meine, vielleicht willst du nicht über Dick sprechen.«

»Du bist sehr rücksichtsvoll«, sagte er und fragte sich, warum er nie auf den Gedanken gekommen war, sie einfach seinetwegen zu sehen. »Aber du irrst dich. Ich wollte wirklich, daß du über ihn sprichst.«

»Tja – wenn du willst, Fred. Worüber speziell?«

Er lachte.

»Ich weiß es nicht. Ist das nicht albern?«

Er trank. Er bemerkte, daß sie es auch tat. Sie hatten nie ›Zum Wohl‹ oder ›Prost‹ oder dergleichen gesagt, aber immer den ersten Schluck gemeinsam getrunken.

»Ich brauche etwas, was mir Segmentierung oder Hypnose oder Narkosynthese nicht geben können. Ich muß ein Skelett mit Fleisch umkleiden. Nein, es ist komplizierter. Ich brauche Farbtöne für eine Kohlezeichnung.« Er hob die Hände und ließ sie wieder sinken. »Ich weiß nicht, was ich brauche. Ich sage es dir, wenn ich es habe.«

»Na ja, ich helfe natürlich, wenn ich kann«, meinte sie unsicher.

»Gut. Dann erzähl einfach. Versuch zu vergessen, wer ich bin.« Er begegnete ihrem Blick und der Frage dort und erläuterte: »Vergiß, daß ich sein Therapeut bin, Osa. Ich bin ein interessierter Fremder, der ihn noch nie gesehen hat, und du erzählst mir von ihm.«

»Ingenieurexamen, und wo er herstammt und wie viele Geschwister?«

»Nein«, sagte er, »aber mach nur weiter. Du stolperst wahrscheinlich über das, was ich brauche, wenn du es so anfängst.«

»Tja, er ist – er ist krank gewesen. Ich glaube, das würde ich einem Fremden sagen.«

»Gut! Was meinst du mit krank?«

Sie warf ihm schnell einen Blick zu, und er konnte den Gedanken dahinter erkennen: Weshalb sagst *du* mir nicht, wie krank er ist? Und dann: Aber du willst dieses Spiel vom interessierten Fremden wirklich spielen. Also gut.

Sie hörte auf ihn anzusehen und sagte: »Krank. Er kann durch nichts gelenkt werden als durch seinen eigenen – Druck, und das ist nicht der Druck, den er haben sollte. Nicht auf dieser Welt.«

»Weshalb, meinst du, ist das so?«

»Es scheint ihm einfach egal zu sein. Nein«, sagte sie entschieden, »das meine ich gar nicht, überhaupt nicht. Es ist eher wie – ich glaube, es wäre ihm nicht gleichgültig, wenn – wenn er dürfte, und er darf nicht.« Sie sah ihm wieder in die Augen. »Das ist sehr schwer, Fred.«

»Ich weiß, und es tut mir leid. Aber sprich weiter, du machst es gut. Was meinst du damit, daß er sich nicht darum kümmern darf, was mit der Welt wird? Wer läßt ihn nicht?«

»Es ist kein Wer, sondern ein – ich weiß nicht. Du hättest einen Ausdruck dafür. Ich würde es ein Ungeheuer auf seinem Rücken nennen, etwas, was ihn treibt, Dinge zu tun und etwas zu sein, was er in Wirklichkeit gar nicht ist.«

»Fremde wie ich haben für nichts Ausdrücke«, erinnerte er sie leise.

»Das ist ein wenig erfrischend«, sagte sie mit der Spur eines Lächelns. »Ich mag – Leute – die sich nicht auskennen. Da fühle ich mich dazugehörig. Weißt du, wer Glück hat?« fragte sie plötzlich mit wilder Stimme. »Psychotiker haben Glück. Die Bekloppten, die wirklich Übergeschnappten. – Ich rede so mit fremden Laien. – Diejenigen, die dauernd Schmetterlinge sehen, diejenigen, die meinen, der Präsident habe es auf ihr Leben abgesehen.«

»Glück!« brach es aus ihm heraus.

»Ja, Glück. Sie haben einen Namen für die Bestie, die an ihnen nagt. Manchmal können sie sie sogar selbst sehen.«

»Ich kann nicht ganz –«

»Ich meine es so«, sagte sie erregt. »Wenn ich unter jeder Laterne Grislybären sehe, sehe ich wenigstens etwas. Es hat einen Namen, eine Gestalt; ich könnte ein Bild davon zeichnen. Wenn ich etwas Irrationales mache, wie es manche Verrückte tun – eine nicht vorhandene Eisenbahnlinie betreibe oder mit einer unsichtbaren Flinte auf unsichtbare Fasanen schieße –, dann *tue* ich immerhin etwas. Ich kann es beschreiben und ausdrücken, wie es ist, und Briefe darüber schreiben. Das sind alles *Dinge,* die den Wahnsinnigen plagen, verstehst du. Etiketten, faßbare Dinge. Dinge, die man der Wirklichkeit vorhalten kann, um zu zeigen, daß sie nicht damit übereinstimmen.«

»Und das ist ein Glück?«

Sie nickte elend.

»Ein bloßer Neurotiker – Dick, zum Beispiel – hat gar nichts, was er faßbar machen könnte. Er handelt auf eine Art, die wir irrational nennen, er hat ein Wertgefühl, das niemand versteht, und er tut Dinge auf eine Weise, die nur ihm, aber sonst keinem Menschen folgerichtig erscheint. Es ist so, als gäbe es wirklich Grislybären, aber wir hätten noch nie von ihnen gehört – was sie sind, was sie wollen, wie sie sich verhalten. Er wird von einem Monstrum ohne Namen getrieben, von etwas, was niemand sehen kann und was er nicht einmal wahrnimmt. Das habe ich gemeint.«

»Ah.«

Sie saßen minutenlang da, stumm und vorsichtig.

»Osa –«

»Ja, Fred.«

»Warum liebst du ihn?«

Sie sah ihn an.

»Du hast es wirklich ernst gemeint, als du gesagt hast, daß das ein schmerzliches Gespräch wird.«

»Lassen wir das. Sag es mir einfach.«

»Ich glaube nicht, daß man das sagen kann.«

»Dann versuch es damit: Was liebst du in ihm?«

Sie zuckte hilflos die Achseln.

»Ihn.«

Er reagierte nicht, bis er wußte, daß sie seine Unzufriedenheit mit der Antwort spürte.

Sie zog die Brauen zusammen und schloß dann die Augen.

»Ich könnte es dir nicht begreiflich machen, Fred. Um verstehen, müßtest du zweierlei sein: eine Frau und – Osa.« Er schwieg noch immer. Zweimal sah sie auf zu ihm und wieder fort, dann gab sie endlich nach. Mit leiser Stimme sagte sie: »Es ist eine – Zärtlichkeit, die du nicht für möglich halten würdest, gleichgültig, wie gut du ihn kennst. Es ist etwas Sanftes, Liebevolles, was noch niemals jemand besessen hat und in Zukunft niemand besitzen wird. Es ist – ich verabscheue das, Fred!«

»Weiter, Herrgott noch mal! Genau das ist es, wonach ich suche.«

»Ja? Nun, dann ... Aber es ist schlimm, so zu dir zu reden. Es kommt mir nicht recht vor.«

»Weiter!«

Sie sagte beinahe flüsternd: »Das Leben ist manchmal die reine Hölle. Er ist fort, und ich weiß nicht, wo, und er kommt zurück, und es ist furchtbar. Manchmal benimmt er sich, als wäre er allein in der Wohnung – er sieht mich nicht, er gibt mir keine Antwort.

Oder er ist ganz anders, dauernd hinter mir her, zieht mich auf, bohrt und verdreht jedes Wort, bis ich nicht mehr weiß, was ich gesagt habe oder als nächstes sagen soll oder wer ich bin oder ... alles, und er läßt mich nicht in Ruhe, daß ich nicht essen oder schlafen oder aus dem Haus gehen kann. Und dann –«

Sie verstummte, und der Arzt wartete, bis ihm klar wurde, daß das Warten diesmal nicht genügte.

»Nicht aufhören«, sagte er.

Sie schüttelte den Kopf.

»Bitte. Es ist wich–«

»Ich würde es tun, Fred«, stieß sie verzweifelt hervor. »Ich weigere mich nicht. Ich *kann* nicht, das ist es. Die Worte wollen nicht –«

»Dann versuch nicht, mir zu sagen, was es ist«, schlug er vor. »Erzähl einfach, was geschieht und was du dabei empfindest. Das kannst du doch.«

»Ich denke schon«, sagte sie, nachdem sie überlegt hatte. Sie atmete tief ein, beinahe seufzend, und schloß wieder die Augen. »Es ist wie die Hölle«, sagte sie, »und dann sehe ich ihn an, und er ... und er ... tja, es ist *da*, das ist alles. Manchmal kein Wort, kein Zeichen, aber das Zimmer ist erfüllt davon. Es ist ... es ist etwas, was man lieben kann, ja, das ist es, aber niemand kann etwas nur immer in der einen Richtung lieben. Es ist also auch etwas Liebendes, von ihm zu mir. Es erscheint ganz plötzlich, und alles andere, was er tut, die Grausamkeit, das Ignorieren, was auch gerade geschehen mag, es hört alles auf, und es gibt nichts anderes mehr als das – was es auch sein mag.« Sie befeuchtete die Lippen. »Es kann jederzeit geschehen; es gibt nie ein Vorzeichen oder eine Warnung. Es kann jetzt geschehen und dann wieder in einer Minute oder monatelang nicht. Es kann fast einen ganzen Tag dauern oder vorbeihuschen wie ein Vogel. Manchmal redet er weiter mit mir, wenn es passiert; manchmal ist das, was er sagt, nur Konversation. Manchmal – verzeih, Fred – liebt er mich danach, und das ist ... Oh, lieber Gott, das ist –«

»Da ist mein Taschentuch.«

»Danke. Er – tut das auch bei anderen Gelegenheiten, wenn von Liebe dabei nicht die Rede ist. Dieses – das zu Liebende – scheint nichts mit anderen Dingen zu tun haben, es gibt kein Schema. Es geschieht, und es ist das, worauf ich warte und woran ich zurückdenke; es ist alles, was ich habe und haben will.«

Als er überzeugt war, daß sie nichts mehr zu sagen hatte, meinte er: »Es ist, als setze sich plötzlich ein anderer – eine andere Persönlichkeit durch.«

Er war auf ihre Reaktion ganz unvorbereitet. Sie schrie das *»Nein!«* buchstäblich hinaus und erschrak selbst. Sie zuckte zurück und schaute sich schuldbewußt in dem Café um. »Ich weiß nicht, warum«, sagte sie betroffen, »aber das war einfach – einfach furchtbar, was du gesagt hast. Fred, wenn du auch nur eine winzige Spur an weibliche Intuition glaubst, dann schlägst du dir diesen Gedanken gleich aus dem Kopf. Ich könnte dir auch nicht annähernd klarmachen, warum, aber es ist einfach nicht so. Was mich auf diese Weise liebt, mag ein Teil von Dick sein, aber es ist Dick, nichts und niemand anders. Ich *weiß*, daß es so ist, das ist alles. Ich weiß es.« Ihr Blick war so zwingend, daß er beinahe zusammenzuckte. Er konnte sehen, wie sie sich anstrengte und Worte zu finden versuchte. Schließlich sagte sie: »Die einzige Art, wie ich das sagen kann und die für mich Sinn hat, ist die, daß Dick so ein – gemeiner Kerl sein kann, die meiste Zeit, und trotzdem mit etwas, was in der anderen Richtung genauso extrem ist, den geraden Weg gehen kann. Es ist – es ist jammerschade für die übrige Welt, daß er diese Seite nur mir zeigt, aber so ist es nun einmal.«

»Zeigt er sie nur dir?« Er berührte ihre Hand und ließ sie wieder los. »Verzeih, aber ich muß das fragen.«

Sie lächelte, und auf ihrem Gesicht leuchtete eine Art Stolz auf.

»Nur mir. Ich nehme an, das ist wieder Intuition, aber es ist so gewiß wie der Sonntag.« Der Stolz verschwand und wich geduldiger Qual. »Ich mache mir nichts vor, Fred – er hat andere Frauen; sogar viele. Aber dieses besondere Etwas ist für mich. Es ist nichts, worüber ich mir den Kopf zerbrechen muß. Ich weiß es einfach.«

Er lehnte sich erschöpft zurück.

»Ist das alles, was du wolltest?« fragte sie.

Er warf ihr einen schnellen, verletzten Blick zu und sah zu seinem Entsetzen ihre Augen voller Tränen.

»Es ist das, was ich verlangt habe«, sagte er tonlos.

»Ich sehe den Unterschied.« Sie gebrauchte sein Taschentuch. »Darf ich es behalten?«

»Du kannst –« Aber er hielt sich zurück. »Sicher.« Er stand auf. »Nein«, sagte er und nahm ihr das feuchte Taschentuch aus der Hand. »Ich habe etwas Besseres für dich.«

»Fred«, sagte sie gequält, »ich –«

»Ich gehe, verzeih mir und so weiter«, sagte er, weitaus zorniger, als er von sich vermutet hatte. Aber höfliches Geschwätz und Abschiede waren viel mehr, als er ertragen konnte. »Der laienhafte

Fremde muß sich ausführlich mit einem Kollegen unterhalten. Ich halte es für besser, wenn ich dich nicht wiedersehe, Osa.«

»Gut, Fred«, sagte sie zu seinem Rücken.

Er hatte ihr weh getan, das wußte er, aber er wußte auch, daß seine Stellung in ihrem Kosmos den Schmerz und hundert weitere überschatten würde. Er sonnte sich in dem Privileg, warf dem Kellner einen Geldschein hin und stapfte hinaus.

Er fuhr zurück und ging die Rampe zur Klinik hinauf. Aus irgendeinem unklaren Grund wurde er auf die Inschrift über dem Eingang aufmerksam. Er war tausendmal ohne einen Blick vorbeigegangen; er hatte sie dort anbringen lassen und war zufrieden damit – weshalb sollte sie jetzt eine Rolle spielen? ›Irgendein Quatsch von der Heiligkeit der Persönlichkeit.‹ Eine sehr tiefsinnige Bemerkung, dachte der Arzt, wenn man bedachte, daß Newell sie nicht gelesen hatte:

›Nur der Mensch ergründet den Menschen.‹

Das Wort stammte von Robert Lindner und war die Antwort des Doktors auf die unvermeidliche Anschuldigung der ›Druckknopftherapie‹. Aber er fragte sich jetzt, ob das Wort ›Mensch‹ wirklich umfassend genug war.

Er schüttelte die Mutmaßung ab und sperrte die Tür auf.

Licht schimmerte durch die Tür seines Büros am Ende des Korridors. Er ging auf dem glatten Boden den Flur hinunter, lauschte seinen Schritten und dachte nichts anderes. Er öffnete die Tür.

»Was machen Sie da?«

»Ich warte«, sagte Miss Thomas.

»Warum?«

»Für alle Fälle.«

Ohne zu antworten, ging er zum Schrank und hängte seinen Mantel hinein. An seinem Schreibtisch angelangt, setzte er sich hin und streckte sein müdes Rückgrat, bis es knackte. Dann betrachtete er Miss Thomas im großen Lehnsessel. Sie hatte die Füße auf den Boden gestellt, und er begriff, daß sie bereit war zu gehen, wenn er es wollte.

Er sagte: »Hypothese: Newell und Anson sind getrennte Persönlichkeiten.« Während er sprach, bemerkte er, daß Miss Thomas' Füße sich ein wenig vorschoben und dann an den Knöcheln überkreuzten. Sein innerer Gedanke war: Von allem, was ich an dieser Frau mag, ist das Beste, wieviel ich mit ihr sprechen kann, ohne etwas sagen zu müssen. »Und wir haben Daten genug, um das zu beweisen«, fuhr er fort. »Die EEGs alleine beweisen es schon. Anson ist Anson, und Newell ist Newell, und um das zu beweisen, haben wir sie so herauskristallisiert, daß jeder sie sehen kann. Wir haben uns so mit ihnen befaßt, daß wir genau wissen, wie Anson ohne Newell ist. Wir haben ihn so aufgebaut, mit dem Blick darauf. Bei Newell haben wir es nicht ganz so gemacht, aber es läuft auf dasselbe hinaus. Ich meine, wir haben Newell so auseinandergenommen, als existiere Anson nicht in ihm. Das Ganze läuft auf folgendes hinaus: Um einen Fall von multipler Persönlichkeit darzustellen, haben wir die Komponenten getrennt und isoliert. Dann fangen wir an zu rotieren, weil keines von den Segmenten einem richtigen menschlichen Wesen gleicht . . . Miss Thomas?«

»Ja?«

»Stört es Sie, wenn ich dauernd ›wir‹ sage?«

Sie lächelte und schüttelte den Kopf.

»Im Augenblick nicht.«

»Ferner«, sagte er und erwiderte ihr Lächeln, ohne sich bei seiner Zusammenfassung beirren zu lassen, »haben wir unsere beiden Persönlichkeiten genommen und jede wie einen potentiell heilbaren Patienten behandelt – den einen betrachten wir als neurotisch, den anderen als zurückgeblieben. Wir sind von der Annahme ausgegangen, daß jeder sein eigenes Leiden in sich birgt und durch getrennte Therapie behandelt werden kann.«

»Wir haben uns getäuscht?«

»*Ich* ganz bestimmt«, sagte der Doktor. Er schlug mit der Hand auf den Aktenschrank neben sich. »Hier liegt eine sehr interessante Arbeit von einem gewissen Weisbaden, der die Theorie aufstellt, multiple Persönlichkeiten seien eigentlich Zwillinge, eineiige Zwillinge, die sich in einem einzigen Körper entwickelt haben. Sozusagen ein Schritt in den Mikrokosmos vom *foetus in foetu.*«

»Davon habe ich gelesen«, sagte Miss Thomas. »Ein Zwilling, der bei der Geburt im Körper des anderen enthalten ist.«

»Aber nicht nur teilweise – sondern völlig umschlossen. Ob Weisbaden recht hat oder nicht, es lohnt sich, das als Testhypothese zu unterstellen. Das habe ich unter anderem gemacht, und ich habe meine Nase so weit hineingesteckt, daß ich einen überaus wichtigen Bestandteil des Vergleiches nicht sehen konnte, nämlich, daß Zwillingsbildung selbst eine Anomalie ist und jede Abweichung eines Nachkommen multiplen Ursprungs teratologisch.«

»Hui«, sagte Miss Thomas mit gespielter Bewunderung.

Der Doktor lächelte.

»Ich hätte sagen sollen ›eine Mißgeburt‹, aber weshalb mit Aberglauben operieren? Die Sache ist schon schlimm genug. Wenn wir unsere Zwillingsidee als Vergleich weiterführen wollen, müssen wir jedenfalls die sehr wahrscheinliche Möglichkeit einkalkulieren, daß unsere multiplen Persönlichkeiten so abnorm sind wie siamesische Zwillinge oder jede andere Mißgeburt – ich hasse diesen Ausdruck!«

»Ich bin nicht entsetzt«, sagte Miss Thomas. »Abnorm in welcher Beziehung?«

»Nun, was würden Sie, so primitiv wie möglich ausgedrückt, für die Abnormität *eines* siamesischen Zwillings halten?«

»Den anderen siamesischen Zwilling.«

»Mmm. Und was ist, nach demselben Vergleich, der Name von Newells Krankheit?«

»Du meine Güte!« stieß Miss Thomas hervor. »Hildy Jarrell sagen wir das besser nicht.«

»Das ist nicht das einzige, was wir ihr verheimlichen müssen – jedenfalls einige Zeit«, meinte der Arzt. »Hören Sie: Haben Sie meine Aufzeichnungen über Newell studiert?«

»Alle, ja.«

»Erinnern Sie sich an die Bemerkung von ihr, die mich gestört hat, daß Anson nur und nichts als gut sei, und an mein Problem hinsichtlich der Folgerung, Newell sei nur und nichts als böse?«

»Ich erinnere mich.«

»Das ist etwas Kindisches, worüber ich mich jedesmal ärgere, wenn ich es finde, und ich ärgerte mich enorm darüber, daß ich überhaupt so etwas dachte. Der einzige Grund dafür, weshalb es in den Notizen steht, ist der, daß ich es irgendwo abladen mußte. Nun, ich bin überlistet worden, Miss Thomas. Weil Anson schimmernd und unbefleckt in unserer Mitte erschien, habe ich alles versucht, um ihn vor der Korruption durch Zorn, Angst, Habgier, Fleischeslust und allen anderen Steckenpferden der echten Menschheit zu bewahren. Glücklicherweise kam mir nie in den Sinn zu prüfen, was an Güte, Großzügigkeit, Sympathie oder Empathie in Newell verborgen sein mochte. Warum sich die Mühe machen bei einem – wie nannten Sie ihn?«

»Halunken«, sagte Miss Thomas ohne Zögern.

»Halunken. Was wir also zuerst machen müssen, ist, jeder dieser – äh – Personen das Privileg der Gemeinsamkeit zu geben. Wenn sie Monstren sind, dann müssen wir ihnen wenigstens gestatten, ganze Monstren zu sein.«

»Sie meinen doch nicht, daß Sie –«

»Wir«, verbesserte er lächelnd.

Sie sagte, während sie das Lächeln erwiderte: »Sie meinen doch nicht, daß wir den armen Anson nehmen und –«

Er nickte.

»Auf Anhieb verstehe ich nicht, wie Sie das machen wollen, Doktor. Anson kennt keine Angst. Er würde lachen, wenn er in einen Löwenkäfig oder an eine Hochspannungsleitung treten würde. Und ich kann mir nicht vorstellen, wie Sie ihn zornig machen wollen. Ausgerechnet Sie. Er – er liebt Sie. Und was ... ach, du meine Güte. Das ist ja furchtbar.«

»Extreme sind furchtbar«, bestätigte er. »Wir werden ziemlich auf den Grund gehen müssen, aber wir können es schaffen. Ich schlage deshalb vor, daß Miss Jarrell nach Kalamazoo geschickt wird, um einen neuen Herd zu besorgen oder dergleichen.«

»Und was dann?«

»Es ist üblich, einem Patienten Namen und Art seiner Krankheit mitzuteilen. Auf unserem Gebiet sagen wir es ihm nicht, wir zeigen es ihm, und wenn er die Information verarbeitet, nennen wir das eine Einsicht. Anson, das ist Newell. Newell, das ist Anson.«

»Ich hoffe nur, daß sie Freunde werden«, sagte Miss Thomas unbehaglich.

In Dunkelheit innerhalb einer Dunkelheit im Dunkeln schlief Anson seinen neuen Schlaf, in dem er jetzt Träume hatte. Und dann war da seine eigene Musik, die tiefe Melodie, die die Dunkelheit erhellte und die dunklen Hüllen durchbohrte, eine innerhalb der anderen; und nun konnte er ans Licht treten, zum Lachen und den zu Kopf steigenden Geheimnissen des Lebens und der Verständigung mit Miss Hildy und Doktor Fred und zum Wunder über Wunder der Wahrnehmung. Freudig schleuderte er sich zurück ins Leben, zum –

Aber es war nicht dasselbe. Er war hier, im Bett, aber es war ganz und gar nicht dasselbe. Da war kein Lichtrand um die Decke, keine goldenen Barren drangen durch ein sonnenbeschienenes Fenster; es war dasselbe und doch nicht dasselbe – es war dunkel. Er bewegte die Lider so heftig, er erzeugte kleine farbige Lichter, aber sie befanden sich in seinen Augen und zählten nicht.

Es gab Lärm, unerhörten, unerträglichen Lärm in Form eines klirrenden Beckenschlags gleich neben seinem Kopf im Dunkeln. Er zuckte zurück und versuchte hochzuspringen und wegzulaufen und entdeckte, daß er sich nicht bewegen konnte. Seine Arme waren am Körper festgebunden, seine Beine am Bett, mit einem breiten, formlosen Etwas, das ihn gefangenhielt. Er kämpfte dagegen, weinend, und dann fiel das Bett unter ihm fort und kam krachend zum Stehen und stürzte wieder hinab. Es gab wieder einen Laut – keinen Lärm, obwohl er ihn wie ein solcher überfiel: Es war ein Fotoblitz, wenngleich er das nicht wissen konnte.

Geblendet und gequält lag er entsetzt da, wartete wieder auf den Schrecken.

Er hörte eine Stimme leise sagen: »Volumen verringern«, und seine Musik, sein Ton, der allgegenwärtige Hintergrund seines ganzen Bewußtseins, wurde schwächer. Er strebte danach, und der Ton zog sich von ihm zurück. Stampfen und Schlurfen von irgendwo im Dunkeln drohten ihn ganz vor ihm zu verbergen. Er fühlte ohne Worte, daß der Ton sein Leben war und er es zu verlieren begann. Zum ersten Mal in seinem bewußten Leben spürte er bewußte Angst vor dem Sterben.

Er kreischte und kreischte wieder, und dann kam eine Schwärze, schwärzer als das Dunkel, und alles hörte auf.

»Er ist ohnmächtig. Licht bitte. Ton abschalten. Geben Sie ihm fünfhundertfünfzig, dann sehen wir, ob er normal schlafen kann. Mein Gott, ich hoffe nur, daß wir nicht zu weit gegangen sind.«

Sie beobachteten den Patienten. Sie keuchten vor Anspannung.

»Helfen Sie mir«, sagte der Doktor. Gemeinsam lösten er und Miss Thomas die Zwangsdecke. Sie räumten das Blitzgerät und die Becken weg und stellten die Betthebesteuerung auf die normale langsame Gangart um.

»Er ist in Ordnung, physisch jedenfalls«, sagte der Arzt nach einer schnellen Untersuchung. »Ich habe Ihnen gesagt, daß es klappt, wenn wir ganz auf den Grund gehen. Einen Löwen würde er nicht fürchten, weil er nicht weiß, was ein Löwe ist. Aber Gefangensein und plötzlicher Lärm und Stürzen – da braucht er nicht zu wissen, was das ist. Gut, knöpfen Sie ihn wieder zu.«

»Was? Sie wollen doch nicht –«

»Los, zuknöpfen«, sagte er knapp.

Sie runzelte die Stirn, half ihm aber, die Zwangsjacke wieder anzubringen.

»Ich glaube trotzdem –«, begann sie und erntete ein »Pst!«

Er schaltete den 200-Hertz-Ton wieder mit der gewohnten Amplitude ein, und sie warteten. Diesmal gab es eine Verzögerung bei der Rückkehr ins erkennbare Bewußtsein. Der Arzt begriff, daß der Patient wach war, aber anscheinend Angst davor hatte, die Augen zu öffnen.

»Anson –«

Anson begann leise zu weinen.

»Was ist los, Anson?«

»D-doktor Fred, Doktor Fred ... der große Lärm, und dann konnte ich mich nicht bewegen und alle die knallenden Lichter und das Dunkel.« Er weinte wieder.

Der Doktor sagte nichts. Er wartete nur. Ansons Schluchzen verstummte plötzlich, und er versuchte sich zu bewegen. Er ächzte hörbar und versuchte es wieder.

»Doktor Fred«, rief er in panischer Angst.

Der Arzt sagte noch immer nichts.

Anson warf den Kopf hoch, fiel zurück, versuchte es noch einmal.

»Machen Sie, daß ich wieder hoch kann«, rief Anson jämmerlich.

»Nein«, sagte der Arzt kurz.

»Machen Sie, daß ich –«

»Nein.«

Anson schrie gellend. Er bäumte sich so heftig auf, daß der Arzt einen Augenblick lang um die Befestigung der Zwangsdecke fürchtete. Aber sie hielt.

Anson wehrte sich fast zehn Minuten lang gegen die Decke, kreischend und lallend. Furcht verwandelte sich in Wut, Wut in einen heftigen, kopflosen Kampf. Es war ein kindischer Wutanfall, verstärkt durch die Kraft und Ausdauer eines Erwachsenen.

Ungefähr in der zweiten Minute schaltete der Arzt eine Ergänzungsfrequenz dazu, schrille 10 500 Hertz, die auf dem Index ohne Bezeichnung waren. Sooft Anson Atem holte, sagte der Arzt monoton: »Du bist zornig. Du bist zornig.« Grimmig sah er zu, bis er den Patienten Sekunden, bevor er einen Zusammenbruch erleiden mußte, dem Schlaf überließ.

»Ich hätte keine Minute mehr aushalten können«, sagte Miss Thomas. Ihre Lippen waren beinahe grau. Sie befeuchtete ein Handtuch und wusch sanft das schlafende Gesicht. »Das hat mir gar nicht gefallen.«

»Das andere wird Ihnen gefallen«, versprach der Arzt. »Weg mit der Decke.«

Sie nahmen sie ab und räumten sie weg.

»Was würden Sie davon halten, wenn ich die zehnfünf Hertz ohne die Decke einschalten würde?«

»Bauen Sie vorher einen Käfig für ihn«, sagte sie betroffen.

Er grinste plötzlich.

»Erzeugen Sie achtzig Hertz, ja?«

Sie tat es, und sie beobachtete Richard Newell beim Erwachen.

Er stöhnte und bewegte vorsichtig den Kopf. Er setzte sich plötzlich auf, stieß einen Laut aus und bedeckte das Gesicht kurz mit den Händen.

»Hallo, Newell. Wie fühlen Sie sich?«

»Wie der Inhalt einer Müllkippe. Ich habe mich nicht mehr so gefühlt seit dem Tag, an dem ich vierzehn Stunden lang gerudert bin.«

»Alles in Ordnung, Newell. Gehört zur täglichen Arbeit.«

»Arbeit ist richtig. Ich weiß – Sie haben mich einen Pflug ziehen lassen, während ich in Hypnose war. Zwangsarbeit. Senkt die Unkosten. Verdammt, Fred, ich mache da nicht mehr lange mit.«

»Sie machen mit, solange ich das möchte«, fauchte der Arzt. »Das ist jetzt meine Party, Dicky-Boy.«

Miss Thomas hielt den Atem an. Newell schwang langsam die Beine vom Bett und sah den Arzt an, ein drohendes, häßliches Lächeln um den Mund.

»Miss Thomas«, sagte der Arzt, »zehnfünf bitte.«

Er verbarg seine Belustigung tief und sah zu, als Miss Thomas zur Instrumententafel schlich und den 10 500-Hertz-Ton wählte. Er wußte genau, was in ihr vorging. 10 500 war ein Wutmotiv, der Befehl an Anson, den Zustand unerträglichen Zorns zu durchleben, den er erst Augenblicke vorher durchgemacht hatte.

»Miss Thomas«, sagte Newell leise, »habe ich Ihnen meine Lebensgeschichte schon erzählt? Oder die des Doktors?«

»Äh – nein, Mr. Newell.«

»Es war einmal ein Doktor«, sagte Newell, »der – der –«

Als der schrille Ton das 80-Hertz-Geräusch überlagerte, geriet Newells Stimme ins Stocken. Hinter sich hörte der Arzt Miss Thomas' Kittel rascheln, als sie den ganzen Körper anspannte.

Newell sah den Arzt verblüfft an.

»Was, zum Teufel, habe ich eigentlich vor?« murmelte er. »Das ist keine lustige Geschichte. Entschuldigen Sie, Miss Thomas.« Er entspannte sich sichtlich, schwang die Beine wieder auf das Bett und stützte sich auf einen Ellbogen. »Ich habe mich nicht so gefühlt, seit ... Wo ist Osa?« fragte er.

»Zu Hause. Sie wartet auf Sie.«

»Mein Gott. Hoffentlich braucht Sie nicht mehr lange zu warten. Ist alles in Ordnung mit ihr?«

»Es geht ihr gut. Ihnen auch, so ziemlich. Ich glaube, wir haben die Sache im Griff. Wollen Sie hören?«

»›Sprecht über mich‹«, zitierte Newell. »›Sprecht nett, wenn ihr könnt, aber sprecht über mich.‹«

Der Arzt sah Miss Thomas ungläubig auf die Instrumente starren, um nachzusehen, ob sie wirklich das Richtige getan hatte. Er lachte. Newell lachte mit; es war einer der angenehmsten Laute, die man sich vorstellen konnte. Und es war auch nicht Ansons Lachen – nicht einmal entfernt. Das war Richard Newell, wie er leibte und lebte, aber warm, zugänglich, rücksichtsvoll.

»Hat Osa Ihnen je gesagt, sie sei der Meinung, daß ein namenloses Ungeheuer Sie antreibt?« sagte der Arzt.

»Nur ein paar hundertmal.«

»So ist es wirklich. Ich mache keine Witze, Dick – Sie haben es wirklich. Sie sind nur nie dahintergekommen, und Sie haben keinen Namen dafür.«

»Ich komme nicht mit.« Er war neugierig, wollte eifrig lernen, wollte gern haben und gern gehabt werden. Es lag in der Art, wie er sprach, sich bewegte, zuhörte. Miss Thomas stand an der Tafel, erstarrt, bereit, ihn abzuschalten beim ersten Anzeichen mutmaßlicher Gewalttätigkeit.

»Das gibt sich. Das Bild sieht so aus.« Mit einfachen Ausdrücken erzählte ihm der Doktor die Geschichte von Anson, die Theorie der multiplen Persönlichkeit als Zwillingsbildungsphänomen und endlich seine Theorie der akrobatischen Stabilisierung, welche die beiden Wesen von sich aus erreicht hatten.

»Wieso akrobatisch?« fragte Newell.

»Sie wissen, daß Sie sich die meiste Zeit gemein benehmen, Dick.«

»Das kann man sagen.« Das kam ganz ohne Ärger.

»Hier ist der Grund. Hören Sie nur zu. Testen können Sie das später, wenn Sie alles gehört haben. Ihr anderes Ich war eingemauert, vom Bewußtsein, Ausdruck, sogar vom Selbstbewußtsein ausgeschlossen, seitdem Sie auf der Welt sind. Ich will nicht versuchen, das zu erklären; ich weiß es nicht. Jedenfalls lag es da, isoliert, aber lebendig, Dick, lebendig – und *genauso stark wie Sie!«*

»Ich . . . kann mir so etwas nicht vorstellen.«

»Es ist nicht einfach. Ich kann es auch nicht ganz. Es ist so, als wolle man versuchen, sich in das Denken einer anderen Gattung einzufühlen oder in das einer Pflanze, wenn man sich so etwas vorstellen kann. Ich weiß aber, daß es lebendig ist, und bis vor kurzem hatte es nichts – kein Wissen, keine bleibende Erfahrung, keine Ausdrucksmöglichkeit.«

»Woher wissen Sie dann, daß es da ist?«

»Es ist wirklich da«, sagte der Doktor. »Und jetzt, in diesem Augenblick, gerät es außer sich. Sehen Sie, es hat Ihr Leben mit Ihnen gelebt. Es besitzt einen blinden, unaufhörlichen Drang durchzubrechen, und es konnte das nie, bis es hier heraufschoß und wir es herausholten. Es ist eine faszinierende Wesenheit, Dick. Ich will jetzt nicht darauf eingehen; sie werden es – ihn – gründlich kennenlernen, bevor Sie hier weggehen. Aber ob Sie es glauben oder nicht, es ist sehr nett. Mehr als nett: Es ist praktisch engelhaft. Es hat die ganzen Jahre wie ein Samenkorn im Dunkeln gelegen und dem Licht entgegengestrebt, und jedesmal, wenn es ihm nahekam, haben Sie es wieder hinuntergestampft.«

»Ich?«

»Aus guten, vernünftigen Überlebensgründen. Aber wie viele Überlebensimpulse war auch der Ihre reichlich irrational. Ein Löwe brüllt, ein Reh flüchtet. Aber wenn es nun über eine Klippe flieht? Worauf ich hinaus will, ist folgendes: Es ist Platz für euch beide in Richard Anson Newell. Ihr seid, wenn man es genau nimmt, als Fremde und manchmal Feinde ganz gut miteinander ausgekommen. Ihr werdet als Freunde und Partner noch viel besser untereinander auskommen. Oder als Brüder, wenn Sie den richtigen Ausdruck hören wollen, denn genau das seid ihr beide.«

»Wie erklärt das – wenn es wahr ist – die Art und Weise, wie ich mein Leben verpfuscht habe?«

Der Arzt schwieg einen Augenblick und suchte nach einem Bild.

»Man könnte sagen, daß Sie von einem gemeinsamen Mittelpunkt aus hinausgehebelt worden sind. Weit hinaus. Ihr anderes Ich – wir nennen es Anson – ist, wie gesagt, ein sehr lieber Mensch. Seine blinden Anstrengungen richteten sich nahezu alle auf etwas – nennen Sie es eine Aura, wenn Sie wollen – in den Menschen um Sie. Das Streben ist alles, was warm und liebenswert und gut ist.

Aber Sie – Mann, Sie fühlten sich bedroht! Sie konnten nie nach etwas hinausgreifen; Anson war vor Ihnen da, greifend und tastend. Sie mußten sofort und mit aller Macht *in der entgegengesetzten Richtung* reagieren. Ist es nicht wahr, daß Sie Ihr ganzes Leben hindurch alles abgelehnt und niedergetrampelt haben, was Sie anzog – und daß Sie gleichzeitig nur Dinge genommen haben, die Ihnen in Wirklichkeit gar nichts bedeuten?«

»Tja, ich –«

»Halten Sie den Gedanken nur einmal fest. Was ich da vortrage, ist für Ihr intellektuelles Verständnis bestimmt. Ich erwarte nicht, daß Sie es auf Anhieb akzeptieren.«

»Aber ich habe nicht immer . . . ich meine, was ist mit Osa? Wollen Sie mir weismachen, daß ich Osa in Wirklichkeit gar nicht will?«

»Das ist der Hebeleffekt, Dick. Anson hat Osa gegenüber nie das empfunden, was Sie fühlten. Ich glaube, sie hat eine einschränkende Wirkung auf ihn, und er läßt sich nicht gerne einschränken, nicht wahr, Miss Thomas?« Er lachte leise. »Sie läßt ihn entweder kalt oder macht ihn zornig. So zornig, daß man es kaum glauben möchte. Aber es ist der Zorn eines kleinen Kindes, Dick – blind, wütend und extrem. Und was geschieht *dann*, wenn Sie in der *anderen* Richtung reagieren?«

»O mein Gott«, flüsterte Newell. »Osa ...« Er richtete seinen plötzlich leuchtenden Blick nach oben. »Wissen Sie, manchmal bin ich – sind wir – es ist wie ein mächtiges Licht, das –«

»Ich weiß, ich weiß«, sagte der Doktor gereizt. »Im Augenblick geschieht genau das. Schalten Sie die zehnfünf ab, Miss Thomas, bitte.«

»Ja, Doktor.«

»Der hohe Ton«, erläuterte der Arzt. »Er ist für Anson ausgelöster Zorn. Sie sind im Augenblick sehr anständig, Newell. Ist Ihnen das klar?«

»Na, warum auch nicht? Sie haben ja viel für mich getan.«

Der Ton erstarb. Newell schloß die Augen und öffnete sie wieder. Es blieb lange Zeit still.

Schließlich sagte Newell mit leiser, beleidigter Stimme: »Sie erzählen hübsche Märchen, Freddy-Boy, aber ich habe es satt, Ihnen zuzuhören. Soll ich Sie so erpressen, daß Sie verschwinden?«

»Fünfhundertfünfzig, Miss Thomas.«

»Ja, Doktor.« Sie schaltete Newell ab.

Als sie wieder im Büro waren, zappelte Miss Thomas vor Unentschlossenheit. Sie wollte etwas sagen und sah dann den Doktor mit stummem Flehen an.

»Nur zu«, sagte er aufmunternd.

Sie schüttelte den Kopf.

»Ich weiß nicht, was jetzt kommt. Morton Prince hat sich geirrt, es gibt keine multiplen Ichs, nur multiple Kinder in einem einzigen Körper, mit einem einzigen Gehirn.« Sie verstummte und wartete darauf, daß er den Faden aufnahm.

»Nun?« sagte er.

»Ich weiß, daß Sie nicht einen für den anderen opfern werden, deshalb haben Sie solche Fälle früher nicht behandelt. Aber«, sie gestikulierte hilflos, »selbst wenn Newell die Apparatur mit sich herumschleppen könnte, würde ich nachts nicht schlafen bei dem Gedanken, daß Anson die Qual des Zehnfünf-Tons ertragen müßte, nur damit Newell ein anständiger Mensch ist. Oder auch umgekehrt.«

»Es wäre weder human noch praktisch«, sagte er. »Nun?«

»Wechseln sie sich in der Herrschaft ab, einen Tag der eine, den nächsten Tag der andere?«

»Das würde immer noch heißen, daß jedem die halbe Zeit geopfert wird.«

»Was dann? Sie haben gesagt: ›Newell, das ist Anson. Anson, das ist Newell.‹ Aber Sie haben nicht dasselbe Problem, das Sie bei siamesischen Zwillingen hätten, oder dieselbe Lösung.«

»Nämlich?«

»Sie zu trennen, ohne einen davon umzubringen. Alles, was die beiden haben, ist ein einziger Körper und ein einziges Gehirn. Wenn Sie sie auseinanderschneiden könnten –«

»Das kann ich nicht«, sagte er rundheraus. »Ich habe es auch nicht vor.«

»Also gut«, sagte sie und gestand ihre Niederlage ein. »Sie sind der Doktor. Sagen Sie es mir.«

»Es ist genauso, wie Sie meinten – die Fälle von Morton Prince konnten sich verständigen.«

»Und Newell und Anson können es, einfach weil wir Anson einen Wortschatz gegeben haben? Was ist mit dem Hebeleffekt, den Sie Newell geschildert haben? Sie können sie nicht durchs Leben gehen lassen, indem sie füreinander das Gegengewicht bilden – Newell zieht heftig entgegengesetzt zu Ansons Reaktionen, Anson macht es umgekehrt genauso mit Newell. Was denn dann?« fragte sie, beinahe zornig. »Warum machen Sie dieses Ratespiel mit mir, wenn Sie es wissen?«

»Um zu sehen, ob Sie auf die dieselbe Antwort kommen«, sagte er offen. »Ich prüfe mein eigenes Urteil. Stört Sie das?«

Sie schüttelte wieder den Kopf, aber diesmal mit einem kleinen Lächeln.

»Es ist eine schmerzhafte Art, Mitarbeit zu erzwingen, aber sie funktioniert, verdammt.« Sie runzelte die Stirn und überlegte. »Die beiden sind getrennt, abgeteilt. Unterscheiden sie sich darin von den anderen Fällen?«

»Zum Teil, ja – von denen, die entdeckt werden, weil es eine Verständigung gibt. Aber nicht von den anderen. Und diese Fälle verdienen Behandlung wie alle Menschen, die in Schwierigkeiten sind, und Newell-Anson wird, wenn wir es richtig machen, uns zeigen, wie wir ihm helfen können. Es gibt eine naheliegende Antwort, Miss Thomas. Ich hoffe – beinahe verzweifelt –, daß Sie auf die Antwort kommen, die mir eingefallen ist.«

Sie winkte ungeduldig ab.

»*Nicht* der Psychostat. Ganz bestimmt nicht, daß der eine oder andere beseitigt wird. *Nicht,* daß sie sich abwechseln.« Sie sah mit fragendem Staunen auf. »Das Gegenteil der Behandlung von siamesischen Zwillingen?«

»Nämlich?« sagte er drängend und beugte sich vor.

»Sie nicht trennen, sondern miteinander verbinden.«

»Weiter«, sagte er. »Nicht aufhören.«

»Chirurgisch?«

»Geht nicht. Das ist nicht so, daß ein Lappen für Newell, einer für Anson stünde, nichts so Einfaches. Was sonst?«

Sie dachte konzentriert nach, wollte ein paarmal etwas sagen, schüttelte immer wieder den Kopf. Er wartete gespannt.

Endlich nickte sie.

»Sie getrennt modulieren.« Sie stellte keine Frage mehr. »Sie in Beziehung zueinander modulieren, so daß sie sich nicht mehr in dem wechselseitigen Hebel befinden.«

»Sagen Sie es!« schrie er beinahe.

»Aber das genügt nicht.«

»Nein!«

»Audioreaktion.«

»Warum?« knurrte er. »Und welche?«

»Sechzig Hertz – der Wechselstromton, den sie fast immer hören werden. Auf Verständigung zwischen ihnen einstellen.«

Der Doktor sank in seinem Sessel zusammen. Er nickte ihr zu, mit dem erschöpftesten Grinsen, das sie je gesehen hatte.

»Alles«, flüsterte er. »Sie haben alles gesagt, was ich auch gedacht habe . . . einschließlich der sechzig Hertz. Ich wußte, daß ich recht hatte. Jetzt *weiß* ich es. Oder ergibt das keinen Sinn?«

»Doch, natürlich.«

»Dann fangen wir an.«

»Jetzt?« fragte sie erstaunt. »Sie sind zu müde –«

»Bin ich das?« Er schob sich hoch. »Versuchen Sie mal, mich zurückzuhalten.«

Sie verwendeten die EEG-Resultanten, stellten zwei Entsprechungen her und noch eine und benutzten alle drei als den optimalen Maßstab für den endgültigen Fixierprozeß im Psychostaten. Es war ein längeres, gründlicheres Verfahren als je zuvor, und es wirkte; und was die Hand des Doktors am letzten Tag zum Zittern brachte, war eine unglaubliche Verschmelzung – die ganze Gewandtheit Newells und eine neue Stärke, die Summe von Kräften, die er vorher in dem doppelten Streit vergeudet hatte, von dem beiden nichts bewußt gewesen war; und dazu Ansons leuchtende Faszination vom bloßen Atemholen, Farbensehen, Wunderbares in allem zu entdecken.

»Wir sind feine Burschen«, sagte Richard Anson Newell und schüttelte dem Doktor immer noch die Hand. »Wir werden prima miteinander auskommen.«

»Daran habe ich nicht den geringsten Zweifel«, sagte der Arzt. »Meine besten Wünsche für Osa. Sagen Sie ihr ... hier ist etwas, was ein bißchen besser ist als ein nasses Taschentuch.«

»Was immer Sie wollen«, sagte Richard Anson Newell.

Er winkte Miss Thomas zu, die vom Korridor aus zusah, und Hildy Jarrell, die weinte, und er ging die Stufen hinunter zur Straße.

»Wir machen einen Fehler, Doktor«, sagte Miss Thomas, »daß wir ihn – sie – gehen lassen.«

»Wieso?« fragte er neugierig.

»Diese ganze Macht in einem einzigen Schädel –«

Der Doktor wollte lachen. Er tat es nicht.

»Man möchte es meinen, nicht?« sagte er.

»Soll heißen, daß es gar nicht so ist«, sagte sie argwöhnisch. »Warum nicht?«

»Weil es nicht doppelt soviel Hirn ist, wie jeder einzelne Mensch besitzt. Es ist nur soviel, wie zwei einzelne Personen haben. Wie Sie und ich, etwa. Meistens ergänzen wir einander – aber nur hier und dort, nicht überall, so daß sich kein gigantisches Doppelhirn ergibt. Genauso ist es bei Newell und Anson. Und man muß bei beliebigen zwei Personen damit rechnen, daß sie einander hemmen. Bei ihnen auch – aber nicht mehr wie vor der Behandlung.«

Sie schauten hinaus, bis Richard Anson Newell verschwunden war, dann gingen sie ins Büro, um sich mit den Fällen multipler Persönlichkeit zu befassen, die Miss Jarrell aus dem Archiv herausgesucht hatte.

Vier Monate später bekam der Doktor einen Brief:

›Lieber Fred,

ich schreibe das, weil es mir guttun wird, es loszuwerden. Wenn es nicht genügt, schicke ich es ab. Wenn das nichts nützt, weiß ich nicht, was ich tun werde. Doch. Nichts.

Dick ist ... unfaßbar. Er kümmert sich um mich, Fred, auf eine Art und Weise, die ich nie erträumt oder erhofft habe. Er sorgt sich. Das heißt – er sorgt sich um mich, um seine Arbeit. Er lernt die ganze Zeit etwas Neues und liebt die alten Dinge wieder von vorn. Es ist ein ... könnte ich sagen, Wunder?
Aber, Fred – es ist schrecklich von mir, ich weiß – das, was ich dir erzählt habe, wonach ich mich sehnte und woran ich mich erinnern werde, solange ich lebe ... es ist fort. Das ist wahrscheinlich gut wegen der Dinge, die dazwischen passierten.
Aber manchmal würde ich meinen vollkommenen Ehemann für diesen gemeinen Kerl und ein nasses Taschentuch umtauschen, wenn ich das andere auf irgendeine Weise dazu haben könnte.
So, jetzt habe ich es ausgesprochen. Osa‹

Der Doktor hetzte durch die Klinik, bis er seine erste Assistentin im Labor fand.

»Tommie«, sagte er jovial, »sind Sie schon mal weggegangen, um sich mit einem Doktor zu besaufen?«

Die Tränen liefen ihm über das Gesicht. Miss Thomas ging weg und betrank sich mit dem Doktor.

Es gibt keine Abwehr

Belter verfluchte alles Förmliche, lockerte seine Tunika und lehnte sich zurück. Er starrte die Mitglieder des Gemeinsamen Solaren Militärausschusses der Reihe nach an und knurrte: »Sie können es sich ruhig bequem machen, weil ich, so wahr ich hier sitze, die Aufzeichnung immer wieder ablaufen lasse, bis jemand auf eine Idee kommt, und wenn ich Sie alle an den Tisch anketten muß, bis die Sonne gefriert. Ich habe noch nie von etwas gehört, außer Dem Tod, womit man nicht auf die eine oder andere Art fertig werden konnte. Irgendwo ist in der Sache da eine schwache Stelle. Das muß sich aus der Aufzeichnung ergeben. Wir befassen uns also damit, bis wir sie finden. Halten Sie die Augen offen und die Haare aus den Augen. Das gilt auch für Sie, Leess.«

Der Jupiteraner in der Flasche zuckte die Achseln. Das Infrarotsinnesorgan an seinem Zephalothorax rötete sich, als Belters Worte durch den Translator knisterten. Belter funkelte das Wesen an und unterdrückte aufkeimendes Mitgefühl. Der Jupiteraner war ein Gefangener auch in anderen Dingen außer der Flasche, die ihm Atmosphäre und Schwerkraft lieferte. Leess vertrat eine entehrte und besiegte Rasse, und seine Position am Konferenztisch war eine hohe Ehre – eine Höflichkeit, gestützt von Hitze und Stahl und Dem Tod. Aber Belters Funkeln ließ nicht nach. Jetzt war nicht die Zeit, Mitgefühl mit jenen zu zeigen, deren Kriegsglück nichts als Pech war.

Belter wandte sich der Ordonnanz zu und nickte. Der ganze Rat seufzte sorgenvoll und müde wie ein Mann. Das Licht erlosch, und wieder erschien die Aufzeichnung an der einzigen flachen Wand der riesigen Kammer.

Zuerst die astronomischen Daten aus der Plutokuppel, mit den ersten Spuren des Eindringlings, der sich vom Ring der Lyra her näherte – Gleichungen, Berechnungen, eine Skizze, Fotografien. Sie lagen drei Jahre zurück und stammten aus der Endphase des Jupiterkrieges. Die Plutokuppel war wegen des Notfalls damals nicht gewartet worden. Sie war ein völlig automatisches Observatorium, und während der interplanetarischen Zwistigkeiten benötigte man ihre Informationen nicht. Sie war deshalb nicht mit Sofortsendern ausgerüstet, sondern spulte ihre Daten auf, bis man sie nach dem Krieg besuchen konnte. Es gab auf Vorposten, dem rückläufigen Neptunmond, ein sehr gutes Militärobservatorium, das man für völlig ausreichend hielt, den Bereich des Sonnensystems zu beobachten. Das heißt, es *hatte* dort einen Stützpunkt gegeben ... Aber der Eindringling war natürlich schon weit ins System vorgedrungen, bevor jemand die Plutodaten sah, und inzwischen ...

Das Bild an der Wand ging über in die Transkription der vom terranischen Hauptquartier erhaltenen Sofortmeldung. Sie zeigte das Innere des neptunischen Militärobservatoriums und war offenbar aufgenommen worden, kurz bevor die Funker den Alarm gehört hatten. Einer lungerte im Sessel vor der Suchersteuerung, der andere, ein schlaksiger Leutnant mit der sonnverbrannten Haut der Marskolonistenabkömmlinge, erstarrte und schaute hinauf zur ›Großalarm‹-Lampe, während das gedämpfte, drängende Schrillen der Alarmglocke vom Bildschirm zu tönen begann. Die Tonübertragung war sehr gut; die Ratsmitglieder konnten deutlich hören, wie der Leutnant den Atem in sich hineinsog und mit klarer Stimme sagte: »Colin! Alarm. Ortung!«

»Ortung, Sir«, sagte der Funker, während seine Finger über die Regler flogen. »Weltraumtiefe, Sir«, meldete er. »Vielleicht ein Jupiteraner – im Flankenangriff.«

»Das glaube ich nicht. Wenn der Rest ihrer Raummarine noch so tief vorstoßen könnte, dann würde man auf die Erde losgehen. Wie groß ist das Ding?«

»Ich habe noch keine – ah, da kommt es, Sir«, sagte der Funker. »Ein Objekt von der Größe Klasse Drei A. Schwer.«

»Schiff?«

»Weiß nicht, Sir. Keine Hitzestrahlung aus irgendwelchen Düsen. Und das Magnetoskop steht auf Null.«

»Suchstrahler.«

Belters Hände umkrallten die Tischkante. Jedesmal wenn er diesen Teil der Aufzeichnung sah, wollte er aufspringen und schreien: »Nein, Sie Idiot! Es läuft an Ihrem Leitstrahl heran!« Das Suchstrahlergerät folgte jedem Objekt, worauf es gerichtet wurde, und lieferte ein vergrößertes Bild. Dazu brauchte man aber eine ganze Masse aufspürbarer VHF-Strahlung.

Es kostete ihn Mühe, sich zu beruhigen. Kein gutes Zeichen, wenn ich die Leute da anschreien will, dachte er düster. Sie sind tot.

Auf der Bildwand wurde eine Projektion des Sucherstrahlgeräts auf den Observatoriumsschirm geworfen. Der Ausschuß starrte angstvoll auf dieses Schattenbild eines Schattenbilds und sah noch einmal die vertrauten, schrecklichen Umrisse des Eindringlings – gedrungen, unschön, offensichtlich nicht für den Gebrauch in der Atmosphäre bestimmt; massiv, gesichert hinter narrensicheren

Meteorschirmen, denn das Schiff präsentierte kühn flache Rumpfwand und Unterseite allem, womit es bombardiert werden mochte.

»Es ist ein Schiff, Sir!« sagte der Funker unnötigerweise. »Scheint sich um die kurze Achse zu drehen. Noch immer keine Antriebsemission.«

»Entfernung!« sagte der Leutnant in ein Wandmikrofon. Drei Lampen über ihm leuchteten auf und zeigten an, daß die Batterien bereit waren. Der Leutnant zögerte einen Augenblick, dann sagte er: »Automatik! Entfernungsmessung über Suchstrahler.«

Die drei Lampen blinkten, jede einmal. Die Batterieanzeiger leuchteten auf und zeigten automatische Steuerung an, als die mittel- und ganz schweren Abschußrohre sich auf den Eindringling richteten.

Das Schiff befand sich, langsam rotierend, noch immer auf dem Bildschirm. Jetzt konnte man einen dunklen Fleck an der Rumpfwand sehen – eine offene Luke. Man sah eine Wolke aus entweichendem Gas, dann tauchte etwas auf, was kurz vom Schiff davonwirbelte, auf den Sucher zu. Sie sahen es beinahe deutlich – dann war es verschwunden.

»Sie haben etwas auf uns abgefeuert, Sir!«

»Aufspüren!«

»Geht nicht, Sir!«

»Sie haben den Anfang der Flugkurve gesehen! Es kommt hierher.«

»Ja, Sir. Aber das Radar registriert nichts. Auf dem Schirm kann ich es auch nicht sehen. Vielleicht ist es ein Umlenker?«

»Umlenker sind nichts als Theorie, Colin. Man lenkt Radarstrahlen nicht um ein Objekt herum und bringt sie dann wieder in die ursprüngliche Richtung. Wenn das Ding überhaupt etwas umlenkt, dann Licht. Es –«

Und dann schlossen alle bis auf den Jupiteraner die Augen, als der Bildschirm das Entsetzliche wiederholte – das Einbrechen der Observatoriumswand, die riesige, gezackte Metallschneide, die den Kopf des Leutnants geradewegs in die Übertragungskamera fetzte.

Das Bild verblaßte, und es wurde im Raum hell.

»Die nächste Spu- Halt!« sagte Belter. »Was ist mit Hereford los?«

Der Friedensdelegierte hockte zusammengesunken im Sessel, den Kopf auf den Armen, die Arme auf dem Tisch. Der Vertreter der Marskolonie berührte ihn, und Hereford hob sein faltiges Heiligengesicht: »Verzeihung.«

»Sind Sie krank?«

Hereford lehnte sich müde zurück.

»Krank?« wiederholte er unsicher. Er war kein junger Mann. Neben der des Jupiteraners war seine Stellung die seltsamste. Er vertrat eine Gruppe, wie alle anderen das auch taten. Aber keine planetarische. Er vertrat die Verschmelzung sämtlicher organisierter pazifistischer Ideen im Sonnensystem. Sein Platz im Gemeinsamen Solaren Militärausschuß war einem Kompromiß zu verdanken, war die vorläufige Antwort auf eine offenbar nicht zu beantwortende Frage – kann ein Volk ohne das Militär auskommen? Viele glaubten es, andere nicht. Um beide Extreme zu vermeiden, hatte der Kopf einer beispiellosen Vereinigung von Friedensorganisationen einen Sitz im GSMA bekommen. Seine Stimme galt soviel wie die eines planetarischen Vertreters. »Krank?« wiederholte er flüsternd. »Ja, ich glaube schon.« Er wies auf die nackte Wand. »Weshalb hat der Invasor das getan? So sinnlos ... so ... so dumm.« Er hob verwirrt den Blick, und Belter empfand ein neues Mitgefühl. Herefords Intelligenz war berühmt auf vier Welten, sein Verstand war scharf und entschieden, aber jetzt konnte der Mann nur noch die schlichtesten Fragen stellen, wie ein Kind, das zu erschöpft war, um noch zutiefst erschrecken zu können.

»Ja – warum?« sagte Belter. »Ach – lassen wir den Rest der Aufzeichnung«, fügte er plötzlich hinzu. »Ich weiß nicht, wie Ihnen zumute ist, aber ich bin im Augenblick fasziniert von dem Problem. – Warum – will Hereford wissen. Wenn wir das wüßten, könnten wir vielleicht planen. Die Abwehr, jedenfalls.«

Jemand murmelte: »Das ist kein Feldzug, sondern Mord.«

»Genau. Der Invasor macht einen Vorstoß mit einer Art Kurzstreckenberstbombe und vernichtet den Stützpunkt auf Vorposten. Dann wandert er ins System, löscht ein Funkfeuer auf einem unbewohnten Asteroiden, schwebt hinab durch die Abschirmung von Titan und tötet die halbe Bevölkerung mit einem Zyan-Synthese-Katalysator. Er fängt drei verschiedene Suchspäher ein, hält sie mit einer Art Zugstrahl fest, wirbelt sie herum wie Steine in einer Schleuder und schleudert sie auf den nächsten Planeten. Raumschiffe von der Erde, vom Mars, vom Jupiter – es spielt keine Rolle. Er kann mit allem fertig werden, was wir bisher haben, außer –«

»Außer mit Dem Tod«, flüsterte Hereford. »Weiter, Belter. Ich wußte, daß es dazu kommen würde.«

»Es ist doch wahr! Und dann die Städte. Wenn er jemals eine solche Bombe auf eine große Stadt abwirft, hätte es überhaupt keinen Sinn, auch nur danach zu suchen, geschweige denn, sie wieder aufzubauen. Wir können uns mit dem Invasor nicht verständigen – wenn wir ein allgemeines Signal hinausschicken, ignoriert er uns, wenn wir einen Strahl loslassen, greift er an oder schickt eine dieser Umlenkungsberstbomben. Wir können uns ihm nicht einmal ergeben! Er zieht einfach durchs System, ändert von Augenblick zu Augenblick den Kurs und die Geschwindigkeit und schlägt von Zeit zu Zeit irgendwo zu.«

Das Mitglied vom Mars warf einen Blick auf Hereford.

»Ich verstehe nicht, weshalb wir so lange gewartet haben. Ich habe Titan gesehen, Belter. In weiteren hundert Jahren wird er so tot sein wie Luna.« Er schüttelte den Kopf. »Keine Vorfriedensvereinbarung darf der Verteidigung des Systems im Weg stehen, gleichgültig, wie feierlich sie abgeschlossen worden ist. Ich habe auch dafür gestimmt, Den Tod zu ächten. Mir gefällt das nicht besser als – als Hereford hier. Aber die Umstände verändern alles. Wollen wir alles, was die Menschheit aufgebaut hat, einem überholten Grundsatz opfern? Wollen wir selbstzufrieden vor einem idealistischen Fetzen Papier hocken, während uns eine Geheimwaffe Stück für Stück kaputtmacht?«

»Fetzen Papier«, sagte Hereford. »Haben Sie Ihre alte Geschichte studiert?«

Der Translator zischte. Leess sprach mit seiner Hilfe. Die tonlosen, gleichartigen Worte waren der dürftigste Rahmen für den Zorn, den jene, die Jupiteraner kannten, am plötzlichen Erblassen des Sinnesorgans an dem Wesen entdecken konnten.

»Leess Einwand Ausdruck Geheimwaffe. Mann vom Mars unterstellt Invasor Werk Jupiter.«

»Beruhigen Sie sich, Leess«, sagte Belter, griff hinüber und drückte den Marsbewohner auf seinen Sitz zurück. »Und Sie überlegen sich, was Sie sagen, sonst können Sie in Ihren Kanälen wieder den Rost von den Supersojabohnen blasen. Also, Leess, ich glaube eher, daß sich der Delegierte vom Mars von seinen Gefühlen übermannen ließ. Niemand glaubt, der Invasor sei ein Jupiteraner. Er kommt irgendwo aus der Tiefe des Weltraums. Er besitzt einen Antrieb, der allem, was wir haben, weit überlegen ist, und die Bewaffnung ... Nun, wenn Jupiter dergleichen besäße, hättet ihr nicht den Krieg verloren. Und dann war da Titan. Ich glaube nicht, daß Jupiteraner so viele eigene Leute umbringen würden, nur um eine neue Geheimwaffe zu tarnen.«

Die Brauen des Marsvertreters hoben sich ein wenig. Belter runzelte die Stirn, und das Gesicht des Marsbewohners wurde undurchdringlich. Der Jupiteraner beruhigte sich.

Belter starrte den Marsbewohner an, wandte sich aber an den ganzen Ausschuß: »Der Krieg ist vorbei. Wir sind alle Solarier, und der Invasor ist eine Bedrohung für unser System. Wir können uns später, wenn wir den Invasor losgeworden sind, wieder untereinander streiten. Nicht vorher. Verstanden?«

»Kein Mensch traut Jupiter. Kein Mensch traut Leess«, erklärte der Jupiteraner beleidigt. »Leess nicht denken. Leess nicht helfen. Jupiter lieber tot als nicht vertrauen.«

Belter hob resigniert die Hände. Die Empfindlichkeit und Halsstarrigkeit des Jupiterbewohners war allgemein bekannt.

»Wenn es eine ungeschickte, tölpelhafte Art gibt, etwas zu tun, ein Marsbewohner findet sie«, knurrte er. »Wir brauchen hier jede einzelne Gehirnwindung. Der Jupiteraner denkt andersartig genug, daß er uns vielleicht helfen kann, das Problem zu lösen, und Sie müssen hergehen und alles vermasseln.«

Der Marsvertreter biß sich auf die Unterlippe. Belter wandte sich an den Jupiteraner.

»Leess, bitte – steigen Sie herunter von Ihrem hohen Roß. Das Sonnensystem mag ein bißchen übervölkert sein, aber wir müssen alle darin leben. Arbeiten Sie jetzt mit?«

»Nein. Marsmann nicht traut Jupiter. Mars stirbt, Jupiter stirbt, Erde stirbt. Gut. Niemand traut Jupiter nicht mehr.« Das Wesen rollte sich nach innen mit einer Bewegung, die dem Vorschieben einer Unterlippe ähnlich war.

»Leess sitzt mit uns in einem Boot«, sagte der Marsmann. »Wir sollten –«

»Das genügt!« fauchte Belter. »Sie haben schon genug gequatscht. Konzentrieren Sie sich auf den Invasor, und lassen Sie Leess in Ruhe. Er hat im Ausschuß eine Stimme und damit auch das Recht, sich der Stimme zu enthalten.«

»Auf welcher Seite stehen Sie eigentlich?« fuhr der Marsvertreter hoch.

Belter sprang mit ihm auf, aber Herefords sanfte, tiefe Stimme fuhr wie eine Barriere zwischen die beiden. Der Friedensdelegierte sagte: »Er steht auf der Seite des Systems. Wir alle müssen es. Wir haben keine Wahl. Ihr vom Mars seid Kämpfer. Glauben Sie, daß Sie sich von uns trennen und den Invasor aufhalten können?«

Der Marsmann wurde rot, öffnete den Mund, schloß ihn wieder und setzte sich. Hereford sah Belter an, der ebenfalls Platz nahm. Die Anspannung im Saal legte sich, aber für die beiden Männer war der Fall offenkundig noch nicht erledigt.

Belter starrte seine Hände an, bis sie sich beruhigten, dann sagte er leise: »Nun, meine Herren, wir haben alles versucht. Es gibt keine Abwehr. Wir haben Schiffe verloren, Leute und Stützpunkte. Wir werden mehr verlieren. Wenn der Invasor vernichtet werden kann, bleibt uns wenigstens etwas Zeit, uns vorzubereiten.«

»Vorzubereiten?« sagte Hereford.

»Gewiß! Sie glauben doch nicht, daß das Schiff nicht mit seinem Herkunftsplaneten in Verbindung steht oder bald stehen wird? Angenommen, wir können es nicht zerstören. Es wird dorthin zurückkehren können, wo es hergekommen ist, mit der Nachricht, daß hier eine Kultur reif zum Pflücken ist, ohne eine Waffe, die etwas gegen sie ausrichten könnte. Sie können nicht so naiv sein, zu glauben, daß dieses eine Schiff alles ist, was sie haben, oder das einzige, was wir je zu sehen bekommen! Unsere einzige Möglichkeit ist, dieses Schiff zu vernichten und uns dann auf eine Invasion in großem Maßstab vorzubereiten. Wenn sie nicht kommt, bevor wir uns darauf eingerichtet haben, besteht der einzige sichere Weg für uns darin, die Invasion zu ihnen zu tragen, wo immer sie auch sein mögen!«

Hereford schüttelte betrübt den Kopf.

»Die alte Geschichte.«

Belter schlug mit der Faust auf den Tisch.

»Hereford. Ich weiß, daß die Friedensvereinigung ein großer kultureller Schritt vorwärts ist. Ich weiß, daß es zerstörerisch ist, die Öffentlichkeit auf drei Planeten und in hundert Kolonien vom friedlichen Leben abzubringen. Aber – können Sie einen Weg empfehlen, das friedliche Leben beizubehalten und unser System zu retten? Können Sie das?«

»Ja ... wenn ... man die Invasoren dazu bewegen kann, sich der friedlichen Haltung anzuschließen.«

»Wenn sie sich jedem Kontakt verschließen? Wenn sie grundlos Kriegshandlungen begehen – ohne Plan, ohne etwas zu erobern, anscheinend aus reiner Lust an der Zerstörung? Hereford – wir haben nichts Solarisches vor uns. Das ist eine Lebensform, die in ihren Zielen und in ihrer Logik so verschieden ist, daß uns nur die Möglichkeit bleibt, Vergeltung zu üben, Feuer mit Feuer zu bekämpfen! Sie sprechen von der alten Geschichte. Ist der Faschismus nicht besiegt worden, als die demokratischen Nationen beinahe selbst faschistisch wurden, um ihn zu bekämpfen?«

»Nein«, sagte Hereford entschieden. »Die Früchte des Faschismus sind besiegt worden. Der Faschismus selbst wurde allein von der Demokratie besiegt.«

Belter schüttelte betroffen den Kopf.

»Das ist irrelevant. Ich – glaube es jedenfalls«, fügte er hinzu, weil er ein ehrlicher Mensch war. »Um auf den Invasor zurückzukommen: Wir haben eine Waffe, mit der wir ihn vernichten können. Wir können sie jetzt wegen der Friedensvereinigung nicht anwenden, weil die solarischen Völker beschlossen haben, sie zu ächten. Das Gesetz ist klar: Der Tod darf zu keinem Zweck angewendet werden, unter keinen Umständen. Wir, das Militär, können ihn fordern, bis wir schwarz werden, aber unsere Aussichten, ihn zu bekommen, sind gering, solange wir keine öffentliche Unterstützung dafür haben, das Gesetz aufzuheben. Der Invasor ist seit über achtzehn Monaten hier, und trotz seiner Taten gibt es noch keine Anzeichen dafür, daß die Öffentlichkeit die Aufhebung billigen würde. Warum?« Er ließ einen Zeigefinger vorschnellen. »Weil sie Ihnen folgt, Hereford. Sie hat Ihre quasi-religiöse Haltung völlig übernommen, die Haltung der ... wie war Ihr Ausdruck?«

»›Moralischen Probe‹.«

»Ja – Moralische Probe. Die Probe auf das kulturelle Standvermögen. Die Willenskraft, für ein Prinzip einzustehen, ungeachtet der Notfälle, ungeachtet drastischer Veränderungen der Umstände. Eine gute Sache, Hereford, aber solange Sie keinen Rückzieher machen, wird die Öffentlichkeit es auch nicht tun. Wir könnten sie vielleicht dazu zwingen, oder wir bekämen es mit einer Revolution zu tun, und eine Menge Leute kämen ums Leben, und am Ende hätten wir eine Gruppe von Idealisten an der Spitze, die bereit sind, die Prinzipien des Friedens mit der Waffe zu verteidigen, und wenn man alle Solarier in Uniform stecken müßte. Inzwischen wird der Invasor – und bis dahin vielleicht auch seine Kameraden – weiterhin kreisen und sich jedes Ziel vornehmen, das ihm gerade gefällt. Die Sonderlinge fangen jetzt schon an zu schreien, der Invasor sei geschickt worden, damit ihre Friedensliebe auf die Probe gestellt werde, und sie nennen das Ganze das zweite Jahr der Moralischen Probe.«

»Er wird nicht nachgeben«, sagte der Marsmann plötzlich. »Warum sollte er? So wie es jetzt steht, ist er fürs Leben gesichert.«

»Sie haben eine verdammte Art, etwas auszudrücken«, zischte Belter und fragte sich dabei: Wieviel bedeutet dem alten Heiligen persönliche Macht?

»Weshalb dieser Druck?« fragte Hereford ruhig. »Sie, Belter, mit Ihrer kriegerischen Vernünftelei und unser Kollege vom Mars mit seinen persönlichen Beleidigungen – weshalb wird nicht abgestimmt?«

Belter betrachtete ihn. Bestand die Chance, daß der Alte die Wünsche der Mehrheit hier akzeptieren würde? Die Mehrheitsmeinung des Ausschusses war nicht unbedingt die Mehrheitsmeinung im Sonnensystem. Und außerdem – wie viele im Ausschuß würden sich Hereford anschließen, wenn er sich entschloß, dagegen zu stimmen?

Er atmete tief ein.

»Wir müssen wissen, wo wir stehen«, sagte er. »Formlos jetzt – sollen wir Den Tod gegen den Invasor anwenden? Handzeichen.«

Man scharrte mit den Füßen. Alle sahen Hereford an, der still dasaß, mit gesenktem Blick. Der Marsmann hob trotzig die Hand. Der Delegierte der Kolonie Phoebe-Titan folgte seinem Beispiel. Die Erde. Der Asteroidengürtel. Fünf, sechs – acht. Neun.

»Neun«, sagte Belter. Er sah den Jupiteraner an, der den Blick erwiderte. Stimmenthaltung. Herefords Hände lagen auf dem Tisch.

»Das sind drei Viertel«, sagte Belter.

»Nicht genug«, erwiderte Hereford. »Das Gesetz verlangt mehr als drei Viertel.«

»Sie wissen, wie ich abstimme.«

»Tut mir leid, Belter. Sie können nicht abstimmen. Als Vorsitzender sind Sie machtlos, bis alle Mitglieder abstimmen, und dann können Sie auch nur Stimmengleichheit herbeiführen, damit der Fall zur weiteren Diskussion gestellt werden kann. Die Vorschriften wollen dem Vorsitzenden ausdrücklich die entscheidende Stimme vorenthalten und den Mitgliedern überlassen. Ich – offen gesagt, Belter, man kann von mir nicht erwarten, daß ich weitergehe. Ich habe mich der Stimme enthalten. Ich habe Sie daran gehindert, Ihre Stimme abzugeben. Wenn das verhindert, daß Der Tod angewendet wird –«

Belters Knöchel knackten. Er dachte an das Entsetzliche auf Vorposten, an den erstickenden Tod auf Titan und daran, was mit dem Asteroiden geschehen war. Er und die verlassenen Gruben waren aufgeflammt wie eine Mini-Nova, und was übriggeblieben war, hätte nicht ausgereicht, ein Taschentuch zu beschmutzen. Es war eine gute Sache für alle Solarier, daß endlich ein schreckliches Kriegsinstrument geächtet worden war, diesmal durch den unbestreitbaren Wunsch des Volkes. Es wäre schlecht für die Zivilisation, wenn man von dieser großartigen Vorschrift eine Ausnahme machen wollte. Es war vorstellbar, daß, sobald ein Präzedenzfall vorlag, die Auswirkungen auf die Zivilisation auf lange Sicht schlimmer ausfallen würden als alles, was der Invasor anrichten konnte. Und trotzdem – Belter hatte sein ganzes Leben lang einer Anschauung gehuldigt, die auf Aktion beruhte. Tu etwas. Es mag falsch sein, aber – tu etwas.

»Kann ich allein mit Ihnen sprechen?« fragte er Hereford.

»Wenn es sich um etwas handelt, was den Ausschuß angeht –«

»Es geht nur Sie etwas an. Eine Frage der Ideologie.«

Hereford neigte den Kopf und stand auf.

»Es dauert nicht lange«, sagte Belter über die Schulter, als er dem Friedensdelegierten in eine Vorkammer folgte.

»Verschwinde, Jerry«, sagte er zur Wache. Der Mann salutierte und ging.

Belter lehnte sich an einen Schreibtisch, verschränkte die Arme und sagte: »Hereford, ich reiße das Ganze auf bis zum Grund. Wenn ich es nicht mache, können wir den Rest unseres Lebens damit verbringen, über soziale Notwendigkeiten und kulturelle Evolution und die Gesetze der Wahrscheinlichkeit mit Rücksicht auf die Absichten des Invasors zu diskutieren. Ich möchte Ihnen ein paar Fragen stellen. Ganz einfache. Bitte versuchen Sie, ebenso einfach zu antworten.«

»Sie wissen, daß ich das vorziehe.«

»Richtig. Also – die Grundlage der Friedensbewegung ist es, den Kampf zu verhindern, mit der Begründung, daß es stets einen besseren Weg gibt. Richtig?«

»Richtig.«

»Und die Friedensbewegung erkennt keinerlei Bedürfnisse für Gewalt in irgendeiner Form und keine vorstellbare Ausnahme von diesem Gedanken an.«

»Das ist richtig.«

»Hereford – passen Sie genau auf. Sie und ich stehen hier wegen des Invasors und wegen der Weigerung der Friedensvereinigung, die Anwendung des einzigen bekannten Gegenmittels zu gestatten.«

»Offenkundig.«

»Gut. Nur noch eines. Ich schätze Sie höher als jeden anderen, den ich kenne. Und dasselbe gilt für die Arbeit, die Sie geleistet haben. Glauben Sie mir das?«

Hereford lächelte langsam und nickte.

»Ich glaube es.«

»Es ist wahr«, sagte Belter und schlug Hereford mit aller Kraft ins Gesicht.

Der Ältere taumelte zurück, richtete sich auf und betastete sein Gesicht. In seinen Augen zeigte sich blanke Ungläubigkeit, während er Belter anstarrte, der mit verschränkten Armen und ausdruckslosem Gesicht dastand. Die Ungläubigkeit wurde langsam von Verwirrung überwölkt, dann zeigte sich Qual.

»Warum –«

Aber bevor er noch etwas sagen konnte, stürzte sich Belter wieder auf ihn. Er traf Hereford mit der Faust an der Brust, und als die Hände des Friedensdelegierten herabsanken, schlug er ihn noch zweimal auf den Mund. Hereford gab einen erstickten Laut von sich und bedeckte sein Gesicht. Belter schlug ihm in den Magen.

Hereford stöhnte, drehte sich um und stolperte zur Tür. Belter sprang ihm nach und riß ihn zu Boden. Belter rollte sich zur Seite, zog den anderen hoch und schlug wieder zu. Hereford schüttelte den Kopf und sank zusammen, die Hände über dem Kopf. Belter hob ihn wieder hoch, wartete auf den richtigen Augenblick, und seine Hand zuckte wieder nach vorn und klatschte in Herefords Gesicht. Hereford ächzte, und bevor Belter sich's versah, kam er mit einer gewaltigen Rechten an, die halb auf Belters gesenktem Kinn, halb auf seinem Schlüsselbein landete. Belter wurde hochgerissen und stürzte zwei Meter entfernt hart zu Boden. Er hob den Kopf und sah Hereford mit geballten Fäusten vor sich stehen.

»Aufstehen«, sagte der Friedensdelegierte heiser.

Belter legte sich zurück, schob die Hände unter den Kopf, spuckte etwas Blut aus und begann zu lachen.

»Aufstehen!«

Belter rollte sich auf den Bauch und stand langsam auf.

»Es ist schon vorbei, Hereford. Keine Schlägerei mehr, ich verspreche es.«

Hereford wich zurück. In seinem Gesicht zuckte es.

»Dachten Sie, Sie könnten mit so kindischen, unsinnigen Methoden erreichen, daß ich Mord billige?«

»Ja«, sagte Belter.

»Sie sind verrückt«, sagte Hereford und ging zur Tür.

»*Halt!*«

Belters Stimme klang scharf und befehlend. Es war dieser Ton und der Mensch dahinter, was Belter dort hingebracht hatte, wo er war. Ebenso verblüffend war die Weichheit seiner Stimme, als er sagte: »Bitte, kommen Sie her, Hereford. Es ist nicht Ihre Art, etwas halb verstanden hinter sich zu lassen.«

Hätte er gesagt: ›Halb erledigt‹, hätte er das Spiel verloren. Hereford kam langsam zurück und sagte reumütig: »Ich kenne Sie, Belter. Ich weiß, daß es einen Grund dafür gibt. Aber er sollte lieber handfest sein.«

Belter lehnte sich wieder an den Schreibtisch.

»Hereford«, sagte er, »noch eine einfache Frage. Die Friedensbewegung erkennt keinerlei Bedürfnis für Gewalt in irgendeiner Form und keine vorstellbare Ausnahme von diesem Gedanken an.« Es klang wie eine Aufzeichnung der Worte, die vor einigen Minuten gesprochen waren, bis auf das sorgfältig beherrschte Atmen.

Hereford berührte seinen geschwollenen Mund.

»Ja.«

»Weshalb haben Sie dann zurückgeschlagen?« fragte Belter grinsend.

»Weshalb? Weshalb haben Sie mich geschlagen?«

»Das habe ich Sie nicht gefragt. Bitte, beim Einfachen bleiben. Weshalb haben Sie mich geschlagen?«

»Es war ... ich weiß es nicht. Es passierte einfach. Es war die einzige Methode, mit der ich erreichen konnte, daß Sie aufhörten.«

Belter grinste.

»Ich sehe, was Sie tun«, sagte Hereford stockend. »Sie versuchen, eine Parallele zwischen dem Invasor und Ihrer Attacke auf mich herzustellen. Aber Sie haben mich unerwartet, ohne erkennbaren Grund angegriffen –«

Belter grinste breiter.

Hereford geriet immer mehr ins Stocken.

»Aber ich – ich mußte zurückschlagen, sonst wäre ich – ich –«

»Hereford«, sagte Belter leise, »gehen wir zurück und stimmen wir ab, bevor Sie ein blaues Auge bekommen?«

Die Todesschiffe, die alle drei von Begleitzerstörern getarnt waren, glitten in den Asteroidengürtel. ›Delta‹, das Auslöseschiff, war flankiert von den Zwillingen ›Epsilon‹ und ›Sigma‹, die einen Abstand von etwa tausend Meilen hielten. Hinter sich, auf der Erde, hatten sie einen Wirbel von widerstreitenden Meinungen zurückgelassen. Leitartikel, in Schrift und im Fernsehen, zerrten an der uralten Frage herum, was die gewählten Vertreter tun durften und was nicht. Wir sind das Volk. Wir haben diese Leute gewählt, damit sie uns vertreten. Was müssen wir tun, wenn ihre Handlungen unseren Interessen widersprechen?

Und – widersprechen sie sich? Welche Veränderung kann in der Haltung eines Menschen eintreten und in dem Menschen selbst, zwischen dem Zeitpunkt, zu dem er gewählt wird, und jenem, zu dem er über eine lebenswichtige Frage abstimmt? Können wir uns auf die ursprüngliche Beurteilung des Menschen zurückziehen und seinem Handeln vertrauen, so wie wir ihm bei der Wahl vertraut haben?

Und wieder – das alte Schreckgespenst ›Sicherheit‹. Wenn eine gesetzgebende Körperschaft eine Entscheidung in militärischen Fragen trifft, muß es neue Beschränkungen geben. Der Tod war die höchste Waffe. Trotz der Willensentscheidung der Mehrheit gab es noch immer jene, die sie für ihre eigenen Zwecke wollten; Leute, die glaubten, daß sie im Krieg nicht genügend eingesetzt worden war; andere, die der Ansicht waren, daß die Waffe montiert und bereit sein mußte, als das Gebiß eines diktatorischen Friedens. Wie immer mußten die Massen Reden und manchmal Denken beschränken, um sich gegen die größenwahnsinnigen Minderheiten zu schützen.

Aber einen gab es, der litt. Anderswo gab es Zorn und intellektuelles Gespräch, ethische Überlegungen und sogar Angst. Aber in einem Menschen zuhöchst fand der Kampf zwischen Ethik und Zweckmäßigkeit statt. Hereford allein hatte die Macht, seine eigene Arbeit zunichte zu machen. Seine Anhänger würden glauben und akzeptieren, wenn er sie bat, diese Ausnahme zu machen. Sobald sie gemacht war, würden sie ihm nicht mehr anhängen, und auf der Erde gab es keinen Platz mehr für ihn.

Seine Rede war schlicht gewesen; er hatte sie gehalten ohne das geringste Zucken von Qual auf dem edlen alten Gesicht. Als es getan war, verließ er die Erde auf eine Weise, die allem, was er je geglaubt oder ausgesprochen oder empfohlen hatte, gänzlich fremd war. Er, der Führer der Friedensvereinigung, der das bloße Vorhandensein von Waffen verabscheute, verließ die Erde zusammen mit Belter und wohnte in der Offizierskajüte eines Kriegsschiffes. Es war nicht nur ein Kriegsschiff, sondern die Auslöseeinheit ›Delta‹, unter dem Kommando von ›Schlächter‹ Osgood, Auslöser Des Todes.

Monatelang spürten sie dem Invasor nach, gebrauchten ihre eigenen Instrumente und Informationen, die ihnen von verschiedenen Vorposten übermittelt wurden. Unter keinen Umständen gebrauchten sie Suchstrahler. Das hatte schon einen Beobachtungsposten und sieben Kriegsschiffe gekostet. Die Reaktion des Eindringlings auf einen gebündelten Strahl erfolgte augenblicklich und auf furchtbare Weise. Sie mußten sich deshalb auf Lichtreflektion beschränken – soviel es eben war, sogar von den Rumpfwänden des Marodeurs – und auf die Ortung der vier Arten von Antriebsstrahlung, die vom Schiff bei verschiedenen Beschleunigungen verwendet wurde.

Das Material über den Invasor wuchs, und es gab gewisse unausweichliche Schlüsse. Die Besatzung des Invasorenschiffes war kolloidales Leben, wie alles bekannte Leben, und würde Dem Tod ausgeliefert sein. Man schloß das aus der Tatsache, daß das Schiff geschlossen war, unter Druck stand und eine Art von Atmosphäre besaß, die die theoretisch erwogenen Lebensformen ›Energie‹ und ›kristallin‹ ausschloß. Die Wahllosigkeit der brutalen und beiläufigen Attacken des Gegners verursachte die meisten Streitigkeiten; aber im Lauf der Zeit wurde klar, daß das, was das Schiff tat, jede Art von Angriff erforderte, deren das System fähig war. Es war bombardiert, bestrahlt, beschossen worden, und man hatte versucht, es zu rammen. Es war unverletzbar. Wie lange würde es bleiben? Wann würden seine Befehlshaber zu der Ansicht gelangen, daß sie das Schlimmste gesehen hatten, und lachend in die Tiefen des Weltraumes zurückkehren, um Verstärkung zu holen? Und gab es außer Dem Tod etwas – irgend etwas, was den Invasor erreichen oder ihn aufhalten oder ihn zerstören oder ihm auch nur Angst machen konnte?

Bis hin zum T-Tag – Tod-Tag – hofften die Milliarden, die Hereford gefolgt waren, daß man eine andere Lösung finden würde, so daß ihren früheren Entschlüssen wenigstens dem Buchstaben, wenn schon nicht dem Geist nach Genüge getan sein würde. Viele arbeiteten wie Sklaven für dieses Ziel, und das war die größte Anomalie von allem, denn die vereinten Kräfte des Friedens waren dabei, tödliche Methoden und Maschinen zu finden, die als Alternative für Den Tod eingesetzt werden konnten. Es mißlang. Natürlich mißlang es.

Es kam ein Tag, an dem sie zuschlagen mußten. Der Invasor war praktisch im Himmelsnorden verschwunden, nur um in einem weiten Bogen zurückzufegen, der die Ekliptikebene knapp hinter der Jupiterbahn schneiden würde. Die Flugbahn des Eindringlings war trotz seiner beinahe unfaßbaren Manövrierfähigkeit berechenbar – selbst für ihn gab es Grenzen beim Anhalten und Wenden, was ein weiterer Hinweis auf kolloidales Leben war. Es gab keine Möglichkeit zu beurteilen, ob er zurückkam, um die Planeten zu bedrängen, oder ob er eine letzte Erkundung flog, bevor er durch das System kreiste und Sol hinter sich ließ, auf dem Rückweg zu der unbekannten Hölle, die ihn hervorgebracht hatte. Aber ob es Angriff oder Rückzug war, er mußte vernichtet werden. Es mochte keine andere Chance mehr geben.

Die drei Schiffe des Todes lösten sich aus dem Gürtel, wo sie ruhig zwischen den anderen Massen geschwebt hatten. Noch immer in Formation, schossen sie mit erdrückender Beschleunigung davon, die Besatzungen betäubt mit Impulsamin. Die Flugbahnen sollten die des Invasors schneiden oder so nah heranführen, daß er in Reichweite Des Todes geriet – zwölf- bis zwanzigtausend Meilen. Empfindliche, strahlenlose Sucher prüften den Kurs des Gegners jeden Augenblick, nahmen automatisch Korrekturen vor und hielten die Formation der drei Schiffe aufrecht.

›Delta‹ war von der Erde bemannt, ›Epsilon‹ ein Marsschiff, ›Sigma‹ gehörte den Kolonisten. Ursprünglich hatte man vorgehabt, Kolonisten auf alle drei Schiffe zu verteilen und ein Jupiterschiff zu verwenden. Leess, als Vertreter des Jupiter, hatte jedoch jede jupiteranische Beteiligung abgelehnt, eine Haltung, die zur heftigen Wiedererweckung von Antipathien gegenüber dem Riesenplaneten geführt hatte. Die Meinung der Öffentlichkeit gegen die Anwendung Des Todes war so stark, daß die Verantwortung gemeinsam getragen werden mußte. Die störrische und selbstmörderische Weigerung des Jupiter, sie mitzutragen, war unverrückbar; die Solidarität des Jupiter war so lückenlos wie eh und je.

Nach vier Tagen Flug setzte die Steuerung die Beschleunigung auf 1 G herab, und die Klimaanlagen verdrängten genug Supersauerstoff, um die Wirkung der Beschleunigungsdroge aufzuheben. Die Besatzung erwachte wieder zu vollem Leben, und die Führung versammelte sich auf der Brücke. Hereford war auch dabei, hielt sich abseits, das Gesicht irreführend ruhig, während sein Blick vom Vorausbildschirm zur Taktikkarte glitt, von Belters versunkenem Gesicht zu Kommodore Osgood.

Osgood schaute über die Schulter zu dem Friedensführer hinüber. Seine Stimme klang wie Kies in einem Drahtsieb, als er sagte: »Es paßt mir nach wie vor nicht, daß der Kerl sich hier herumtreibt. Sind Sie sicher, daß er in seiner Unterkunft nicht besser aufgehoben wäre?«

»Das haben wir zur Genüge besprochen«, erwiderte Belter müde. »Kommodore, vielleicht steht mir das nicht zu, aber wäre es zuviel Mühe für Sie, wenn Sie ab und zu ein direktes Wort an ihn richten würden?«

»Ich bin zufrieden«, sagte Hereford lächelnd. »Ich verstehe seine Haltung gut. Ich habe wenig *zu* ihm zu sagen und viel *über* ihn, umgekehrt gilt das für ihn genauso. Die Tatsache, daß er von Höflichkeit keine Ahnung hat, ist ebensowenig erstaunlich, wie die, daß ich von Weltraumballistik nichts verstehe.«

Belter grinste.

»Okay, okay – hören Sie nicht auf mich, ich bin nur ein armer Militär, der Frieden stiften will. Ich halte den Mund und überlasse Ihnen und dem Schlächter Ihren feindseligen Status quo.«

»Ich brauche hier eine Weile Ruhe, wenn es Ihnen nichts ausmacht, Delegierter«, sagte Osgood. Er starrte auf die Taktikkarte. Der rote Punkt, der ›Epsilon‹ darstellte, befand sich außen rechts, der Punkt für ›Sigma‹ links, und unten sah man den grünen Funken von ›Delta‹. Ein goldener Balken in der Mitte der Karte zeigte das Gebiet auf der Ekliptikebene, wo der Invasor erwartet wurde, und knapp darüber befand sich ein weißer Punkt, der Eindringling selbst.

Osgood berührte einen Schalter, der die Karte um ein Diagramm ergänzte – ein Positionsdiagramm, das die Stellung der drei Todesschiffe im Verhältnis zum Ziel zeigte. ›Sigma‹ und ›Epsilon‹ lagen genau in der Mitte ihrer weißen Positionskreise, ›Delta‹ befand sich am unteren Rand des dritten Kreises. Osgood regulierte die Steuerung.

»Positionsreglung ist alles«, erläuterte Belter Hereford das Verfahren. »Das Todesfeld ist eine Resultante – ein heftiger Schwingungsknoten, auf die aneinanderstoßenden Brennpunkte der opponierenden Felder von ›Sigma‹ und ›Epsilon‹ ausgerichtet. Der Strahl von ›Delta‹ – das sind wir – löst es aus. Am Brennpunkt wird ein ungeheurer Streß erzeugt, und unser Strahl fetzt hinein. Die Vibration verändert die Frequenz beliebig und mit großer Heftigkeit. Man hat gesagt, das Gefüge des Raumes selbst beginne zu vibrieren. Das ist gelehrter Unsinn. Aber Flüssigkeiten tun es und natürlich Gase und am schlimmsten Kolloide.«

»Was würde geschehen, wenn die Positionen nicht exakt eingenommen werden?«

»Nichts. Die beiden Brennpunkte der konzentrierten Felder von ›Epsilon‹ und ›Sigma‹ würden nicht übereinstimmen, und der Strahl von ›Delta‹ wäre nutzlos. Und es könnte zu dem unerfreulichen Ergebnis kommen, daß der Invasor auf uns herabstößt. Nicht auf der Stelle – er fliegt zu schnell im rechten Winkel zu unserem Kurs –, aber ich bin nicht scharf darauf, von diesem Henker gejagt zu werden.«

Hereford hörte ernsthaft zu, beobachtete Osgood, betrachtete die Karte.

»Wie groß ist eigentlich die Gefahr, daß Der Tod sich ausbreitet wie Wellen in einem Teich – in allen Richtungen vom Mittelpunkt aus?«

»Sehr gering, so wie das geplant ist. Der Schwingungsknoten bewegt sich von unseren drei Schiffen nach außen – wieder eine Resultante, genau nach dem Kräfteparallelogramm. Wie lange er anhält, wie stark er wird, wie weit er kommt – wissen wir nie. Es ändert sich mit dem, was ihm begegnet. Masse verstärkt und verlangsamt ihn. Energie beinahe jeder Art beschleunigt ihn und scheint ihn dann langsam aufzulösen. Es gibt noch andere Erscheinungen, die wir noch nicht verstehen. Ihn zu erzeugen ist eine sehr komplizierte Sache, wie Sie gesehen haben. Wir wagen nicht, ihn so auszulösen, daß er auf einen der Planeten treffen könnte, falls er sich so lange halten sollte. Der Raum zwischen uns und draußen muß von allem freigehalten werden.«

Hereford schüttelte langsam den Kopf.

»Die endgültige Trennung zwischen Tod und Vernichtung«, sagte er nachdenklich. »In alten Zeiten begegneten sich Armeen auf dem Schlachtfeld, und der Tod bestimmte den Sieger. Danach wurde die Zerstörung immer mehr zum wichtigsten Faktor – wieviel vom Material des Feindes konnte man zerstören? Und dann, mit den Atomkriegen und dem radioaktiven Staub, wurde der Tod allein wieder Zweck des Kampfes. Jetzt schließt sich der Kreis, und wir haben einen Weg gefunden, Kolloidalzellen zu töten, zu quälen und zu foltern, langsam und stetig aufzulösen, während Maschinen unberührt bleiben. Das übertrifft die Barbarei des Napalms. Es dauert länger und –«

»Ist vollständig«, ergänzte Belter.

»Achtung!«

Osgoods Stimme schnitt rauh durch die stille Brücke. Die mit Bildschirmen übersäte Wand neben ihm blinkte und flackerte Bestätigung, als Taktiker, Techniker, Astrogatoren, Ballistiker und Besatzung sich meldeten. Alle drei Schiffe waren vertreten, und ein Hauptschirm sammelte und summierte die Information, wobei der Schirm des Zögernden automatisch rotumrandet aufleuchtete. Von dem Rot zeigte sich wenig, und nach Sekunden war jede Spur davon verschwunden. Osgood trat zurück, blickte auf den Hauptschirm und die Karte. Die Symbole der Schiffe befanden sich genau in der Mitte ihrer taktischen Kreise.

Der Kommandant wandte sich ab und sprach zum erstenmal in diesen ermüdenden Monaten Hereford direkt an: »Möchten Sie die Ehre der Auslösung haben?«

Herefords Nasenflügel hoben sich, aber seine Stimme war beherrscht. Er legte die Hände auf den Rücken.

»Danke, nein.«

»Dachte ich mir«, sagte der Schlächter, und in seiner rauhen Stimme lag eine Welt voll Verachtung.

Vor ihm befand sich ein dreieckiges Gehäuse, aus dem drei kleine Hebel mit runden Griffen ragten. Einer war rot, einer blau, der dritte befand sich vor und zwischen den anderen und war grün. Er zog die beiden ersten zu sich heran. Augenblicklich erschien eine rote Linie auf der Karte, die von ›Epsilons‹ Symbol zu dem goldenen Balken lief, während ihr eine blaue Linie von ›Sigma‹ entgegenraste. Über dem Balken schwebte der weiße Punkt, der den Eindringling darstellte. Osgood beobachtete ihn mit verengten Augen, als er auf den goldenen Balken und die Schnittstelle von roter und blauer Linie hinsank. Er legte die Hand auf den grünen Hebel, blickte ein letztes Mal auf die Bildschirme und riß ihn zurück. Gehorsam erschien eine dünne, helle grüne Linie auf der Karte. Ein roter Nebel umwölkte das Gold.

»Das ist er!« stieß Belter hervor. »Das Rot dort – Der Tod!«

Hereford lehnte sich zitternd an das Schott. Er verschränkte die Arme und umklammerte seine Ellbogen, wollte offenbar viel mehr umfassen.

»Strahlensucher!« knurrte Osgood. »Das muß ich sehen!«

Belter sprang vor.

»Osgood! Sie wollen doch nicht – Sie können das nicht! Wissen Sie noch, was auf Vorposten gewesen ist?«

Osgood fluchte.

»Wir haben soviel Zeug schon zwischen hier und dort, daß es auf einen Suchstrahl auch nicht mehr ankommt. Außerdem ist er erledigt!« fügte er triumphierend hinzu.

Der große Suchschirm flackerte in Farben, die durcheinanderwirbelten und zum scharfen Bild des Invasors verschmolzen. Da ihn der Strahl genau verfolgte, schien er sich nicht zu bewegen. »Diagrammübertragung!« zischte Osgood. Seine kleinen Augen waren geweitet, die Backen aufgeblasen, die Lippen feucht.

Das untere Viertel des Schirms wurde schwarz und zeigte plötzlich ein verkleinertes Bild des Eindringlings. Auf ihn zuzukriechen schien ein undeutlicher, immer heller werdender purpurner Nebel.

»Genau auf den Punkt!« stieß Belter hervor. »Er segelt genau hinein!«

Erstaunlicherweise zeigte das große Bild Anzeichen von Leben. Ein Strom von bläulich-weißem Feuer ergoß sich aus dem Schiff.

»Was sagt man!« rief Osgood. »Er hat also doch Düsen! Er weiß, daß er etwas vor sich hat, weiß nicht, was es ist, und will ihm ausweichen, und wenn er die ganze Besatzung dabei an die Schotts schmieren muß!«

»Schaut!« schrie Belter, auf die Karte zeigend. »Er zieht in eine Kurve, die . . . das – Mann, o Mann, er bringt seine ganzen Leute um! So kann man nicht wenden!«

»Vielleicht will er es schnell hinter sich bringen. Vielleicht ist er irgendwo schon einmal auf Den Tod gestoßen«, jubelte Osgood. »Hat Angst davor. He, Belter, das Innere von dem Schiff wird hübsch aussehen. Der Tod macht Gelee aus ihnen und der irre Ausweichversuch klatscht das Gelee auseinander wie Farbe aus einer Spritzpistole!«

»Ent ... ent ...«, war alles, was Hereford sagen konnte, als er sich umdrehte und hinauswankte. Belter wollte ihm nach, zögerte und kehrte dann an die Karte zurück.

Purpur und Gold und Weiß, Rot und Grün und Blau funkelten ineinander. Langsam bewegte sich dann der weiße Punkt zum Rand des Farbflecks.

»Osgood! Er hat noch immer Seitwärtsbeschleunigung!«

»Warum nicht?« sagte der Schlächter heiter. »So war seine Steuerung eingestellt, als die Führung emulgiert worden ist. Er wird nach einer Weile seinen Treibstoff verbraucht haben, dann können wir an Bord gehen.«

Es knackte am Hauptschirm, und ein Gesicht erschien auf ihm.

»Epsilon«, sagte der Mann.

»Gut gemacht, Hoster«, sagte Osgood und rieb sich die Hände.

»Danke, Sir«, sagte der Kapitän des Marsschiffes. »Kommodore, meine Astrogatoren melden eine Extrapolierung des Kurswechsels bei dem Wrack. Wenn der Invasor weiterfliegt, kommt er reichlich nah.«

»Dann passen Sie auf ihn auf«, sagte Osgood. »Falls er zu nah herankommt, weichen Sie aus. Ich verwette meine Litzen auf Ihre Sicherheit.« Er lachte. »Er ist erledigt. Sie kommen schon an ihm vorbei, und wenn es nur noch fünfzig Meter sind.«

Der Marsbewohner salutierte. Osgood hob die Hand, bevor er abschalten konnte.

»Hoster!«

»Ja, Sir.«

»Ich kenne euch Marsleute. Euch juckt der Abzugsfinger. Was auch passiert, Hoster, das Wrack darf nicht beschossen oder bestrahlt werden, verstanden?

»Roger, Sir«, sagte der Marsbewohner steif und verschwand vom Schirm.

»Diese Marsleute«, sagte Osgood. »Blutdurstige Kerle.«

»Kommodore«, sagte Belter, »manchmal verstehe ich Herefords Gefühle Ihnen gegenüber.«

»Das fasse ich als Kompliment auf«, meinte der Schlächter.

Sie brachten die nächsten Stunden damit zu, die Taktikkarte zu beobachten. Die Todesgeneratoren waren längst abgeschaltet, und Der Tod selbst zeigte sich auf der Karte als schrumpfender purpurroter Nebel, der immer weiter davontrieb und schon verblaßte. Das Wrack flog aber noch immer mit den Seitendüsen und beschrieb eine unfaßliche Kurve. Die Marsastrogatoren hatten recht gehabt, und Captain Hoster wurde angewiesen, auszuweichen.

Näher und näher kam der weiße Punkt dem roten von ›Epsilon‹. Kameras waren an beiden Schiffen außen befestigt worden. Der Marsmann hatte damit begonnen, die Beschleunigung drastisch herabzusetzen, um der berechneten Kurve auszuweichen.

»Sieht nicht so gut aus«, sagte Belter, nachdem er die Flugbahn des Wracks genau studiert hatte.

»Unsinn«, sagte Osgood besorgt. »Aber es wäre mehr als albern, ein Schiff zu verlieren, nachdem wir den Gegner erledigt haben.« Er wandte sich der Steuertafel zu. »Geben Sie mir ›Epsilon‹.«

Er hatte zu fluchen begonnen, bevor der Bildschirm hell wurde. Hosters Gesicht war gerötet und fleckig.

»Was ist los?« fauchte Osgood. »Sie lassen sich ja allerhand Zeit. Warum haben Sie kein Impulsamin genommen?«

Captain Hoster umklammerte den Rand seines Sprechgeräts.

»Hörnse«, sagte er lallend. »Invasor will uns erledigen. Keiner kann das mit einem vom Mars machen. Dreckiger Jupitertrick.«

»Beschleunigungskrankheit«, sagte Belter leise. »Er muß auf die irre Idee gekommen sein, die Droge nicht zu nehmen, damit er wachsam bleiben kann.«

»Hoster! Sie sind aufgeputscht. Man kann nicht Impulsamin so viele Jahre nehmen wie Sie und ohne das Mittel nüchtern bleiben. Sie sind abgelöst. Nehmen Sie eine Dosis, und legen Sie sich hin. Geben Sie mir Ihren Stellvertreter.«

»Hörnse, Osgood, alter Freund«, sagte der Marsmann. »Ich weiß, was ich mache, ja? Ich will keinen Ärger mit *Ihnen.* Beschäftigt, verstehnse? Sie kümmern sich einfach um Ihren Kahn und ich mich um meinen. Ich verschaffe dem Jupiteraner eine Probe Titanitis, wenn er frech wird.« Und der Bildschirm wurde dunkel.

»Hoster!« schrie der Kommandant. »Funker! Geben Sie mir den Irren!«

Ein Lautsprecher sagte sofort: »Tut mir leid, Sir. Er meldet sich nicht.«

Osgood wandte sich in hilfloser Wut an Belter.

»Wenn er dem Wrack auch nur einen bösen Blick zuwirft, degradiere ich ihn zum Granatenschlepper und versetze ihn auf die Sonnenseite vom Merkur. Wir brauchen das Wrack!«

»Wozu?« fragte Belter und fragte sich dann, warum er die Frage gestellt hatte, denn er kannte die Antwort. Wahrscheinlich Herefords Einfluß. Es wäre Herefords Frage gewesen, hätte er sich noch auf der Brücke befunden.

»Vier Antriebe, von denen wir nichts wissen. Eine Umlenkungsberstbombe. Ein Kettenreaktionsstrahl, der voriges Jahr den Asteroiden zerblasen hat. Und wahrscheinlich noch viel mehr. Mann, das ist ein *Kriegsschiff*!«

»Allerdings«, sagte Belter. »Allerdings.« Friedensvereinigung, dachte er. Ein großer Schritt vorwärts.

»Bringen Sie beide auf den Schirm«, knurrte Osgood. »Sie sind nah genug – he, Belter, sehen Sie sich an, wie das Schiff konstruiert ist. Sehen Sie, wie es stoppen und wenden kann?«

»Nein, ich – Oh! Verstehe. Seitendüsen – aber was für Seitendüsen!«

»Wir hätten das auch vor hundert Jahren schon haben können, wenn die Marinetradition nicht gewesen wäre«, sagte Osgood. »Wir haben den Antrieb allein am Heck. Guter Längsschub, gewiß. Aber sehen Sie sich an, was er hat! Das Äquivalent von zehn oder zwölf unserer Heckrohranlagen. Was für Leute waren das, daß sie so etwas aushalten konnten?«

Belter schüttelte den Kopf.

»Wenn sie so etwas gebaut haben, konnten sie es auch aushalten.« Er betrachtete nachdenklich die Flugbahn des Wracks. »Kommodore, Sie glauben doch nicht –«

Osgood war offenbar von demselben schrecklichen Gedanken erfaßt worden, denn er sagte unsicher: »Natürlich nicht. Der Tod. Sie sind durch Den Tod gegangen.«

»Ja«, sagte Belter. Es klang erleichtert, aber er spürte keine Erleichterung. Er blickte auf den Schirm und packte plötzlich Osgoods Arm.

Osgood fluchte und sprang an die Kontrollwand.

»Geben Sie mir ›Epsilon‹! Nein, sagen Sie, er soll aufhören zu feuern und sich bei mir melden! Dieser fünffach verdrehte Klabustenmolch! Ich zerre ihn schon heraus aus seinem –«

Belter ächzte und riß den Arm vor die Augen, als der Bildschirm aufflammte. Die automatische Abschirmung schaltete sich ein, und als er wieder sehen konnte, zeigte der Schirm den Invasor. ›Epsilon‹ war nicht mehr vorhanden.

Nachdem sich die Aufregung etwas gelegt hatte, sank Osgood in einen Sessel.

»Wenn wir da nur ein Jupiterschiff gehabt hätten«, zischte er. »Ist mir egal, was sie im Krieg mit uns gemacht haben oder sonst. Sie können gehorchen. Wenn sie sagen, daß sie etwas tun, kann man sich darauf verlassen. Was steckt eigentlich dahinter, daß die Jupiteraner nicht mitgemacht haben?«

Belter berichtete, wie der Delegierte vom Jupiter im Ausschuß beleidigt worden war.

»Diese hitzköpfigen, unverantwortlichen Marskerle!« sagte der Schlächter. »Weshalb hat dieser besoffene Kretin auf das Wrack schießen müssen?«

»Was für ein Wrack?« fragte Belter trocken.

Osgood starrte ihn an. Belter deutete auf die Karte. Der weiße Punkt bewegte sich in einem weiten Bogen langsam auf den grünen zu – auf ›Delta‹. Auf dem Schirm glänzte immer noch der Invasor. Er hatte seine Düsen abgeschaltet.

Einer der Technikerschirme wurde hell.

»Ortungsmeldung, Sir.«

»Ja?«

»Antriebsstrahlung des Invasors vom Typ Zwei deutlich bemerkbar, Sir.«

»V-verstanden.«

Der Bildschirm erlosch. Kommodore Osgood öffnete den Mund, hielt ihn einen unerträglich langen Augenblick stumm geöffnet und machte ihn wieder zu. Belter biß sich heftig auf die Zunge, um nicht in hysterisches Gelächter auszubrechen. Er wußte, daß der Schlächter zu fluchen versuchte und daß er vor einer Situation stand, in der kein Fluch mehr ausreichte. Er hatte sein Pulver verschossen. Schließlich sagte er lahm das Schlimmste, was ihm einfiel – etwas, was bis dahin undenkbar gewesen war.

Er sagte: »Sie sind nicht tot.« Belter war nicht mehr nach Lachen zumute. Er sagte: »Sie sind durch Den Tod gegangen, und sie sind nicht tot.«

»Es gibt keine Abwehr gegen Den Tod«, sagte der Kommodore nachdrücklich.

Belter nickte.

Einer der Schirme flammte auf, und eine Stimme sagte sachlich: »Rechenzentrum.«

»Ja«, sagte der Schlächter.

»Der Kurs des Wracks wird den unseren schneiden, falls nicht –«

»Sagen Sie nicht ›Wrack‹«, flüsterte der Schlächter. »Sagen Sie ›Invasor‹.« Er lehnte sich zurück, schloß die Augen und wischte sich das Gesicht ab. Dann spannten sich seine Kiefermuskeln, er stand auf und trat aufrecht vor die Kontrollwand. »Batterien. Einstellen auf den Invasor. Technik! Batterien auf Automatik. Alles – Torpedos, Strahlen, Artillerie. Geben Sie mir jetzt alle Stationen. Achtung, an alle! Machen Sie sich bereit, das Schiff zu verlassen. ›Delta‹ wird den Gegner auf Automatik angreifen. Rettungsboote zerstreuen. Richtung von der Startluke aus nehmen und beibehalten, bis Sie entscheidende Aktion zwischen ›Delta‹ und dem Feind beobachten. Impulsamin nehmen und volle Kraft voraus mit den Booten. Ende.« Er fuhr zu Belter herum. »Belter! Keine Widerrede. Was ich tun möchte, ist hierbleiben und kämpfen. Was ich tun *werde,* ist zusammen mit allen anderen das Schiff aufzugeben. Mein einziger Grund dafür ist, daß ich mir noch einmal einen vom Mars vornehmen will. Von allen blöden, idiotischen, kindischen Dingen, die Hoster tun konnte, auf einen Killer wie den zu ballern, war –«

Belter erinnerte den Kommandanten beinahe daran, daß Hoster angewiesen worden war, das ›Wrack‹ notfalls auf fünfzig Meter Entfernung vorbeipassieren zu lassen. Er schluckte es hinunter. Es spielte ohnehin keine Rolle mehr. Hoster und seine Besatzung waren tüchtige Leute gewesen, die ›Epsilon‹ ein gutes Schiff. Alle tot jetzt, alle vernichtet, alle fort, um die Liste zu verlängern, die mit Vorposten begonnen hatte.

»Sie kennen Ihre Station für das Verlassen des Schiffs, Belter? Gehen Sie in Ihre Kajüte, und holen Sie den feigen alten Knaben, und nehmen Sie ihn mit. Ich komme nach, sobald alle anderen das Schiff verlassen haben. Los!«

Belter eilte hinaus. Es ging alles zu schnell für ihn, und er fand es beinahe angenehm, sich auf das Denken eines anderen zu verlassen.

Hereford saß auf der Bettkante.

»Was ist los, Belter?«

»Alle Mann von Bord!«

»Das weiß ich«, sagte der Ältere geduldig. »Wenn so ein Kommando gegeben wird, kennt man sich aus. Ich möchte wissen, was los ist.«

»Wir werden angegriffen. Vom Invasor.«

»Ah.« Hereford blieb ganz ruhig. »Es hat nicht geklappt.«

»Nein«, sagte Belter. »Das hat es nicht.«

»Ich glaube, ich bleibe hier.«

»Sie tun *was?*«

Hereford zuckte die Achseln.

»Was hat es für einen Sinn? Was, glauben Sie, wird geschehen, was wird aus der friedlichen Anschauung werden, wenn sich herumspricht, daß es eine Abwehr gegen Den Tod gibt? Selbst wenn tausend oder eine Million Invasorenschiffe kommen, nichts wird uns daran hindern, einander zu bekämpfen. Ich bin – müde.«

»Hereford.« Er wartete, bis der alte Mann den Kopf hob und seinen Blick auffing. »Erinnern Sie sich an den Tag im Vorzimmer? Müssen wir das noch einmal durchmachen?«

Hereford lächelte schwach.

»Geben Sie sich keine Mühe, mein Freund. Sie werden Probleme genug haben, wenn Sie weg sind. Was mich angeht – nun, das Nützlichste, was ich jetzt noch sein kann, ist ein Märtyrer.«

Belter ging zum Schott, schob sich in seinen Spind, holte seine Papiere und eine Flasche Viski heraus.

»Na gut«, sagte er, »trinken wir schnell noch einen, bevor ich gehe.« Hereford lächelte und akzeptierte. Belter tat das ganze Impulsamin in Herefords Glas, so daß er, Belter, zusammenbrach, als sie das Schiff verließen. Nach allem, was er später hörte, entging ihm allerhand. ›Delta‹ schlug sich mit dem Invasor herum. Das Schiff kämpfte, bis nichts geblieben war als ein einziger Geschützturm, der unaufhörlich den Angreifer beschoß, bis ihn eine Berstbombe, groß genug für einen halben Planeten, auslöschte. Auch ›Delta‹ war ein gutes Schiff gewesen. Der Invasor fegte kreischend wieder davon in den Himmelsnorden und ließ die entsetzte ›Sigma‹ unangetastet. Belter kam im Rettungsboot zu sich, wo auch der Kommandant und Hereford hockten. Hereford sah aus wie eine Illustration zum Alten Testament, die Belter in seiner Kindheit gesehen hatte, mit der Unterschrift: ›Moses zerbrach die Gesetzestafeln‹.

›Sigma‹ nahm sie auf. Es war ein riesiges, altes Logistikschiff, zweimal umgebaut – einmal zum Kolonienhandel, einmal zum negativen Pol des Todesfeldes. Es hatte einen Frachtraum von der Größe eines Ballsaals, und ein Drittel davon war leer, trotz des riesigen Meilers. Die Frachtluke stand offen, und die Rettungsboote der ›Delta‹ wurden hineingelenkt und dort gestapelt, zusammen mit den Wrackteilen, die man noch fand und zur Untersuchung mitnehmen wollte.

Es ging zu wie in einem Bienenkorb. Besatzungstrupps in Raumanzügen lenkten die Boote herein und benutzten dabei ausziehbare Stangen mit Magnetgreifern. Das eine Ende wurde an den Rumpf eines Bootes gelegt, das andere auf das Deck, an ein Schott oder eine Stütze; dann schob oder zog man das Boot mit Hilfe der elektrisch ausziehbaren Stangen zu seinem Stapelplatz.

Die Boote waren nach zwei Tagen Signalgabe und sorgfältiger

Steuerung zum Rendezvousplatz gelangt. Es fehlten nur zwei, die vermutlich mit Wrackteilen zusammengestoßen waren. Die Rettung so vieler Menschen beruhte vorwiegend darauf, daß es nach der letzten Explosion kaum noch Wrackteile von gefährlicher Größe gegeben hatte.

Osgoods Boot schwebte bis zuletzt vor dem Schiff, und bis es hereingeholt wurde, hatte man alle anderen entladen, die Besatzungen waren an Bord, wurden behandelt und verpflegt. Bis der kleine ›Raumkutter‹ verankert war, hatte man die Frachtluke abgedichtet, und der Frachtraum füllte sich wieder mit Luft. Der Kapitän der ›Sigma‹ öffnete die Bootsluke mit eigenen Händen, und Osgood kroch hinaus, gefolgt von einem halb betäubten Belter und einem mürrischen Hereford.

»Ihr Schiff, Sir«, sagte der Kapitän der ›Sigma‹ förmlich in der traditionellen Art, einem Vorgesetzten das Schiff und seine Einrichtungen anzubieten.

»Ja. Im Augenblick brauche ich eines«, meinte der Schlächter trocken. Er streckte sich und schaute sich um. »Irgendwelche Teile von dem Marsschiff erwischt?«

»Nein, Sir«, sagte der Kapitän. Er war ein sorgenvoll aussehender, dürrer Mann aus der Venuskuppel. Sein Name hatte so viele Silben, daß nur die ersten drei verwendet wurden. Sie lauteten: Holovik. »Und wenig genug von der ›Delta‹, leider. Was ist passiert?«

»Sie haben es gesehen, oder? Was glauben Sie? Ich sage es, wenn Sie es nicht herausbringen«, meinte Osgood. »Er hat eine Abwehr gegen Den Tod. Ist das nicht prima?«

»Ja, Sir.« Die Falten an Captain Holoviks Stirn gruben sich tiefer, und seine Mundwinkel bogen sich nach unten. »Prima.«

»Brechen Sie nicht in Tränen aus!« fauchte der Kommodore. Er schaute sich um. »Alle verfügbaren Techniker sollen sich mit den Wrackteilen befassen. Stellen Sie fest, ob etwas radioaktiv ist, und wenn ja, von welchem Typ. Was ist das?«

›Das‹ war ein zehn Meter langer, konischer Zylinder mit drei kurzen Antennen im rechten Winkel zur Längsachse.

»Ich weiß es nicht genau, Sir«, sagte Holovik. »Ich wußte, daß es – äh – Waffen gab, neue, meine ich. Wir bekommen keine genauen Informationen mehr wie im Krieg –«

»Hören Sie auf, vor sich hin zu murmeln! Wenn das eine Geheimwaffe ist, stammt sie jedenfalls nicht von der ›Delta‹.«

»Von der ›Epsilon‹ auch nicht«, warf Belter ein. »Ich habe mir alles genau angesehen, auf allen Schiffen.«

»Woher kommt dann – Oh!« Sein ›Oh!‹ fand ein Echo bei Belter und zwei jungen Offizieren, die das Gespräch mitgehört hatten. Es war ein höchst respektvoller Laut. Ebenso respektvoll war der unwillkürliche Rückzug aller Anwesenden zum Innenschott.

Hereford, der fast einen ganzen Tag lang kein Wort gesprochen hatte, sagte: »Was ist los? Was ist das denn?«

»Weiß ich nicht«, flüsterte Belter, »aber ich möchte es hier weghaben. Weit weg. Es ist vom Invasor.«

»H-hinaus damit. Schnell!«

Sie sprangen durch die Tür und dichteten sie ab, während drei Mann in Raumanzügen und ein Offizier den Gegenstand vorsichtig zur Luke hinausschoben.

»Sie sind ein Kretin«, sagte Osgood zum Kapitän. »Sie sind ein unfähiger Hanswurst. Wie kommen Sie dazu, ein unidentifiziertes Objekt ins Schiff zu holen?«

»Ich – es war – ich weiß nicht«, stammelte Holovik. Belter staunte über die große Sorge, die sich im Gesicht des Mannes abzeichnen konnte.

Ein junger Offizier mit Funkerabzeichen meldete sich.

»Das war das Objekt, das von den Detektoren nicht registriert worden ist, bis es auf eine Meile herangekommen war, Sir«, sagte er. »Ich verstehe das immer noch nicht. Unsere Ortungsgeräte sprechen auf mindestens fünfzigtausend Meilen genau an. Ich kann beschwören, daß unsere Anlagen in Ordnung waren, aber von dem Ding haben wir nichts bemerkt, bis es vor der Tür stand.«

»Da hat bei euch jemand geschlafen«, knurrte der Schlächter.

»Warten Sie, Osgood.« Belter wandte sich an den jungen Mann. »Welche Flugbahn hatte das Ding?«

»Genau auf das Schiff gerichtet, Sir. Eine Schnittbahn von links unten vorne, soviel ich noch weiß. Wir haben es abgelenkt und mit den kurzen Zuggeräten hereingeholt.«

»Es ist einfach aus dem Nichts aufgetaucht, wie?« schnarrte Osgood. »Und da habt ihr es eingeladen.«

»In diesem Sektor gab es sehr viele Wrackteile, Kommodore«, sagte Holovik lahm. »Wir hatten zu tun ... Suchstrahler zeigen manchmal Resultanten an, wenn sie zwei verschiedene Objekte gleichzeitig erfassen –«

»Ja, und dann zeigen sie etwas an, wo nichts ist. Sie zeigen *nicht* nichts an, wo etwas ist. Na, warten Sie, ich degradiere Sie zum –«

»Ich habe den Eindruck« sagte Belter, der seinen eigenen Gedankengang verfolgt hatte, »daß das, was wir hier haben, sehr große Ähnlichkeit mit dem hat, was Vorposten traf. Erinnern Sie sich? Man setzte den Suchstrahler ein, als der Invasor das Ding abfeuerte. Zu sehen war nichts, keine Strahlung, keine Radarortung. Aber es kam an und zerstörte den Stützpunkt.«

»Der nicht existierende, hypothetische ›Umlenker‹«, sagte Hereford mit einer Spur seines alten Lächelns.

Osgood sah ihn kalt an.

»Wenn Sie mir klarmachen wollen, daß der Invasor einen Umlenker verwendet hat, um sich vor Dem Tod zu schützen, dann zeigen Sie nur Ihre Unwissenheit. Der Tod ist eine Vibration, keine Strahlung, ein physikalischer Effekt, keine Energieerscheinung.«

»Zum Teufel mit Dem Tod!« zischte Belter. »Begreifen Sie denn nicht, was wir hier haben? Das ist eine von ihren Berstbomben. Verstehen Sie nicht? Es ist wirklich ein Umlenker, und aus irgendeinem Grund kann er nur eine begrenzte Menge Energie mitführen. Der Invasor begann auf die ›Delta‹ zu feuern, und als sie zurückschoß, ballerte er mit allem los, was er hatte. Das muß eine von den Berstbomben gewesen sein, die abgeschossen wurde, als die ›Delta‹ noch ganz war, und die ankam, als sie explodiert war. Dann suchte die Bombe einfach weiter, hatte aber keinen Treibstoff mehr, bevor sie die ›Sigma‹ erreichte. Deshalb tauchte sie plötzlich im Radar auf.«

»Also das erscheint plausibel«, sagte der Schlächter und starrte Belter an, als sehe er ihn zum erstenmal. Er kniff sich in die Unterlippe. »Umlenktarnung, was? Hm-m-m. Ich frage mich, ob wir uns das Ding ansehen könnten. Vielleicht können wir etwas Ähnliches bauen und an den Teufel nah genug herankommen, um etwas auszurichten.« Er wandte sich an Holovik. »Captain! Sehen Sie, ob Sie ein paar Techniker als Freiwillige finden, die das Ding entschärfen. Wenn Sie keine Freiwilligen bekommen –«

»Ich bekomme sie, Sir«, sagte Holovik und sah zum erstenmal ein wenig glücklicher aus. Nun wirkte er wehmütig statt traurig.

Es war leichter, die zu zählen, die sich nicht freiwillig meldeten, nachdem die Bordlautsprecher das Ersuchen verkündet hatten. Nach wenigen Minuten kam die ›Sigma‹ in ein paar hundert Meilen Entfernung zum Stillstand, während ein Spezialtrupp sich mit der dahintreibenden Bombe beschäftigte. Er hatte drei Kameras bei sich, und auf der Brücke des Todesschiffes drängten sich die Fachleute. Jeder Schritt wurde sorgfältig diskutiert, jede Möglichkeit genau erwogen, bevor man etwas unternahm.

Sie schafften es. Es ging langsam, und die Anspannung steigerte sich bis zur Unerträglichkeit, aber sobald es getan war und untersucht werden konnte, erwies es sich als unglaublich einfach. Der Sprengkopf war am Rumpf der Bombe befestigt. Die Auslöser befanden sich im Kopf, gesteuert einfach von zwei Stangen. Die Suchanlage, die Abstandsschaltkreise, der Antrieb und die Energiequelle befanden sich alle im Rumpf, zusammen mit dem, was offenkundig das Tarngerät war.

Der kostbare Rumpf wurde mit Rückstoßpistolen ein paar Meilen abgeschleppt und vom Schiff übernommen, das dann, aus großer Distanz, den Sprengkopf zur Explosion brachte.

In Werkstätten und Laboratorien des ganzen Systems wurde fieberhaft an den Plänen und Nachbildungen der fremden Waffe gearbeitet. Zu den ersten Dingen, die man entdeckte, gehörte, daß der überaus theoretische und sehr populäre Ausdruck ›Umlenker‹ eine Fehlbezeichnung war. Die Tarnung war ein erfinderischer Komplex von Verkabelungen in konzentrischen ›Häuten‹ des Rumpfes. Jede auftreffende Strahlung führte dazu, daß die dielektrische Konstante des Rumpfes sich veränderte, so daß sie exakt dieselbe Frequenz abstrahlte, mit derselben Intensität, wie sie empfangen wurde, aber hundertachtzig Grad in der Phase verschoben. Das Herz des Geräts war etwas, was man als Nachkommen der TR-Röhre in der tausendsten Generation hätte bezeichnen können. Es suchte so pausenlos und löste Strahlungen mit derart geringer Verzögerung aus, daß das Gerät mehrere Frequenzen beinahe gleichzeitig bewältigen konnte.

Was die meiste Energie verbrauchte, war der Antrieb. Er bestand aus einem Magnetgenerator und einer Spule, die Magnetfluß trug. Dort induziert war ein außerordentlich intensives Schwerkraftfeld, nach vorn und allen Seiten selbsttätig kompensierend. Der verstärkte ›umgekehrte‹ Schwerkraftdruck befand sich damit am Heck. Die Steuerung erfolgte durch Veränderungen der Feldstärke mit Hilfe von Induktanzkupplung der Magnetflußspulen.

Der Rumpf war von lichtschluckendem Schwarz und das Geschoß bestand aus einer Legierung, die für harte Strahlung durchlässig war.

Man sammelte alle Informationen, und das Wissenschaftszentrum erteilte ständig Aufträge für Nebenprojekte. Die Ätherfaksender waren überlastet mit Berichten über die einzelnen Phasen des Problems, vermischt mit häufigen Mitteilungen über den letzten bekannten Standort des Invasors. Er hatte mehrere Wochen lang eine scheinbar ziellose Serie von Manövern vollführt, offenbar um zu prüfen, welche Schäden er davongetragen hatte. Danach hatte er einen großen Rundkurs eingehalten, in der Ebene parallel zur Sonnenekliptik, und man vermutete, daß er Reparaturen vornahm und auf Erkundungsfahrt war. Beides schien durchaus angebracht, denn er mußte bei der wilden Kurvenfahrt am T-Tag unglaubliche Belastungen über sich haben ergehen lassen. Und wie vorher war er das Symbol des Schreckens. Wenn er zuschlug, dann wo? Wenn nicht, würde er heimfliegen. Würde er danach zurückkommen? Allein oder mit einer Flotte?

Belters Leben war ein reißender Strom von Details, aber er fand die Zeit, sich über verschiedene Dinge den Kopf zu zerbrechen. Über die Jupiteraner etwa. Sie waren beim Nachbau des Tarnungsgeräts, vor allem bei der Modifizierung des Atommeilers eine große Hilfe gewesen. Die Verbesserung durch die Jupiteraner war ein Motor, der Boron verwendete, was es im Original nicht gegeben hatte. Das Gerät der Solarier gewann dadurch erheblich größere Reichweite. Und doch – an der Bereitwilligkeit der Jupiteraner war etwas, was nicht ganz mit ihrem sonst üblichen Verhalten übereinstimmte. Die Beleidigung, die Leess von dem Marsmann erfahren hatte, war an sich letztlich nichts Bedeutsames gewesen, aber die Tatsache, daß Leess seinen Planeten zu einer Politik der Nichtkooperation geführt hatte, machte sie zu einem wichtigen Faktor. Die plötzliche Umkehrung dieser Politik seit dem T-Tag war mehr als verwirrend. Hundertmal schüttelte Belter die Frage ab, brummte: »Jupiteraner sind seltsame Leute«, und hundertmal tauchte sie wieder auf.

Es gab eine weitere unerhörte Sorge. Der Marsvertreter nahm Belter an einem Nachmittag beiseite und präsentierte sie ihm.

»Es ist dieser Hereford«, sagte der Mann und kratzte sich am sonnverbrannten Hals. »Er ist zu still. Ich weiß, daß er wegen seiner Abstimmung zu Dem Tod sehr viel Gesicht verloren hat, aber er besitzt noch immer Anhänger. Mehr, als mir lieb ist.«

»Und?«

»Na ja, wenn der große Tag kommt, wenn wir eine Formation der neuen getarnten Boote hinausschicken, was sollte ihn hindern, den Mund aufzumachen und uns in die Suppe zu spucken?«

»Warum sollte er das tun?«

»Sie wissen, worauf die Pazifisten hinauswollen. Wenn wir eine Anzahl dieser neuen Geräte mit Berstbomben ausrüsten und den Invasor vernichten, hätten sie nichts zu melden. Sie wollen nicht, daß diese Abwehr Des Todes ins System zurückkommt. Das wissen Sie.«

»Hm-m-m. Und wie würden Sie das auf dem Mars anstellen?«

Der Marsmann grinste.

»Na ja, Bruder Hereford hätte wohl einen kleinen Unfall. So, daß er jedenfalls still ist – vielleicht für einige Zeit, vielleicht für –«

»Das dachte ich mir.« Belter ließ den Zorn eine Weile in sich brodeln, bevor er antwortete. »Vergessen Sie's. Angenommen, es stimmt, was Sie sagen – und davon bin ich noch nicht überzeugt –, was fällt Ihnen noch ein?«

»Hm, ich halte es für eine gute Idee, getarnte Schiffe hinauszuschicken, ohne dem Ausschuß Bescheid zu geben. So bekommen wir, wenn Hereford auf den passenden Augenblick wartet, um den Mund aufzumachen, was wir wollen, bevor er weiß, was passiert. Falls wir das geheimhalten können, heißt das.«

Belter schüttelte den Kopf.

»Tut mir leid, Freund. Nicht zu machen. Wir können uns auf die Sicherheit berufen und militärisch etwas unternehmen, ohne die Bevölkerung zu unterrichten, aber in der Charta gibt es keine Lücke, die uns erlauben würde, etwas ohne das Wissen des Ausschusses zu tun. Bedaure. Jedenfalls vielen Dank für den Hinweis.«

Das war wie die Sache mit den Jupiteranern eine Angelegenheit, die er abschüttelte und vergaß – fünf- oder sechsmal am Tag. Er kannte den hartnäckigen Charakter Herefords, und er achtete ihn als das, was er war und was er leisten konnte.

Es gab eine Lösung für diese Probleme. Er lachte, als sie ihm einfiel, lächelte, als sie sich wieder anbot, aber er zog die Brauen zusammen, als er einsah, daß er sich schon entschieden hatte. Er mußte es getan haben, weil er sich dabei ertappte, daß er Addisons Bericht in eine private Schublade seines Schreibtisches legte. Addison war der Techniker, der das örtliche Tarnungsprojekt leitete. Der Bericht war streng geheim und versiegelt von einem Boten gebracht worden. Er lud ihn ein, ein Zweimannraumboot zu besichtigen, das fertiggestellt und erprobt, aufgetankt und ausgerüstet war. Der Bericht hätte auf die Tagesordnung des Ausschusses gehört.

Er rief Hereford zu sich, und als sie allein waren, fragte er ohne Vorrede: »Sind Sie interessiert daran, einen Krieg zu verhüten?«

»Das ist doch sicher eine rhetorische Frage.«

»Nein. Frage Nummer Zwei. Haben Sie in den nächsten Wochen etwas Besonderes vor?«

»Tja, ich – nichts Besonderes«, sagte Hereford traurig. Seit seiner historischen ›Ausnahme‹-Rede hatte er sehr wenig zu tun.

»Na, dann streichen Sie Ihre Termine. Nein, ich mache keine Witze. Die Sache ist heiß. Wie bald können Sie eine kleine Reise antreten?«

Hereford betrachtete ihn eingehend.

»In etwa einer halben Stunde. Ich sehe Ihnen an, daß es so schnell sein soll.«

»Sie sind ein Hellseher. Also gut, dann hier in einer halben Stunde.«

Nach zwei Stunden waren sie im Weltraum, an Bord eines schnellen Spähschiffs. Belter hatte einen verwirrten stellvertretenden Vorsitzenden zurückgelassen, mit einer kurzen schriftlichen Ermächtigung in Händen, und einen ebenso verblüfften Cheftechniker; beide waren zu Stillschweigen verpflichtet worden. Im Spähschiff befanden sich eine eingeschworene Besatzung und der schwarze Rumpf des Tarnbootes.

In den ersten beiden Tagen ließ er Hereford im kleinen Erholungsraum des Schiffes Daumen drehen, während er mit dem Kapitän zusammenhockte und einen Kurs ausarbeitete. Er brauchte die Hälfte des ersten Tages, um den jungen Mann davon zu überzeugen, daß er bei Sinnen war und an Bord des Invasors gehen wollte – zwei Tatsachen, die man in den vergangenen drei Jahren als nicht miteinander vereinbar angesehen hatte.

Der Kurs wurde so berechnet, daß das Boot mit einem Mindestmaß an Beschleunigung den Eindringling überholen konnte. Das kleine Raumfahrzeug sollte vom Spähschiff bei hoher Geschwindigkeit auf einem Kurs gestartet werden, der es relativ zur Sonne in eine elliptische Bahn bringen würde. Diese Ellipse stand im rechten Winkel zur Ebene des Kreiskurses, den der Eindringling seit einigen Wochen aufrechterhielt. Die Ellipse schnitt diesen Kreis an zwei Stellen, und die Startzeit wurde so bestimmt, daß diese Schnittpunkte mit der vorausberechneten Position des Invasors auf seinem eigenen Kurs synchronisiert wurden. Das große Wenn war natürlich, ob der Eindringling Kurs und Geschwindigkeit beibehalten würde. Es konnte sein. Er hatte es schon zweimal getan, einmal neun Monate lang, einmal fast ein ganzes Jahr. Wenn Belter seine Tabellen zu Rate zog und Zeit genug mit Tetrant und Kalkulex verbrachte, würde es nur eines gelegentlichen Schubs bedürfen, seinem Kurs zu folgen oder ihn nach jeder Veränderung der vorausberechneten Position zu korrigieren.

Nachdem das geregelt war und er geschlafen hatte, ging er wieder zu Hereford. Der alte Mann starrte offenbar direkt durch das auf seinen Knien aufgeschlagene Buch, weil seine Augen weit offenstanden und sich nicht bewegten. Belter ließ sich neben ihm nieder und atmete tief ein.

»Was für ein Beruf!«

Herefords Mundwinkel zuckten.

»Was?«

»Nach schlimmen Todesarten fahnden«, meinte der Vorsitzende grinsend. »Ich bin so weit, daß ich Ihnen von der Sache erzählen kann, wenn Sie das wollen.«

Hereford schloß sein Buch und legte es weg.

»Als allererstes geht es um die Jupiteraner«, sagte Belter. »Die Kerle denken so tüchtig, so schnell und so anders, daß es mich erschreckt. Es ist hart ... nein, es ist vollkommen unsinnig, ihr Verhalten nach menschlichen Maßstäben zu messen. Sie haben aber etwas gemacht, was so menschlich war, daß es mir total entgangen ist. Wenn man das auf dem Mars versucht hätte, wäre ich sofort dahintergekommen. Es hat lange Zeit gedauert, bis ich wach wurde, weil es sich um die Jupiteraner handelt. Erinnern Sie sich, wie bereitwillig sie nach dem T-Tag mithalfen? Woran lag das wohl?«

»Ich möchte annehmen, daß sie ihre Verantwortung als Mitglieder des Systems begriffen haben«, sagte Hereford nachdenklich. »Der Eindringling hatte eine Abwehr gegen die äußerste Waffe, der Notfall hatte sich verschlimmert, und sie halfen mit, zum allgemeinen Wohl.«

»Das dachte ich auch. Sind Sie schon einmal auf den Gedanken gekommen, was vermutlich geschehen würde, wenn der Jupiter – und nur der Jupiter – eine Abwehr gegen Den Tod hätte?«

»Na, ich glaube nicht, daß sie –«

»Lassen Sie beiseite, was Sie gerne glauben möchten«, unterbrach ihn Belter. »Was würde geschehen?«

»Ich sehe, was Sie meinen«, sagte Hereford. Sein Gesicht war kalkweiß. »Wir sind der fast sicheren Niederlage entgangen und haben den Krieg gewonnen, als wir Den Tod entwickelten. Wenn Jupiter eine Abwehr hätte, wären wir keine Gegner für ihn.«

»Das ist weit untertrieben«, sagte Belter.

»Aber – aber sie haben doch einen Friedensvertrag unterschrieben! Sie rüsten ab! Sie werden ihr Wort nicht brechen!« rief Hereford.

»Natürlich nicht! Wenn sie diese Abwehr in die Hände bekommen, werden sie das ruhig mitteilen, uns Zeit lassen, damit wir uns vorbereiten, und dann den Krieg erklären und uns ausrotten. Es geht natürlich in erster Linie um den Stolz. Ich wage zu behaupten, daß sie uns sogar helfen würden, aufzurüsten, wenn wir das zuließen, damit Chancengleichheit besteht. Sie sind Fanatiker für eine faire Ausgangsbasis. Das ganze System weiß aber, daß es Maschine für Maschine, Einheit für Einheit, Mensch für Jupiteraner keine Gleichheit gibt. Sie sind uns überlegen. Es ist unsere irre angeborene Fähigkeit, selbstmörderische Waffen herzustellen, die uns die Oberhand verschafft. Die Jupiteraner sind zu klug, um eine Rasse besiegen zu wollen, die darauf besteht, Mordmaschinen ohne jede Rücksicht auf ihre zukünftige Bedeutung einzuführen. Wissen Sie noch, was Leess gesagt hat, als der Marsmann ihn beleidigte? ›Erde tot, Jupiter tot, Mars tot. Gut.‹ Sie wissen, daß wir, wenn man uns als Rasse nicht in Ruhe läßt, bestimmt einen Weg finden, unsere Nachbarn umzubringen, weil es uns als Rasse egal ist, ob wir dabei alle umkommen.«

Hereford schauderte.

»Ich fürchte mich davor, daß Sie recht haben könnten. Die Friedensvereinigung erscheint da so nutzlos, trotz ihrer Milliarden Mitglieder.«

Belter ließ seine Fingerknöchel knacken.

»Ich will damit nicht sagen, daß die Menschen im Grunde verrottet sind oder daß sie schicksalshaft immer das bleiben müssen, was sie gewesen sind. Die Menschheit hat, soviel ich weiß, mindestens viermal vor der Vernichtung gestanden, durch eben diese Art von Massenselbstmord. Die Existenz der Friedensvereinigung deutet aber darauf hin, daß sie an einen Ausweg glaubt, auch wenn ich nicht umhin kann zu glauben, daß es noch sehr, sehr lange dauern wird, bis wir ›geheilt‹ sind.«

»Danke«, sagte Hereford. »Manchmal kommt es mir so vor, als könnten Sie ein besserer Arbeiter für den Frieden sein, als mir je gegeben wäre. Sagen Sie – wie kamen Sie auf den Verdacht, daß die Jupiteraner die Abwehrgeräte für sich selbst haben wollen?«

»Das ist eine ganz neue Entwicklung gewesen. Sie werden wissen, daß das eine, was die Anwendung des Tarngeräts praktikabel macht, die neue Energiequelle ist. Damit können wir den Eindringling erreichen und seine Detektoren unterlaufen, weit außerhalb der Reichweite beginnend. Das war eine Jupiterkonstruktion. Sie haben das Ding gebaut, also hatten sie es auch als erste.

Mit anderen Worten, zwischen dem Zeitpunkt der Erfindung und der Zeit, als sie sie uns übergaben, waren sie uns voraus. Es kann, wenn das so ist, nur einen Grund dafür geben, weshalb sie sie in ihrem ungeheuren Selbstvertrauen uns überlassen würden, nämlich, daß sie den Vorsprung nicht mehr brauchen!«

»Es paßt«, sagte Hereford bedrückt.

»Gut. Da ich die Jupiteraner kenne – und nebenbei immer mehr über sie erfahre –, komme ich zu dem Schluß, daß sie uns den Antrieb gegeben haben, nicht weil sie etwas Besseres hätten, sondern weil er für sie seinen Zweck bereits erfüllt hat. Ich bin überzeugt davon, daß Tarnboote der Jupiteraner jetzt unterwegs zu dem Invasor sind. Und vielleicht haben sie sogar ... aber daran möchte ich lieber nicht denken.« Er breitete die Arme aus und ließ sie wieder sinken. »Deshalb unser kleiner Ausflug. Wir müssen als erste dort sein. Wenn wir nicht die ersten sind, müssen wir eben tun, was wir können, wenn wir ankommen.«

Das Boot trieb ohne Licht, ohne Antrieb auf den Eindringling zu. An dieser Stelle der vorausbestimmten Ellipse war die Geschwindigkeit gering, und die Anspannung war so allgegenwärtig wie das Surren der Tarnanlage im Heck. Hereford und Belter ertappten sich dabei, daß sie sich flüsternd unterhielten, so als könnten ihre gepreßten Stimmen durch die isolierten Schotts dringen, durch die Leere des Raums hinüber zur geheimnisvollen Besatzung des metallenen Mörders, der vor ihnen schwebte.

»Wir sind weit innerhalb seiner Meteorabschirmung«, knirschte Belter. »Ich weiß nicht, was ich denken soll. Kommen wir wirklich an ihn heran, oder spielt er nur mit uns?«

»Er spielt nicht«, sagte Hereford grimmig. »Sie entschuldigen die laienhafte Frage, aber ich verstehe nicht, wie es möglich sein kann, daß er keinen Detektor für genau diese Art der Annäherung besitzt. Da er Bomben verwendet, die getarnt sind wie wir, muß er doch auch eine Abwehr dagegen haben.«

»Seine Abwehr scheint in der Reichweite der Abschirmungen zu liegen«, erwiderte Belter. »Diese Bomben sind Suchgeräte. Das heißt, sie folgen ihrem Ziel, wohin es sich auch bewegt. Die Abwehr bestünde darin, die Bombe durch Manövrieren hinzuhalten, bis ihr der Treibstoff ausgeht, wie es bei der von uns gefundenen der Fall war. Dann könnten seine Meteorrepulser den Rest erledigen.«

»Es war offenbar die wirksamste Waffe in seinem ganzen Arsenal«, meinte Hereford hoffnungsvoll.

»Soviel wir wissen«, sagte Belter vom anderen Ende des Gefühlsspektrums her. Dann sagte er: »Ich halte das nicht aus. Ich schalte den Antrieb ein. Ich komme mir vor, als schwebten wir hier schon herum, seitdem die Atomkraft erfunden wurde.«

Hereford erstarrte, dann nickte er im Dunkeln. Das Boot war kaum der letzte Ort, was Bequemlichkeit betraf. Die beiden Männer konnten ausgestreckt liegen oder sich auf alle viere schieben. Sitzen war möglich, wenn man den Kopf zwischen die Knie schob und die Schädeldecke an die Decke preßte. Sie befanden sich schon seit mehr Tagen in diesem Gefängnis, als sie sich erinnern wollten.

Belter griff nach dem Antriebshebel und schob ihn nach vorn. Man hörte kein zusätzliches Geräusch, aber die leichte Beschleunigung war deutlich zu spüren.

»Ich umkreise ihn. Es hat keinen Sinn, übervorsichtig zu sein. Wenn er bis jetzt nichts gegen uns unternommen hat, wird er wohl auch nichts mehr tun.« Er ergriff mit der anderen Hand den Steuerhebel, und der Bug des Bootes ›hob‹ sich im Verhältnis zur Kielebene des Invasors. Beschleunigungsschäden waren nicht zu befürchten; die Steuerung reagierte ohne einen besonderen Eingriff auf nicht mehr als 5 G.

Binnen vier Stunden befand sich das Raumfahrzeug ›über‹ dem Gegner. Das häßliche, blind wirkende Ungetüm, ohne Düsen und Bullaugen, konnte einen rasend machen. Es flog dahin, völlig unberührt, völlig sicher. Belter dachte kurz an eine kindliche Romanze, verrückt in diesem Augenblick. Das Mädchen war nicht besonders hübsch gewesen, aber sie in seiner Nähe zu haben, hatte ihn fast zum Wahnsinn gebracht. Das lag an ihrer perfekten Pose, an ihrer Maske. Er wollte sie nicht. Er wollte nur diese Gelassenheit durchbrechen, sich in die Zitadelle ihres *savoir faire* hineinkämpfen. So hatte er empfunden, und sie war nicht böse gewesen. Das Schiff hier war es in vollkommenem Maße. Es hatte etwas Unlebendiges, Unerschütterliches, Unausweichliches an sich, dieses riesige, mörderische Fahrzeug.

Etwas umklammerte seinen Arm. Er zuckte heftig zusammen, prallte mit dem Kopf an die Decke, seine Hand schob den Beschleunigungshebel nach vorn. Das Fahrzeug kam zum Stillstand, und er schlug sich den Kopf noch einmal an. Er fluchte wilder, als es Herefords Griff an seinem Arm rechtfertigte, und sagte gereizt: »Was denn?«

»Ein – Loch. Eine Luke oder dergleichen. Schauen Sie.«

Es war ein schwarzer Schatten an der Wölbung des grauen Rumpfs.

»Ja . . . ja. Sollen wir –« Belter schluckte. »Sollen wir einen Besuch machen?«

»Ja. Äh – Belter –«

»Hm?«

»Bevor wir es tun – sollten Sie es mir lieber sagen. Weshalb sollte ich mitkommen?«

»Weil Sie ein Kämpfer sind.«

»Das ist ein seltsamer Witz.«

»Nein. Sie haben für jeden Zentimeter Weg kämpfen müssen, Hereford.«

»Mag sein. Aber erzählen Sie mir nicht, Sie hätten mich um des Potentials meiner Angriffslust willen mitgenommen.«

»Nicht ihretwillen, sondern ihretwegen. Sie wollen den Eindringling vernichtet sehen, zum Wohl des Systems. Ich will ihn gerettet wissen, auch zum Wohl des Systems, wie ich es sehe. Sie könnten es durch die Friedensvereinigung schaffen, zu Hause. Es würde nur ein paar Worte kosten, das ganze Programm zum Stillstand zu bringen. Oder Sie könnten es selbst tun, hier. Ich habe Sie mitgenommen, damit Sie nicht zu Ihren Anhängern reden können. Ich glaube, Sie hierzuhaben, wo ich Sie beobachten kann, ist ein geringeres Risiko für die Beschaffung der Todesabwehr.«

»Sie sind ein berechnender Teufel«, sagte Hereford, zwischen Zorn und Bewunderung schwankend. »Und angenommen, ich zerstöre das Schiff – vorausgesetzt, ich habe Gelegenheit dazu?«

»Vorher würde ich Sie umbringen«, sagte Belter offen.

»Sind Sie auf die Idee gekommen, daß ich dasselbe versuchen könnte, aus der gleichermaßen festen Überzeugung heraus?«

»Gewiß«, sagte Belter. »Sie würden es aber nicht tun. Man kann Sie nicht dazu treiben, daß Sie töten. Hereford, Sie suchen sich auch die merkwürdigsten Augenblicke für Ihre Dialektik aus.«

»Durchaus nicht«, meinte Hereford gutmütig. »Man möchte nur wissen, wo man steht.«

Belter beschäftigte sich mit seinen Hebeln. In einem Winkel seines Gehirns rotierte ein Wirbel der Panik. Angenommen, der Antrieb versagte. Oder der Invasor sandte einen fragenden Frequenzstrahl hinaus, mit dem das Tarngerät nicht zurechtkam. Und was war mit der Meteorablenkung? Würden sie zerquetscht werden, wenn das Schiff sie fand und mit einem Repulser davonschleuderte? Er dachte mit plötzlichem Entsetzen an die enge Verkabelung des Bootes. Kurzschlüsse kamen vor, und manchmal führen Oxydierung und Vibration zu den verrücktesten Effekten. Tu etwas, rief seine innere Stimme. Falsch oder richtig, tu etwas.

Sie schwebten hinauf zu dem großen Rumpf, und das Loch schien sich hungrig zu öffnen, als sie herankamen. Belter hielt das Boot in Beziehung zum Raumschiff fast an und lenkte es dann ganz langsam zur Luke, ohne die Seiten zu berühren.

»Hat sich die getarnte Berstbombe in der Videoaufzeichnung von Vorposten nicht kurz gezeigt, als sie das Schiff verließ?« flüsterte Hereford.

»Ja. Na und? Ach so! Sie meinen, das Tarngerät war abgeschaltet, bis die Bombe sich vom Schiff entfernt hatte. Da tippen Sie auf etwas, Hereford. Vielleicht sollten wir es auch abschalten, bevor wir eindringen. Ich kann mir denken, wo es weniger als Tarnung wirken würde, eingeschlossen in einer Metallkammer und alles abstrahlend, was da drinnen vorkommt, zusammen mit der Reflektion der eigenen Strahlung.« Er griff nach dem Tarngeräthebel. »Aber ich warte noch, bis wir praktisch im Innern sind. Ich bin nicht scharf darauf, wie ein Meteor weggeschleudert zu werden.«

Belter lenkte das Boot mit unendlicher Sorgfalt durch die Luke, schaltete das Tarngerät ab und war an Bord des Eindringlings, bevor er bemerkte, daß er sich halb die Zunge abbiß.

Zu ihrem Erstaunen war die Kammer, in die sie hineingeschwebt waren, beleuchtet. Das Licht war trüb, schattenlos und fahlgrün. Decke und Schotts selbst oder ihr Anstrich strahlten das Licht aus. Im vorderen Teil gab es ein großes Gestell mit langen Reihen Berstbomben ohne Sprengköpfe. Über jeder befand sich eine Schiene, die zu einem Gleis führte, das an einer massiven, quadratischen Tür endete. Ein zweites Hebe- und Schienensystem verband die Rümpfe selbst mit der offenen Luke. Montage, Scharfmachen und Abschuß der Bomben waren demnach vollautomatisiert.

»Wieder Tarnung«, sagte Belter gepreßt. »Das Boot sieht den Bomben ähnlich genug, um genau in eines der Gestelle zu passen. In diesem irren Licht würde keiner etwas bemerken.«

»Für die Besatzung hier ist das Licht vermutlich nicht irr«, meinte Hereford.

»Darüber zerbrechen wir uns später den Kopf. Rein in den Anzug.«

Sie zogen die leichten Druckanzüge aus dem Fach und dichteten sie ab. Belter führte die wenigen Regler vor – Sauerstoff, Feuchtigkeit, Temperatur, Magnetismus und Schwerkraft, um sich zu vergewissern, daß Hereford sich damit auskannte.

»Und das ist das Sprechgerät. Ich glaube, wir können ruhig damit umgehen. Aber nur senden, wenn es unbedingt nötig ist. Wenn wir beieinander bleiben, können wir die Leitfähigkeit ausnützen – wir legen die Helme aneinander und können sprechen.«

Es dauerte nur ein paar Minuten, das schwerelose Raumfahrzeug in das Gestell zu bugsieren. Es paßte genau. Belter griff hinein und holte zwei Strahlerpistolen heraus. Er schloß die Ausstiegluke und gab Hereford eine der Waffen. Hereford nahm sie, beugte sich aber vor und berührte Belters durchsichtigen Helm mit dem seinen. Seine Stimme klang hohl, aber deutlich.

»Wozu das?«

»Zur Sicherheit«, sagte Belter kurz. »Sie brauchen sie nicht zu benutzen. Wenn wir beobachtet werden, klingt ›Zwei bewaffnete Männer‹ besser als ›Zwei Männer, einer davon bewaffnet‹.«

Sie tasteten sich zur Innenwand und schlichen vorsichtig heckwärts. Die Berührung des Metalls brachte Belter die schlagartige Erkenntnis, wo er sich befand, und einen Augenblick lang schienen seine Knie nachgeben zu wollen. Tief in ihm schaute sein objektives Ich zu und schüttelte verblüfft den nicht vorhandenen Kopf. Weil er ein für die Aufgabe ausgerüstetes Boot gefunden hatte, war er hergekommen. Weil er die Ortungsgeräte des Invasors unterlaufen hatte, war er an das Schiff selbst herangeflogen. Weil er nah genug war und eine Luke offengestanden hatte, war er ins Innere gekommen. Genauso, wie ich in die Armee und in die Politik gekommen bin, dachte er grinsend.

Sie fanden eine Leiter. Sie führte hinauf durch eine rautenförmige Öffnung in der Decke. Die Sprossen waren am Schott angeschweißt. Sie waren zu schmal und zu eng beieinander. Auf beiden Seiten sah man nachgezogene Schleifspuren, etwa achtzehn oder zwanzig Zentimeter beidseits der Sprossen. Was für ein Wesen bewegte sich genau auf seiner Mittellinie und schleppte die Seiten nach?

Ein Jupiteraner.

Er sah Hereford an, der auf die Spuren deutete; Hereford hatte also auch begriffen. Er zuckte die Achseln und wies nach oben. Sie stiegen hinauf, Belter als erster.

Sie erreichten einen Korridor, zu niedrig, als daß sie sich hätten ganz aufrichten können. Er war im Querschnitt dreieckig, mit der Spitze nach unten, zu einem schmalen Laufgang verbreitert. Auf beiden Seiten war ein Schleifblech angebracht, und auch dort sah man die glatten Spuren. Das Deck, soweit zwischen den stark abfallenden Wänden zu sehen, bestand aus Querstangen. Ein Wesen, das mit Klauen zugriff und sich auf die Seiten eines Brustpanzers stützte, konnte sich in einem solchen Korridor sehr frei bewegen, ohne Rücksicht auf Schwerkraft- oder Beschleunigungswirkungen.

»Verdammt!«

Belter zuckte, wie erdolcht. Hereford wankte auf seinen Magnetgreifern und versuchte sich an der schrägen Wand festzuhalten. Die zwei Silben waren ihnen aus ihren eigenen Helmen entgegengebrüllt. Die Wirkung war so verblüffend, daß Belter beinahe seine eigene Zunge verschluckte. Er deutete im grünlichen Licht auf sich und schüttelte den Kopf. Hereford folgte mühsam seinem Beispiel. Sie hatten beide nichts gesagt.

»Verfluchte Jupiteraner –«

Belter folgte einer plötzlichen Eingebung, legte Hereford die Hand auf die Schulter, damit er blieb, wo er war, und kroch zurück zur Bombenschachtöffnung. Er legte sich auf den Boden und schob den Kopf vorsichtig über den Rand.

Ein langes, unfaßbares schwarzes Etwas glitt unten über das Deck. Belter kniff die Augen fest zusammen und öffnete sie weit, um das neblige grüne Licht zu durchdringen. Endlich erkannte er eine kleine Gestalt, die an dem Schatten zerrte, an der Bombe, am . . . am Raumboot.

Eine menschliche Gestalt. Ein Mann, der durch die Abwehr des Eindringlings gelangt sein mußte, genau wie er. Ein Mann mit einem Tarnboot.

Aber niemand außer einigen Cheftechnikern wußte auch nur, daß die die Boote fertiggestellt waren. Und der Ausschuß natürlich.

Der Mann unter ihm griff in sein Boot hinein und berührte einen Hebel. Es sank auf das Deck neben dem Bombengestell, als sich die Magnetanker einschalteten. Der Mann schloß die Ausstiegluke und schlurfte zur Innenwand, den Strahler in der Hand, den Kopf hin und her drehend.

Belter beobachtete ihn, bis er die Leiter entdeckte. Dann raffte er sich auf und hastete zu Hereford zurück, wo er seinen Helm an den seines Begleiters knallte.

»Einer vom Mars«, zischte er. »Das hätte man sich ja denken können. Nur ein Marsmann ist so verrückt, daß er hier zusteigt.«

Er sah Herefords Brauen hochsteigen, aber der Pazifistenführer sagte nicht, was hier gepaßt hätte. Er folgte Belter stumm zur nächsten Biegung. Noch immer keine Spur von Leben, als sie abbogen.

Hinter der Biegung befand sich eine dreieckige Tür in der Wand. Belter zögerte, dann preßte er dagegen. Sie bewegte sich nicht. Er fand nirgends einen Schalter. Hereford klopfte ihm auf die Schulter und kniete nieder, um am Boden herumzutasten. Die Tür öffnete sich lautlos.

Belter glitt hinein und schaute sich um. Außer einer regungslosen, schlaffen Masse war nichts in dem kleinen Raum zu sehen. Belter winkte. Hereford hüpfte über die Schwelle, betastete wieder den Boden, und die Tür glitt zu.

»Woher haben Sie gewußt, wie man die Tür öffnet?« fragte Belter, als sich ihre Helme berührten.

»Die Füße ... Klauen ... was auch immer ... sind offenbar Greiforgane, sonst hätten sie keine Böden, die nicht mehr sind als dichtgedrängte Sprossen. Die Türklinken mußten demnach am Boden sein.«

Belter schüttelte bewundernd den Kopf.

»Sehen Sie, was passiert, wenn einer aus Beruf denkt?« Er ging zur Tür und legte den Helm an die Füllung. Er hörte die vorsichtigen Schritte des Marsmannes. Er wandte sich Hereford wieder zu. »Ich sollte eigentlich hinausgehen und ihn fertigmachen. Er wird einfach auf den Kapitän hier zumarschieren, und wenn er die ganze Besatzung niedertrampeln muß. Aber mich interessiert vor allem, was er vorhat. Wir könnten nicht mehr schlimmer dran sein, als wir es schon sind. Meinen Sie, wir können ihm so auf den Fersen bleiben, daß er nichts anstellt?«

»Es besteht kein Anlaß, vorsichtig zu sein«, sagte Hereford, und seine Stimme, verzerrt durch die Helme, klang wie eine von fern tönende Glocke.

»Was soll das heißen?«

Hereford deutete auf die Masse in der Ecke. Belter ging hin, kniete nieder und streckte eine Hand aus. Gefrorene Materie zerbröckelte unter seiner Berührung auf eine Weise, die ihm vertraut war. Er zuckte entsetzt zurück.

»Es ist – tot«, flüsterte er.

Hereford legte die Helme aneinander.

»Was?«

»Es ist tot«, sagte Belter dumpf. »Es ist – homogenisiert und gefroren.«

»Ich weiß. Erinnern Sie sich an die drei Kommandoschiffe der Jupiteraner?«

»Sie konnten den Tod nicht ertragen«, murmelte Belter. »Sie öffneten alle Luken.« Er stand auf. »Holen wir den Idioten von Marsmann.«

Sie verließen den Raum und gingen durch den Korridor bis zu seinem Ende. Dort gab es wieder eine Leiter. Sie stiegen hinauf.

»Ich glaube, wir versuchen es am besten im Kontrollraum«, sagte Belter oben. »Da wird er zuerst hingehen.«

Sie fanden ihn schließlich vor dem Marsmann, vielleicht deshalb, weil sie nicht so vorsichtig waren. Sie mußten unterwegs an ihm vorbeigekommen sein, aber das Labyrinth von Korridoren und Verbindungsräumen war so groß, daß man sich darüber nicht zu wundern brauchte. Sie gebrauchten ihre Funkgeräte noch immer nicht, weil Belter erfahren wollte, was der Marsmann beabsichtigte.

Sie hatten eben eine Schiebetür am Ende eines Ganges geöffnet, und Belter war halb hindurch, als er so plötzlich stehenblieb, daß Hereford mit ihm zusammenprallte.

Der Raum vor ihnen war unerwartet groß. Die Schotts waren übersät mit rautenförmigen Indikatoren, und über ihnen und an der Decke befanden sich Wandgemälde in sanften Farben. Sie leuchteten und schimmerten, und da sie die erste Abweichung von dem allgegenwärtigen trüben Grün darstellten, wirkten sie im ersten Augenblick schockierend.

In der Mitte des Raumes gab es zwei Steuertische, ein V zum Bug, ein V zum Heck gerichtet, gemeinsam wieder eine Raute bildend. Zwischen den beiden V gab es aber einen Durchgang. Dort kauerte ein Wesen, über die Regler gebeugt.

Es lebte.

Es bewegte sich, hob sich von dem erhöhten Podium, auf dem es gelegen hatte. Es war völlig eingehüllt in ein durchsichtiges, offenbar unter Druck stehendes Kleidungsstück. Als es sich erhob, huschten Belter und Hereford in Deckung. Belter zog seinen Strahler heraus.

Das Wesen schien sie aber nicht zu bemerken. Es drehte sich langsam der gegenüberliegenden Ecke des Raumes zu, und das Sinnesorgan an seinem Zephalothorax rötete sich.

Von der Ecke drang ein kühnes Klopfen herüber, das Belter durch die Schuhsohlen spürte. Dann begann die Wand zu glühen. Ein kleiner Teil färbte sich rot und verblaßte zu Weiß. Er beulte sich heraus, dann sackte er schmelzend herunter. Der Marsmann, den Strahler in der Hand, sprang durch die Öffnung. Und er hätte die Tür aufmachen können, dachte Belter angewidert. Weshalb muß einer vom Mars es immer auf die harte Tour machen?

Der Marsmann blieb wie angewurzelt stehen, als er den glühenden Eingang hinter sich hatte. Er zuckte vor der plötzlichen Farbenpracht zurück und stand staunend vor den großartigen Wandgemälden. Sein Blick sank hinunter zum Mittelpunkt des Raumes.

»Es gibt also eine Abwehr«, fauchte er. Sein Sender war noch immer in Betrieb. »Los, Jupiter. Ich habe mich gleich ausgekannt, von Anfang an. Was glauben Sie, wen Sie damit getäuscht haben, als Sie Ihre eigenen Leute auf Titan vergifteten? Invasor, wie? Daß ich nicht lache! Raus hier! Los! Ich weiß, daß Sie mich verstehen können. Ich möchte die Abwehr gegen Den Tod und die Steuerung sehen. Es hat auch keinen Sinn, wenn Sie Ihre Freunde rufen. Ich habe sie überall im Schiff gesehen. Alle sind tot. Irgend etwas hat Sie gerettet, und ich will wissen, was es war.«

Er hob seinen Strahler. Der Jupiteraner erbebte. Belter legte den linken Arm quer über die Brust und erfaßte die Türkante. Er legte den Strahler auf den linken Unterarm und zielte. Hereford griff über seine Schulter und schob die Mündung nach oben.

Belter fuhr wütend herum, aber der alte Mann schüttelte den Kopf und lächelte. Seine Hand griff zum Gürtel und drückte die Sendertaste. Mit tiefer, ruhiger Stimme sagte er: »Laß den Strahler fallen, Freund.«

Die Wirkung auf den Marsmann war verheerend. Er erstarrte völlig und ließ die Waffe so schnell fallen, daß er sie beinahe wegwarf. Dann taumelte er zurück, und sie konnten sein angstvolles Atmen hören, als er nach Luft rang.

Belter trat hinaus und ging zum linken Schott, wo er sowohl den Jupiteraner als auch den Marsmann in Schach halten konnte. Hereford schlurfte heran und hob den Strahler auf.

»F-friedensvereinigung!« keuchte der Marsmann. »Was, zum Teufel, machen Sie hier?«

»Wir hindern Sie daran, Ihre Muskeln zu gebrauchen statt Ihr Gehirn«, antwortete Belter. »Was haben Sie hier zu suchen?«

»Erkundung«, sagte der Marsmann mürrisch.

»Für wen?«

»Was denken Sie?«

»Ich glaube, Sie tun es für den Mars«, sagte Belter rundheraus. »Es wäre ja prima, wenn der Mars die Abwehr gegen Den Tod hätte, nicht? Ihr seid ja schon lange ungeduldig.«

»Wir sind nicht verrückt«, fuhr der Marsmann auf. »Wir haben mit Jupiter nie Frieden geschlossen, erinnern Sie sich? Wir kannten uns aus. Und sehen Sie sich das jetzt an.« Er wies auf den Jupiteraner. »Was für eine feine Methode, die solarische Abwehr zu durchlöchern. Einfach ein paar Jahre den Invasor spielen und die Menschheit zu Tode erschrecken. Vernichten, was gefährlich aussieht, und die Panik nutzen. Ha! Verträge mit Jupiter! Weshalb habt ihr sie nicht ausgerottet, als sich die Gelegenheit ergab? Wenn Mars das Mittel gegen Den Tod bekommt, machen wir es richtig! Und wenn sich der Rauch verzieht, sind wir so großzügig, daß Erde und Kolonien für uns arbeiten dürfen.«

»Nur Geschrei und Muskeln«, staunte Belter. »Das berühmte Marsgroßmaul.«

»Prahlen Sie nicht mit Ihrem Verstand. Ich weiß genau, daß unser Ausschußmitglied hat verlauten lassen, daß insgeheim Tarnboote gebaut werden. Wenn Sie daraufhin nichts unternehmen, ist das Ihr Pech.«

»In gewisser Weise hat er es getan«, sagte Belter. »Soviel, um sein schäbiges Gewissen zu beruhigen. Ich bin aber hier.«

»Nicht lange«, sagte der Marsmann und machte einen langen Gleitschritt.

»Achtung, Hereford!«

Belter schoß auf den Marsmann, aber zu spät. Der Marsmann war hinter Hereford und rang mit ihm um den Strahler, den der Friedensvertreter noch in der Hand hielt. Hereford wollte sich losreißen, aber der Marsmann riß ihm plötzlich den zweiten Strahler vom Gürtel und sprang davon.

»Ich weiß, daß der Feigling nicht schießt«, sagte er lachend. »Sie sind zuerst dran, Belter, und dann der alte ›Friede in unserer Zeit‹. Dann hole ich die Abwehr gegen Den Tod, mit oder ohne die Hilfe der Spinne da drüben.«

Er richtete die Waffe auf Belter, und der Ausschußvorsitzende wußte, daß es vorbei war. Er schloß die Augen. Der Blitz des Feuerstrahls hämmerte gegen die Lider. Er versuchte die Augen wieder zu öffnen und war verblüfft darüber, daß er es konnte. Er stand da und starrte Hereford an, der den Marsmann eben in den Kopf geschossen hatte. Die Magnetgreifer hielten den Mann noch aufrecht, während die Luft in seinem Anzug verpuffte und als Nebel wie eine erstarrte Seele über seinem zerfetzten Kopf hing.

»Ich habe ihn umgebracht, nicht?« sagte Hereford klagend.

»Um den Frieden zu bewahren«, sagte Belter mit schwankender Stimme. Er glitt zu dem alten Mann hinüber und griff nach dem Strahler, der noch immer steif auf den Toten gerichtet war. »Töten ist ein relatives Verbrechen, Hereford. Sie haben Leben gerettet.«

Er ging zum Steuertisch und legte die Hände darauf, stützte sich ab, um die schrecklichen Laute zu ertragen, die aus Hereford herausbrachen. Er starrte über den Tisch auf die große Masse aus Gallerte und Knochen, die ein Jupiteraner war. Er hätte viel für einen Translator gegeben, aber diese Maschinen gab es noch immer nicht in tragbarer Form.

»Sie«, sagte er. »Werden Sie sich verständigen mit uns? Spreizen Sie die Membran für ›ja‹. Ziehen Sie sie zusammen für ›nein‹.«

Ja. Das Wesen war unbeschränkt telepathisch, aber im Umgang mit Menschen war das eine einseitige Angelegenheit. Ein Translator konnte die Emanationen in winzige elektronische Impulse umwandeln und sie zu Gedankenmustern zusammenfügen, für die Worte ausgewählt wurden.

»Gibt es auf dem Schiff hier etwas, was Dem Tod widerstehen kann?«

Ja.

»Verstehen Sie es?«

Ja.

»Laßt ihr den Ausschuß an dem Wissen teilhaben?«

Ja.

»Können Sie die gesamte Automatik im Schiff außer Betrieb setzen?«

Als Antwort streckte der Jupiteraner eine seiner vier Pseudoklauen aus und legte sie neben einen Regler auf dem Tisch. Es war ein kleines, würfelförmiges Gehäuse, in der Mitte eine orangefarbene Lampe, davor ein Hebel. Am Hebel ein außerordentlich einfaches Symbol – zwei Punkte, durch zwei Linien verbunden, jede zwei Drittel der Entfernung zwischen den Punkten, so daß sie auf dem mittleren Drittel parallel verliefen. Auf der anderen Seite des Hebels war ein anderes Symbol zu sehen. Die Punkte blieben gleich, aber die Linien waren getrennt. Es war offenkundig die Darstellung von ›offen‹ und ›geschlossen‹. Belter legte die Hand auf den Hebel und sah den Jupiteraner an.

Die Membran weitete sich bestätigend. Jupiteraner logen nicht. Er kippte den Hebel, und das Licht erlosch.

»Die Generalversammlung ist einberufen worden«, sagte Belter ruhig ins Mikrofon, »um ein für allemal die Angelegenheit des Invasors und die wilden und widersprüchlichen Gerüchte über eine Abwehr gegen Den Tod aufzuklären, über interstellaren Antrieb, über einen möglichen Krieg zwischen Mitgliedern der Solaren Föderation und eine Anzahl anderer Hirngespinste.« Er sprach bedächtig und überlegt, war sich der Übertragung seiner Stimme und seines Bildes zu Regierungsversammlungen auf allen Welten, in allen Kuppeln und Raumschiffen bewußt. »Sie kennen die Geschichte meiner Ankunft mit Hereford auf dem Invasorenschiff, dem späteren Eintreffen des Marsmannes und seinem«, Belter räusperte sich, »seinem Tod durch einen Unglücksfall. Ich möchte gleich klarstellen: Es gibt keine Beweise dafür, daß der Mann die Zentralregierung des Mars oder auch nur eine Gruppe davon vertreten hat. Wir sind zu der Ansicht gekommen, daß er auf eigene Faust handelte, vermutlich aus einem Übermaß an falsch verstandenem Patriotismus heraus.

Was die Anwesenheit des Jupiteraners im Schiff angeht – das ist eine völlig begreifliche Episode. Jupiter ist eine besiegte Nation. Ich wage zu behaupten, daß jede Gruppe von uns unter vergleichbaren Umständen Ähnliches tun würde. Ich kann hier auch erklären, daß es keinen Hinweis dafür gibt, daß er irgendeine Gruppe der Jupiterregierung vertrat. Was er mit einer Abwehr gegen Den Tod gemacht hätte, wenn er eine solche an Bord gefunden hätte, ist reine Vermutung und braucht hier nicht erörtert zu werden.

Ich habe vor mir eine Niederschrift der Angaben des Jupiteraners. Sie können alle versichert sein, daß sämtliche Tatsachen überprüft worden sind, daß Metallproben des Raumschiffes Ermüdungs-, Kristallisierungs- und anderen Tests unterzogen worden sind; daß die Halbwertzeit radioaktiver Nebenprodukte von gewissen Atom- und Strahlungsmaschinen festgestellt worden ist und alles diese Angaben stützt. Die Erklärung hat folgenden Wortlaut:

›Aus Gründen, die mit der Jupiteranschauung in Einklang sind, nahm ich ein auf dem Jupiter gebautes Tarnboot und flog davon, bevor der verbesserte Antrieb dem Ausschuß übergeben worden war. Ich näherte mich vorsichtig dem Invasor und fand die Tarnung erfolgreich. Ich ging an Bord. Ich schob mein Boot in das Bombengestell, wo es offen dalag, aber gut versteckt war, weil es große Ähnlichkeit mit den Bomben des Eindringlings besaß. Ich stieg in das Schiff und rechnete mit großen Schwierigkeiten. Sie blieben aus. Alle Luken standen offen, außer im Lagerraum für die Sprengköpfe, was wegen der Radioaktivität natürlich kein geeignetes Versteck war. Ich erreichte den Kontrollraum. Ich fand den Hauptschalter für die gesamte Bewaffnung des Schiffes.

Meine wichtigste Entdeckung war jedoch eine Gedankenaufzeichnung. Die Invasoren waren, wie die Jupiteraner, vom Gliederfüßertyp, und bei etwas Konzentration ließen sich ihre Denkmuster leicht verstehen. Ich zitiere jetzt aus der Aufzeichnung:

Wir sind von Sygon, dem größeren der beiden Planeten Sykors, einem Stern im Symak. Der kleinere Planet, von uns Gith genannt, ist bevölkert von einer wahnsinnigen Rasse, einem Irrtum der Natur – einer Rasse, die kämpft und sich selbst tötet und Kriege gegen ihre Nachbarn führt; eine Rasse, die um der Eroberung willen erobern will, die um der Jagd willen jagt und zum Vergnügen tötet. Während sie sich fortentwickelt, während sie mit anderen zusammenarbeitet, schnappt sie nach sich selbst und bekämpft sich selbst und läßt in ihrer Bösartigkeit nicht nach.

Ihr Planet war groß genug für sie, aber sie waren nicht zufrieden damit. Sygon war kein Platz für diese bösartigen Tiere, denn sie mußten ihre Atmosphäre in Kugeln zum Atmen mitbringen, und die Masse von Sygon erdrückte sie und machte sie krank. Obwohl sie Sygon nicht brauchten, waren sie doch bereit, mit uns darum zu kämpfen.

Wir brachten sie zu Hunderttausenden um, und trotzdem kamen sie immer noch. Sie bauten unglaubliche Waffen, um sie gegen uns einzusetzen, und wir verbesserten sie und schlugen zurück. Sie verbesserten sie noch einmal, ohne die Unausweichlichkeit ihres Endes zu bedenken.

Die äußerste Waffe kam von ihnen – ein gräßliches Ding, das sogar die Zellen unserer Körper in eine Emulsion verwandelte, und dagegen gab es keinen Schutz. Als sie zum erstenmal eingesetzt wurde, kam fast unsere ganze Rasse um. Wir Übriggebliebenen steckten alles, was wir hatten, in das, die Ewige Vergeltung – in dieses Raumschiff. Es ist so gebaut, daß es alles angreift, was Strahlung aussendet, solange die Strahlung die Eigenschaften zeigt, die von intelligentem Leben hervorgebracht werden. Es wird im System von Sykor bleiben und wird alles angreifen, was Gith oder von Gith sein könnte. Gith wird mit seiner furchtbaren Waffe zurückschlagen, und wir an Bord werden alle sterben. Aber das Schiff wird bestehen. Gith wird Schrecken und Agonie auf Sygon loslassen, und unsere Rasse wird zugrunde gehen. Aber das Schiff wird bestehen. Es wird angreifen, immer wieder angreifen und Gith zuletzt vernichten.

Und wenn Gith sterben und wiedergeboren werden und eine neue Rasse hervorbringen sollte und wenn diese Rasse eine Stufe der Kultur erreichen sollte, die der ihrer verfluchten Vorfahren gleicht, wird das Schiff wieder angreifen, bis es sie alle vernichtet hat. Es wird um so machtvoller angreifen, weil es sich ausgeruht hat, denn zwischen den Angriffen wird es Sykor umkreisen, seine Energie aufsaugen und speichern.

Vielleicht wird eine Zeit kommen, zu der Sykor erlischt oder aufflammt und explodiert oder dem Einfluß eines wandernden Sterns unterliegt. Vielleicht wird das Schiff dann aufhören zu bestehen, aber es wäre möglich, daß es in die Dunkelheit davontreibt, um nie mehr aktiv zu werden. Sollte es jedoch in ein System gelangen, das Ähnlichkeit besitzt mit jenem, in dem es entstand, dann wird es Tod und Entsetzen über die Bewohner dieses Systems bringen. Sollte dies geschehen, so wäre das ungerecht, aber es wäre nur eine Fortsetzung des grenzenlosen Bösen von Gith.«

Belter hob den Kopf.

»Das ist es, womit wir es zu tun hatten. Was im Gehirn des Jupiteraners vorging, als wir hineinplatzten, mit unserem Streit und unseren Strahlern und unseren tödlichen Spielereien, kann ich nur ahnen. Er versuchte nicht, uns etwas anzutun, obwohl er bewaffnet war. Ich glaube, er wollte uns demselben unausweichlichen Ende überlassen, das über Gith gekommen ist. Anscheinend ist ein Jupiteraner fähig, über einen unmittelbaren Vorteil hinaus zu denken.

Ich habe Ihnen noch etwas zu sagen. Sternaufnahmen zufolge, die in einem riesigen Archiv des Invasorenschiffes gefunden wurden, und nach den Untersuchungen und Tests, von denen ich sprach, ist das Invasorenschiff knapp über vierzehn Millionen Jahre alt.

Es gibt einen Schutz gegen Den Tod. Man kann einen Toten nicht umbringen. Und jetzt gebe ich Sie, in mehr als einer Beziehung, weiter an Hereford.«

Tausend Schiffe am Himmel

Sykes starb, und nach zwei Jahren spürte man Gordon Kemp auf und brachte ihn zurück, weil er der einzige war, der über den Todesfall etwas wußte. Kemp mußte sich einer Coroner-Jury in Switchpath im Bundesstaat Arizona stellen, einem kleinen Ort am Rand der Wüste, und er war nicht erfreut darüber, weil er aus der Großstadt stammte und den Unterschied zwischen ›Provinzlern‹ und ›Einheimischen‹ nicht ganz begriff.

Die Atmosphäre im Gerichtssaal war gespannt. Hätte es hohe, getäfelte Wände und die Statue einer blinden Justitia gegeben, wäre das Ganze unpersönlicher und für Kemp leichter zu ertragen gewesen. Aber dieser Gerichtssaal war ein Saal der Farmervereinigung von Switchpath, Arizona.

Der vorsitzende Coroner war Bert Whelson, der statt des Hammers eine Maiskolbenpfeife in der Hand hielt. Im Saal saßen die anderen Männer, Kleinbauern und Goldsucher wie Whelson. Es war wie in einem Film. Es fehlte nur noch eine Volkstanznummer.

Aber komisch war das Ganze nicht. Diese Provinzler konnten Kemp ganz ordentlich in Schwierigkeiten bringen, in solche Schwierigkeiten, die leicht zur Gaskammer führen mochten.

Der Coroner beugte sich vor.

»Sie haben nichts zu befürchten, Mann, wenn Ihr Gewissen rein ist.«

»Ich rede trotzdem nicht. Ich habe den Burschen gebracht, oder? Hätte ich das gemacht, wenn ich ihn umgebracht hätte?«

Der Coroner strich sich über die Bartstoppeln, ein leise kratzendes Geräusch, als ziehe man ein Seil über eine Holzbohle.

»Das wissen wir nicht, Kemp. Hmm. Warum kapieren Sie nicht, daß Ihnen kein Mensch etwas vorwirft? Sie sind bloß einer, der was weiß über den Tod von diesem Alessandro Sykes. Das Gericht will genau wissen, was passiert ist.«

Er zögerte und scharrte mit den Füßen.

»Setzen Sie sich, Mann«, sagte der Coroner.

Das genügte. Er sank auf den Holzstuhl, den ihm einer der Männer hingeschoben hatte, und erzählte seine Geschichte.

Es ist wohl am besten, wenn ich ganz von vorne anfange, mit der ersten Begegnung, die ich mit diesem Sykes hatte.

Ich arbeitete eines Nachmittags in meiner Werkstatt, als er hereinkam. Er schaute mir zu.

»Sind Sie Gordon Kemp?«

Ich sagte ja und schaute ihn mir an. Er war ein hagerer Mann, wahrscheinlich um die Sechzig, und enorm nervös. Er redete schnell, rauchte schnell, bewegte sich schnell, so als sei für nichts Zeit und er müßte sofort irgendwas anderes machen. Ich fragte ihn, was er wolle.

»Sind Sie der Mann, von dem der Artikel in dem Magazin über den konzentrierten Atombrenner stammt?« sagte er.

»Ja«, gab ich zurück. Aber der Mann von der Zeitschrift hat da alles mögliche zusammengequatscht. Mein Brenner sei seiner Zeit um dreihundert Jahre voraus, sagte er. Eigentlich war ich mehr oder weniger durch Zufall darauf gestoßen. Der gewöhnliche atomare Wasserstoffbrenner – ziemlich heiß.

Ich dachte mir einen ringförmigen Elektromagneten aus, genau vor der Düse, um den Strahl zu bündeln. Er stieß die Wasserstoffteilchen ab und konzentrierte sie. Der Brenner schneidet alles – einfach alles. Und was ich für Besuche bekomme, seitdem das Ding patentiert ist. Kaum zu glauben, wie viele Leute Banktresore und die Hintertüren von Pfandleihen öffnen wollen. Also, zu Sykes . . .

Ich sagte ihm, der Artikel im Magazin gehe ein bißchen zu weit, aber ich hätte einen ganz brauchbaren Apparat. Ich führte es ihm vor, und er schien zufrieden zu sein. Schließlich erklärte ich ihm, daß ich meine Zeit vergeudete, wenn er keinen Vorschlag habe.

Er ist wirklich glücklich mit meinem Schneidbrenner und nickt.

»Klar. Sie müssen nur ein paar Wochen freinehmen. Nach Westen fahren. Nach Arizona. Einen Zugang in eine Höhle schneiden.«

»Höhle, hn?« sagte ich. »Ist das legal?« Ich wollte keinen Ärger.

»Klar ist das legal«, sagte er.

»Wieviel?«

Er sagt, er handelt nicht gern.

»Wenn Sie mich da hineinbringen – und Sie können sich davon überzeugen, daß es legal ist –, gebe ich Ihnen fünftausend Dollar«, sagte er.

Fünftausend Piepen sind für mich eine Menge Kies. Vor allem für nur zwei Wochen Arbeit. Und außerdem gefiel mir der Alte. Er war so merkwürdig wie ein Neundollarschein, wohlgemerkt, und benahm sich ganz eigenartig, aber ich konnte sehen, daß er soviel Geld hatte, wie er behauptete.

Er machte auch den Eindruck, als brauche er wirklich Hilfe. Na ja, vielleicht bin ich im Grunde nur ein Pfadfinder. Wie gesagt, ich mochte ihn, Geld hin, Geld her, und es kann sein, daß ich ihm vielleicht sogar umsonst geholfen hätte.

Er besuchte mich noch ein paarmal, und wir befaßten uns mit den Einzelheiten. Am Schluß saßen er und ich im Zug, mein Schneidbrenner und die anderen Sachen waren im Gepäckwagen. Vielleicht erinnern sich hier noch einige an den Tag, als wir ankamen. Er schien hier viele Leute zu kennen. Mm? Dachte ich mir. Er sagte mir, wie viele Jahre er schon nach Switchpath gekommen war.

Er erzählte mir allerhand. Er war einer von den gesprächigsten alten Herren, die ich je gesehen habe. Ich verstand ungefähr ein Zehntel von dem, was er sagte. Er war wohl einsam. Ich war der erste, den er jemals zugezogen hatte, damit er ihm bei seiner Arbeit half, und das, was sich während der jahrelangen Arbeit allein aufgestaut hatte, mußte heraus.

Zu dem Vorschlag mit Switchpath erzählte er mir, er sei Archiologe gewesen, als er eben aus dem College gekommen sei, und in der Wüste herumgelaufen, auf der Suche nach altem Zeug von den Indianern, Vasen und Pfeilspitzen und dergleichen. Und dann habe er den Raum da im Fels entdeckt, am Grund einer tiefen Spalte.

Er wurde ganz aufgeregt, als er mir das erzählte. Er schwatzte was von Pleistozehnalter und Messerzoikum und Paliolithograph oder so ähnlich. Ich holte ihn wieder auf die Erde zurück, und er erklärte mir, der Raum da im Gestein sei sehr alt – ein paar hunderttausend Jahre oder vielleicht eine halbe Million.

Er sagte, den Fels habe es schon gegeben, entweder bevor die Menschheit hier auf der Erde entstanden sei, oder vielleicht zum gleichen Zeitpunkt wie das fehlende Bindeglied. Mir persönlich sind tote Leute und die Urgroßväter von toten Leuten ziemlich egal, aber Sykes war ganz begeistert.

Jedenfalls scheint die Höhle von irgendeinem Erdbeben oder so etwas geöffnet worden zu sein, und das Zeug im Innern muß die ganze Zeit dagewesen sein. Was ihn aufregte, war, daß das Zeug aus irgendwelchen Maschinen bestand und da abgestellt worden sein mußte, lange *bevor es überhaupt einen Menschen auf der Erde gab*.

Das fand ich lächerlich. Ich wollte wissen, was für Maschinen.

»Tja«, sagte er, »zuerst dachte ich, daß es sich um eine Art Radiosender handelt. Passen Sie genau auf«, sagte er. »Das ist eine Maschine mit einer Antenne oben darauf, genau wie ein Kurzwellengerät. Und daneben steht eine andere Maschine. Die zweite Maschine sieht aus wie eine hochgestellte Hantel. Das Oberteil ist eine Art zugedeckter Trichter, und am Mittelstück der Maschine sind Solenoide angebracht, aus einer Legierung, die es auf der Erde überhaupt nicht gibt. Zwischen dieser Maschine und der anderen gibt es eine Verbindung, zum Sender also. Ich bin dahintergekommen, was die Hantel ist. Ein Aufzeichnungsgerät.«

Ich frage ihn, was es aufzeichnet. Er legt einen Finger an die Nase und zwinkert mir zu.

»Denken«, sagt er. »Reines Denken. Aber das ist nicht alles. Erdbeben, Kontinentalverschiebungen, Wetterzyklen und vieles andere. Es integriert alle diese Dinge mit Gedanken.«

Ich frage ihn, woher er das alles weiß. Da sagte er mir dann, er beschäftige sich mit dem Ding schon seit fast dreißig Jahren. Er habe sich das alles selbst ausgerechnet. In der Beziehung war er ausgesprochen empfindlich.

Dann wurde mir klar, was mit dem armen, alten Kerl los war. Er glaubte wirklich, daß er hier etwas Großes entdeckt hatte, und er wollte genau Bescheid wissen. Aber er scheint ein häßliches Kind und ein scheuer Mann gewesen zu sein, und er wollte das große Ding ganz allein schaffen. Es genügte ihm nicht, einfach als der Mann bekannt zu werden, der das Ding entdeckt hatte.

»Jeder Trottel hätte darüber stolpern können«, sagte er oft. Er wollte alles über die Sache herausbekommen, bevor er einer Menschenseele Bescheid sagte. »Größer als der Stein von Rosetta«, sagte er oft. »Größer als die Atomhypothesen.«

Ja, mit den ausgefallenen Wörtern warf er nur so um sich.

»Und es wird Sykes sein, der das der Welt geschenkt hat«, sagte er. »Sykes wird es der Menschheit schenken, komplett und beweisbar, und die Geschichte wird von dem Tag an datieren, an dem ich spreche.«

Er hatte wirklich eine Schraube locker, ja. Das machte mir aber nichts aus. Er war harmlos, und einen netteren Menschen kann man sich nicht vorstellen.

Komischer Kerl, dieser Sykes. Was für ein Leben er führte, kann ich nur vermuten. Er hatte Geld – geerbt oder so, also gab es für ihn nicht die Probleme wie für die meisten von uns. Er verbrachte ganze Tage in der Höhle und starrte die Maschinen an. Er wollte sie nicht anrühren. Er wollte nur herausbekommen, was sie da machten. Eine von ihnen lief.

Die große Maschine, die hantelförmige, lief. Ohne Geräusch. Bei beiden Maschinen war an der Seite eine kleine Scheibe eingelassen, halb rot, halb schwarz. An der großen Maschine, die er ›Aufzeichnungsgerät‹ nannte, drehte sich diese Scheibe. Nicht schnell, aber man sah, daß sie sich bewegte. Sykes war ganz aufgeregt deshalb.

Auf dem Hinweg, im Zug, erzählte er alles mögliche. Ich weiß nicht, warum. Vielleicht dachte er, ich wäre zu dumm, um jemals einem Menschen etwas davon zu erzählen. Wenn er das dachte, war er auf der richtigen Spur. Ich bin nur ein Mechaniker, der zufällig eine gute Idee hatte. Jedenfalls zeigte er mir etwas, was er aus der Höhle geholt hatte.

Es war ein Stück Draht, ungefähr zwei Meter lang. Aber so einen Draht habe ich weder vorher noch nachher jemals wieder gesehen. Haarfein. Und gekrümmt. Gewellt, meine ich. Sykes sagte, er sei auch magnetisch. Biegen ließ er sich leicht, aber nicht knikken, und man konnte ihn auch nicht eng biegen. Ich bildete mir ein, daß man eine Zange damit demolieren konnte.

Er fragte mich, ob ich glaubte, ihn auseinanderreißen zu können. Ich versuchte es, aber es ging auch mit Werkzeug nicht. Er ließ sich nicht zerreißen und nicht schneiden, und man konnte keine von den Wellen glattziehen. Ich meine nicht, daß man den Draht langziehen konnte und daß er wieder in die alte Form zurückkehrte. Man konnte ihn überhaupt nicht geradeziehen.

Im Zug erzählte mir Sykes, daß er acht Monate gebraucht hätte, um das Stück abzutrennen. Es war mehr als nur widerstandsfähig. Es verschmolz mit sich selbst. Bei den ersten vier Gelegenheiten konnte er den Draht zwar durchschneiden, aber die Enden nicht so schnell auseinanderbekommen, daß sie nicht wieder miteinander verschmolzen wären.

Er mußte schließlich zwei Stahlklötze um den Draht spannen, warten, bis genug Draht hindurchkam, daß er etwas durchhing, und dann ungefähr zwölf Tonnen Druck auf eine Schere geben, um ihn durchzuschneiden. Die Schere war aus Iridiumstahl, und der Draht machte sie ganz schartig.

Aber er ging auseinander. Sykes hatte eine große Spiralfeder angebracht, die den Draht spannte, so daß er sofort weggerissen wurde, als er auseinanderriß. Er mußte zweimal durchgeschnitten werden, damit man das Stück herausholen konnte, und als Sykes die Enden zusammenbrachte, verschmolzen sie miteinander. Ich meine, sowohl an dem Stück, das er herausnahm, wie an den beiden losen Enden in der Maschine – keine Kerbe, kein Wulst.

Tja, Sie erinnern sich alle, wie wir mit der ganzen Ausrüstung hier ankamen und wie wir einen Wagen gemietet haben und zur Wüste gefahren sind. Der Alte war die ganze Zeit so glücklich wie ein Kind.

»Kemp, mein Junge«, sagte er, »ich hab' es entschlüsselt. Ich kann das Band lesen. Ist Ihnen klar, was das bedeutet? Jedes Stückchen der menschlichen Geschichte – ich kann es bis in jede Einzelheit verfolgen. Jede Kleinigkeit, die jemals auf dieser Erde oder den Menschen darauf passiert ist.

Sie haben ja keine Ahnung, was für Einzelheiten das Band aufzeichnet«, sagte er. »Wollen Sie wissen, wer Alexander den Großen um Geld angegangen hat? Wollen Sie wissen, wie die Freundin von Perikles wirklich hieß? Ich habe alles hier. Was ist mit den indischen und alten griechischen Legenden von einem verlorenen Kontinent? Was mit den Feuerbällen vom alten Charles Fort? Wer war der Mann mit der Eisernen Maske? Ich habe es, Freund, ich habe es.«

So ging es die ganze Zeit während der Fahrt hinaus zu der Stelle in der Schlucht, wo sich die Höhle befand.

Man möchte nicht glauben, wie schwer es war, da hinzukommen. Wie der Alte überhaupt die Kraft hatte, immer wieder hinzufahren, werde ich nie verstehen. Wir mußten den Wagen ungefähr zwanzig Meilen von hier stehen lassen und zu Fuß weitergehen.

Die Landschaft da draußen ist ganz zerklüftet. Wenn ich nicht schon was von seinem Geld gesehen hätte, ich wäre einfach ausgestiegen. Sand und Hitze und große Felsen und mehr Löcher, wo man hineinstürzen und sich das Genick brechen konnte – Mensch!

Und ich mit meinem Riesenrucksack auf dem Buckel, den Brenner, das Gas und Generator und alles. Wir kamen zu der Schlucht, und er her mit einem Seil und festgemacht an einer Steinsäule, die in der Nähe von Wind und Wasser ausgeschliffen worden war. Er hatte einen Spielring dran. Er läßt sich am Seil hinunter in die Schlucht, ich lasse die Sachen hinunter, und dann bin ich an der Reihe.

Mensch, war es da unten dunkel. Wir steigen so an die hundertfünfzig Meter bergauf, dann bleibt Sykes vor einer Felswand stehen. Im Licht seiner Lampe sehe ich die Spuren einer ganzen Anzahl von Lagerfeuern, die er im Lauf der Jahre dort angezündet hatte.

»Da ist es, Kemp«, sagt er. »Bitte sehr. Wenn Ihr Brenner von dreihundert Jahren aus der Zukunft etwas taugt – beweisen Sie es.«

Ich stellte mein Zeug auf und machte mich an die Arbeit, und, glauben Sie mir, es ging verdammt langsam und war sehr mühsam. Aber ich kam durch. Es dauerte neun Stunden, bis ich ein Loch herausgeschnitten hatte, das für einen Menschen groß genug war, um durchzukriechen, und noch eine Stunde, bis es so weit abgekühlt war, daß wir hineinkonnten.

Der Alte quatschte die ganze Zeit. Es war meist Angeberei wegen der Entschlüsselung, die er bei dem Draht geleistet hatte. Für mich waren das fast alles böhmische Dörfer.

»Ich habe hier eine Aufzeichnung«, sagt er und schwenkt seinen Draht, »von einer Phase der industriellen Revolution in Mitteleuropa, bei der die Historiker mit den Zähnen knirschen werden. Aber habe ich etwas gesagt? Ich nicht. Nicht Sykes!

Ich werde die Geschichte der Menschheit so genau, so unwiderlegbar schreiben lassen, daß der Name Sykes als Ausdruck für das wunderbar Exakte in die Sprache eingehen wird.« Daran entsinne ich mich, weil er es so oft sagte. Er sagte es, als schmecke es gut.

Ich erinnere mich, daß ich ihn einmal fragte, weshalb wir überhaupt den Weg hier aufschneiden müßten. Wo sei das Loch, durch das er hineingekommen war?

»Das, mein Junge«, sagte er, »ist eine unvorhersehbare Eigenschaft der Maschinen. Aus irgendeinem Grund haben sie sich eingeschlossen. In gewisser Weise bin ich froh darüber. Ich konnte nicht mehr hinein und war gezwungen, mich auf das Probeexemplar von dem Draht zu konzentrieren. Wenn das nicht gewesen wäre, hätte ich den Kode vielleicht nie entschlüsseln können.«

Ich fragte ihn also, was das Ganze zu bedeuten hätte – was die Maschinen wären, wer sie dort zurückgelassen hätte und wozu? Die ganze Zeit über arbeitete ich mit dem Schneidbrenner am Fels. Und so etwas von Fels hatte ich wirklich noch nicht gesehen. Wenn es überhaupt Fels war, was ich jetzt bezweifle.

Er splittert ab, vor meinem Brenner. Vor *meinem* Brenner, der alles schneidet. Wissen Sie, daß ich in diesen neun Stunden nur ungefähr zwanzig Zentimeter von dem Zeug durchbohrt habe? Und mein Brenner schneidet durch laminierte Banktresore, als stünde die Tür offen.

Als ich ihn fragte, hielt er lange Zeit den Mund, aber es juckte ihn wohl, zu reden. Er war wirklich ganz begeistert. Und außerdem sagte er sich, daß ich zu blöd war, um zu begreifen, wovon er sprach. Wie gesagt, da hatte er recht. Er fing also an, und es hörte sich ungefähr so an:

»Wer diese Maschinen zurückgelassen hat oder wie sie arbeiten, erfahren wir vielleicht nie. Es wäre interessant, das herauszufinden, aber das Wichtigste ist, die Aufzeichnungen zu bergen und sie alle zu entziffern.«

Er hatte eine Weile gebraucht, um die Maschine als ein Aufzeichnungsgerät zu erkennen. Ausschlaggebend war, daß sie lief und die andere, der Sender, nicht.

Er hatte zuerst gedacht, der Sender sei vielleicht defekt, aber nachdem er die Maschinen ein, zwei Jahre lang studiert hatte, ohne sie anzurühren, wurde ihm klar, daß ein Getriebe dort neben dem Draht wartete, wo er durch das Gerät herauskam, das ihn wellte.

Das Getriebe sollte den Sender in Betrieb setzen, nicht? Aber es war auf eine bestimmte Wellung im Draht eingestellt. Mit anderen Worten, wenn irgendwo auf der Erde etwas passierte, was genau das Richtige war, würde die Welliermaschine das aufzeichnen und den Sender auslösen.

Sykes studierte die Anlage jahrelang, bevor er auf die ganz besondere Wellung des Drahtes kam, die den Sender in Betrieb setzen würde. Wohin sendete das Gerät? Warum? Sicher, darüber dachte er nach, aber es war nicht wichtig für ihn.

Was sollte geschehen, wenn der Draht zu Ende ging? Wer oder was würde erscheinen und ihn sich ansehen, wenn alles erledigt war? Wissen Sie, das kümmerte ihn nicht. Er wollte die Aufzeichnung nur lesen, das war alles. Es scheint eine Menge Leute zu geben, die Geschichtsbücher und dergleichen schreiben. Und er wollte sie alle als Lügner bloßstellen. Er wollte ihnen klarmachen, wie es wirklich gewesen war. Kann sich einer das vorstellen?

Da stehe ich also und schneide mit meinem Superbrenner an etwas herum, was eine massive Wand aus einem Stoff zu sein scheint, der kein Recht hat, so stabil zu sein. Ich sehe mich noch.

So dunkel war es, und ich mit der Schweißerbrille, und der Doc, mit dem Rücken zu mir, damit er sich die Augen nicht verdirbt, erzählt dauernd von der Geschichte und der ersten unvoreingenommenen Darstellung. Und wie er sie der Welt präsentiert und die ganzen Leute mit ihren vielen Theorien einfach fertigmacht.

Ich erinnere mich, daß ich einmal eine kleine Verschnaufpause einlegte, damit sich die Quecksilberbatterien ein bißchen erholen konnten, während ich eine Zigarette rauchte. Nur um auch etwas zu sagen, frage ich Sykes, wann er meint, daß der Sender zu arbeiten anfängt.

»Ach«, sagt er. »Das hat er schon. Ist schon vorbei. Daher wußte ich, daß ich richtig getippt hatte. Der Draht läuft mit einer gewissen Geschwindigkeit durch die Maschine. Es sind Millimeter pro Monat. Ich habe die Zahl. Für Sie spielt sie keine Rolle. Aber vor einiger Zeit passierte etwas, wodurch es möglich wurde, das nachzuprüfen. Am sechzehnten Juli neunzehnhundertfünfundvierzig, um genau zu sein.«

»Was Sie nicht sagen«, sage ich.

»Doch«, meint er, ganz erfreut, »so ist es. An dem Tag passierte etwas, was dem Draht eine besondere Windung gegeben hat – genau das, worauf ich die ganze Zeit gewartet habe. Es war die Biegung, die den Sender auslöste. Ich war zu der Zeit zufällig in der Höhle. Der Sender schaltete sich ein, und die kleine Scheibe rotierte wie verrückt. Dann stand sie wieder still. Ich schaute in der Woche danach in die Zeitungen, um zu sehen, was es gewesen war. Nichts, was ich finden konnte. Erst im August kam ich dann dahinter.«

Mir ging plötzlich ein Licht auf.

»Ach – die Atombombe! Sie meinen, das Gerät war darauf eingestellt zu senden, sobald irgendwo auf der Erde eine Atombombe ausgelöst wurde!«

Er nickte. Im Lichtschein des rotglühenden Gesteins sah er aus wie eine dürre alte Eule.

»Richtig. Deshalb müssen wir uns beeilen, wenn wir hineinwollen. Die Höhle hat sich kurz nach dem zweiten Versuch auf Bikini abgeschlossen. Ich weiß nicht, ob die Sendung jemals aufgefangen wird. Ich weiß nicht, ob etwas geschehen wird, wenn sie empfangen wird. Ich weiß aber, daß ich die Aufzeichnungen entschlüsselt habe, und ich will die Aufzeichnungen holen, bevor es jemand anders tut.«

Wäre die Wand nur etwas dicker gewesen, wäre ich nie durchgekommen. Als ich den Kreisschnitt beendet hatte und das herausgeschnittene Stück nach innen hineinfiel, war mein Apparat so ziemlich am Ende. Sykes auch. In den letzten zwei Stunden war er ungeduldig auf und ab gehüpft.

»Dreißig Jahre Arbeit«, sagte er immer wieder. »Ich habe dreißig Jahre darauf gewartet und lasse mich jetzt nicht mehr aufhalten. Beeilen Sie sich! Beeilen Sie sich!«

Und als wir warten mußten, bis die Öffnung abkühlte, dachte ich, er wird verrückt. Das war wohl der Anlaß für den großen Zusammenbruch. Er war wirklich angespannt bis zum letzten.

Na, endlich krochen wir hinein. Er hatte soviel davon gesprochen, daß es mir beinahe vorkam, als kehrte ich an einen bekannten Ort zurück, statt ihn zum erstenmal zu sehen.

Da waren die Maschinen, die große ungefähr zweieinviertel Meter hoch, hantelförmig, und die kleine eine Art abgerundeter Würfel mit einem Haufen Makkaroni oben – die Antenne, von der er gesprochen hatte.

Wir zündeten eine Drucklampe an, die alles hell erleuchtete – die Höhle war klein, Grundfläche vielleicht drei mal drei Meter –, und er sprang zu den Maschinen.

Er scharrt herum und zieht Draht heraus. Dann hört er auf, steht da und starrt mich dumm an.

»Was ist los, Doc?« sage ich. Ich nannte ihn Doc.

Er schluckt krampfhaft.

»Die Spule ist leer. Sie ist leer! Da sind nur zwanzig Zentimeter Draht. Nur –« Und dann fiel er in Ohnmacht.

Ich sprang sofort hoch und schüttelte ihn und stieß ihn ein bißchen herum, bis sich seine Augen bewegten. Er setzt sich auf und schüttelt sich.

»Nachgefüllt!«, sagt er. Es klingt ganz heiser. »Kemp! Sie sind hiergewesen!«

Ich begann zu kapieren. Die untere Kammer ist leer, die obere voll. Das Ganze ist so eingerichtet, daß eine neue Aufzeichnung läuft. Und wo sind Sykes dreißig Jahre Arbeit?

Er fängt an zu lachen. Ich starre ihn an. Das kann ich nicht aushalten. Dafür ist es hier zu eng. Ich habe noch nie jemanden so lachen hören. Wie abgehackte Schreie, einer nach dem anderen, ganz schnell. Er lacht und lacht.

Ich schleppe ihn hinaus. Ich lege ihn draußen hin und gehe wieder hinein, um meine Ausrüstung zu holen. Ich kann ihn draußen lachen hören, und seine kaputte Stimme hallt in der Schlucht wider. Ich stopfe alles in den Rucksack und will die Lampe ausmachen, als ich ein leises Klicken höre.

Es ist der Sender. Die kleine rotschwarze Scheibe daran dreht sich. Ich stehe da und schaue zu. Sie läuft nur drei oder vier Minuten. Und dann wird es in der Höhle heiß.

Ich bekam Angst. Ich zwängte mich zum Loch hinaus und hob Sykes auf. Er wog nicht viel. Ich schaute wieder in das Loch. Die Höhle schimmerte. Rot. Die Maschinen waren kirschrot, erdbeerrot, weiß, so schnell ging das. Sie schmolzen. Ich sah es. Ich rannte los.

Ich erinnere mich kaum, wie ich das Seil nahm und Sykes festband und hinaufkletterte und ihn hinter mir hochhievte. Er war stumm, aber bei Bewußtsein. Ich trug ihn weg, bis mich das Licht aus der Schlucht zurückhielt. Ich drehte mich um und schaute zu.

Ich konnte weit in die Schlucht hinuntersehen. Sie füllte sich mit Lava. Die ganze Wüste wurde hell davon. Und ich hatte in meinem ganzen Leben noch keine solche Hitze gespürt. Ich fing wieder an zu laufen.

Ich erreichte den Wagen und kippte Sykes hinein. Er rutschte auf dem Sitz herum. Ich fragte ihn, wie er sich fühle. Er antwortete nicht, sondern murmelte allerhand Zeug vor sich hin.

Ungefähr so:

»Sie wußten, daß wir das Atomzeitalter erreicht hatten. Sie wollten wissen, wann. Das erledigte der Sender. Sie kamen her und nahmen die Aufzeichnungen mit und füllten die Maschine auf.

Sie dichteten die Kammer mit etwas ab, wovon sie glaubten, daß man es nur mit gelenkter Atomkraft durchdringen konnte. Diesmal war der Sender auf die Anwesenheit von Menschen in der Kammer eingestellt. Ihr Brenner war es, Kemp – dieser Brenner, der dreihundert Jahre zu früh kommt! Sie glauben, daß wir die Atomkraft beliebig als Energiequelle gebrauchen! Sie werden zurückkommen!«

»Wer, Doc? Wer?« sage ich.

»Das weiß ich nicht«, lallt er. »Es gibt nur einen Grund, warum jemand – irgendein Wesen – so etwas würde wissen wollen. Nämlich, damit er uns aufhalten kann.«

Ich lachte ihn aus. Ich stieg ein, ließ den Motor an und lachte ihn aus.

»Doc«, sagte ich, »uns kann keiner mehr aufhalten. Wir sind im Atomzeitalter, und wenn uns das umbringt, da haben die Zeitungen schon recht. Aber wir sind endgültig drinnen. Na, die Menschheit müßte ausgerottet werden, bevor sie aus dem Atomzeitalter aussteigen würde.«

»Das weiß ich, Kemp – ich weiß – das meine ich ja! Was haben wir getan? Was haben wir getan?«

Danach ist er eine Weile still, und als ich ihn mir wieder ansehe, ist er tot. Und da brachte ich ihn her. In der Aufregung suchte ich das Weite. Es sah einfach nicht gut aus für mich. Ich wußte, daß mir keiner eine solche Geschichte abnehmen würde.

Es blieb still im Gerichtssaal, bis jemand hustete, und dann glaubte jeder, er müßte mit der Kehle oder den Füßen ein Geräusch machen. Der Coroner hob die Hand.

»Ich kann verstehen, worüber Bruder Kemp sich Sorgen gemacht hat. Wenn die Geschichte wahr ist, würde ich es mir jedenfalls zweimal überlegen, bevor ich sie erzählen würde.«

»Er ist ein Lügner!« schrie ein Goldsucher aus den hinteren Reihen. »Er ist ein Lügner und ein Mörder! Ich hab' einen Sohn, der so'n Zeug liest, und das hat mir nie gepaßt. Glaubt mir, der hört in Zukunft auf damit. Ich glaub', Kemp gehört gehängt!«

»Ruhe, Jed!« brüllte der Coroner. »Wenn wir den Mann töten, dann nach dem Gesetz, verstanden?« Der Lärm legte sich, und der Coroner wandte sich dem Gefangenen zu. »Hören Sie, Kemp – mir ist da eben etwas eingefallen. Wieviel Zeit verging zwischen der ersten Atomexplosion und dem Augenblick, als die Höhle auf einmal verschlossen war?«

»Weiß nicht. Ungefähr zwei Jahre. Bißchen mehr. Warum?«

»Und wieviel Zeit ist seit der Nacht vergangen, von der Sie erzählt haben, als Sykes starb?«

»Oder ermordet wurde«, knurrte der Goldsucher.

»Ruhe, Jed. Also, Kemp?«

»Ungefähr achtzehn Mona– Nein, fast zwei Jahre.«

»Eben«, sagte der Coroner und breitete die Arme aus. »Wenn an Ihrer Geschichte etwas wäre oder an der verrückten Idee von dem Toten, daß da jemand kommt, der uns alle umbringen wird – na, wäre es da nicht langsam Zeit, daß sie es täten?«

Es gab Gelächter, und die Rückwand des Saales zerbarst in Flammen. Schreien, Fluchen, Kreischen – sie kämpften und zwängten sich hinaus auf die mondbeschienene Straße.

Der Himmel war voller Schiffe.

Haschenflaus

Ich hatte den Laden noch nie gesehen, und ich wohnte gleich die Straße entlang und um die Ecke. Ich kann Ihnen sogar die Adresse geben, wenn Sie wollen. ›Das Haschenflaus‹, zwischen der 20. und 21. Straße, an der Tenth Avenue in New York. Sie finden es, wenn Sie hingehen und danach suchen. Könnte sich sogar lohnen für Sie.

Aber tun Sie es lieber nicht.

›Das Haschenflaus.‹ Das traf bei mir. Es war ein kleiner Laden mit verwittertem Schild an schmiedeeisernem Ausleger, das im Spätherbstwind klagend knarrte. Ich ging daran vorbei, dachte an den Verlobungsring in meiner Tasche und wie ihn mir Audrey eben zurückgegeben hatte, und meine Gedanken waren weit entfernt von Dingen wie Haschenfläusern. Ich überlegte mir, daß Audrey auch etwas Milderes als ›nichtsnutzig‹ bei meiner Beschreibung hätte verwenden können; und ihre fein gedrechselte Bemerkung, ich sei ein ›konstitutionell psychopathischer Taugenichts‹ war ebenso ungehörig wie spektakulär. Sie mußte das irgendwo gelesen haben, ausgeglichen, wie es war, durch: ›Und ich würde dich nicht heiraten, selbst wenn du der letzte Mann auf der Erde wärst!‹, was eine besonders abgedroschene Redensart ist.

»Haschenflaus!« murmelte ich und blieb dann stehen, um mich zu fragen, woher ich diesen komischen Ausdruck hatte. Natürlich hatte ich ihn an dem Schild gesehen, und er war mir aufgefallen. Und was, fragte ich mich, soll ein Haschenflaus sein? Ich antwortete mir sofort: Keine Ahnung. Kehr um und schau nach. Also kehrte ich um, auf der Ostseite der Tenth Avenue, und fragte mich, was für ein Mensch ein solches Geschäft zu welchem Zweck betreiben würde. Ich wurde aufgeklärt von einem zweiten Schild im Fenster, nahezu unsichtbar durch Staub und Asche aus anscheinend Jahrhunderten, das lautete:

›Wir verkaufen Flaschen‹

Darunter stand noch etwas, kleiner geschrieben. Ich rieb mit dem Ärmel an dem verkrusteten Glas und konnte schließlich erkennen:

›Mit Dingen drin‹

Ganz einfach:

›Wir verkaufen Flaschen
Mit Dingen drin‹

Na, ich ging natürlich hinein. Manchmal gibt es sehr erfreuliche Dinge in Flaschen, und in meiner Verfassung konnte ich etwas Erfreuliches brauchen.

»Zumachen!« schrillte eine Stimme, als ich hereinkam. Die Stimme drang aus einem schimmernden Ei, das ziemlich tief in der Luft hinter der Theke schwebte. Als ich hinüberguckte, sah ich, daß es keineswegs ein Ei war, sondern die Glatze eines alten Mannes, der sich an der Theke festhielt, während sein hagerer Körper im leichten Luftzug von der Tür flatterte, als sei er aus Luftbläschen. Ein bißchen verblüfft stieß ich die Tür mit dem Absatz zu. Er fiel augenblicklich aufs Gesicht, dann raffte er sich lächelnd auf.

»Ah, fein, Sie wiederzusehen«, schnarrte er.

Ich glaube, seine Stimmbänder waren auch verstaubt. Alles andere hier war es. Als sich die Tür schloß, kam ich mir vor, als befände ich mich in einem großen, verstaubten Gehirn, das eben seine Augen geschlossen hatte. O ja, Licht gab es genug. Aber es war nicht das Lampenlicht und nicht das Tageslicht. Es war wie – wie von den Wangen blasser Menschen reflektiert. Kann nicht behaupten, daß ich begeistert gewesen wäre.

»Was heißt da ›wieder‹?« fragte ich gereizt. »Sie haben mich doch noch nie gesehen.«

»Ich habe Sie gesehen, als Sie hereinkamen, dann fiel ich hin und stand auf und sah Sie wieder«, erklärte er haarspalterisch und strahlte. »Was kann ich für Sie tun?«

»Oh«, sagte ich. »Tja, ich habe Ihr Schild gesehen. Was haben Sie in einer Flasche, das mir gefallen könnte?«

»Was wollen Sie?«

»Was haben Sie?«

Er fing an, mit dünner Stimme zu singen – ich erinnere mich noch genau daran, Wort für Wort.

›Für'n halbes Dollarstück 'n Fläschchen Glück,
Eine Buddel voll günstigem Wind;
'ne Pulle Spaß oder Uschi Glas
Oder sonst 'n hübsches Kind.

Nimm 'nen Schluck aus diesem Krug,
Und im Regen wirst du nie feucht
Hab' Flaschen mit Freud', da gewinnst du heut',
Und Säfte, da wird dir ganz leicht.

Kleine Teufel schnappen oder frische Krabben,
Aus 'nem Meer, das keiner kennt;
Und ein Elixier, das die Angst nimmt dir
Und Wein von dem Stock, wo der Pan hat gepennt.

Von 'nem Einhorn vorn, zerstoßen der Dorn,
Mit dem Pulver find'st du 'ne Frau;
Sei der Reichen Freund; such 'ne Stellung – vereint
Kostet dich das nicht viel – nur schau.‹

»Jetzt warten Sie mal!« fauchte ich. »Sie meinen, Sie verkaufen wirklich Drachenblut und Tinte aus der Feder vom Frater Bacon und solchen Quatsch?«

Er nickte eifrig und lächelte über sein ganzes unwahrscheinliches Gesicht.

Ich fuhr fort: »Das Echte?«

Er nickte weiter.

Ich betrachtete ihn einen Augenblick.

»Sie wollen hier stehen, die Zähne im Mund und das nackte Gesicht vor mir, und mir weismachen, daß Sie hier und heute, in dieser Stadt und am hellen Tag so ein Zeug verkaufen und dann erwarten, daß ich – ich, ein aufgeklärter Intellektueller –«

»Sie sind sehr dumm und doppelt so aufgebläht«, sagte er leise.

Ich funkelte ihn an und griff nach dem Türknopf – und erstarrte. Ich meine, ich erstarrte wirklich. Denn der alte Mann zog einen altmodischen Gummiballzerstäuber heraus und besprühte mich ein paarmal, als ich mich abwandte, und so wahr ich lebe, *ich konnte mich nicht bewegen!* Fluchen konnte ich aber, und wie ich schimpfte!

Der Ladenbesitzer sprang über die Theke und rannte auf mich zu. Er mußte hinten auf einer Kiste gestanden haben, denn jetzt konnte ich sehen, daß er kaum einen Meter groß war. Er packte meine Rockschöße, lief an meinem Rücken hinauf und rutschte an meinem Arm herunter. Er setzte sich auf mein Handgelenk, ließ die Beine baumeln und lachte mich an. Soviel ich spüren konnte, wog er genau gar nichts.

Als mein Vorrat an Schimpfworten erschöpft war – es ist mein Stolz, daß ich einen ordinären Ausdruck nie zweimal gebrauche –, sagte er: »Beweist Ihnen das etwas, mein eingebildeter und unintelligenter Freund? Das war das Öl aus dem Haar des Gorgonenhauptes. Und bis ich Ihnen das Gegenmittel gebe, stehen Sie hier eine Woche bis zum dächsten Nienstag!«

»Machen Sie mich los«, brüllte ich, »oder ich geb' Ihnen eins auf die Birne, daß Ihnen das Gehirn durch die Fußsohlen fällt!«

Er kicherte.

Ich versuchte wieder, mich loszureißen, und konnte nicht. Es war, als hätte sich meine ganze Haut in Edelstahl verwandelt. Ich begann wieder zu schimpfen, gab es aber verzweifelt auf.

»Sie halten viel zuviel von sich«, sagte der Besitzer des Haschenflauses. »Sehen Sie sich an! Na, ich würde Sie nicht mal meine Fenster putzen lassen. Sie wollen ein Mädchen heiraten, das wenigstens an die mindesten Annehmlichkeiten gewöhnt ist, und dann ärgern Sie sich, weil sie ablehnt. Weshalb weist sie Sie ab? Weil Sie sich keine Stellung suchen. Sie sind ein Taugenichts. Sie sind ein Landstreicher. Hehe! Und Sie haben den Nerv, herumzulaufen und den Leuten Bescheid zu stoßen. Wenn ich in Ihrer Lage wäre, würde ich höflich bitten, befreit zu werden, und dann würde ich feststellen, ob irgend jemand hier im Laden so nett ist, mir eine Flasche mit einem Inhalt zu verkaufen, der mir helfen könnte.«

Nun entschuldige ich mich bei keinem Menschen, und ich gebe nie nach, und von Geschäftsleuten lasse ich mich schon gar nicht dumm anreden. Aber das war etwas anderes. Ich war noch nie vorher zu Stein erstarrt, und man hatte mich mit der Nase noch nie auf so viele bittere Wahrheiten gestoßen. Ich ließ mich erweichen.

»Okay, okay, dann lassen Sie mich frei. Ich kaufe etwas.«

»Ihr Ton ist so mürrisch«, sagte er selbstzufrieden, sprang leichtfüßig auf den Boden und hielt seinen Zerstäuber bereit. »Sie müssen ›Bitte‹ sagen. Bittebitte.«

»Bittebitte«, sagte ich und erstickte beinahe an der Demütigung.

Er ging hinter die Theke zurück und kam mit etwas Pulver in Papier zurück, das er mich schnupfen ließ. Nach ein paar Sekunden fing ich an zu schwitzen, und meine Glieder verloren die Starre so rasch, daß ich beinahe hinschlug. Ich wäre der Länge nach hingestürzt, wenn der Mann mich nicht aufgefangen und fürsorglich zu einem Stuhl geführt hätte. Als die Kraft in mein schokkiertes Gewebe zurücktröpfelte, fiel mir ein, daß ich vielleicht Lust hätte, diesen Kobold wegen seiner Hinterlist umzuhauen. Aber etwas Seltsames hielt mich zurück – seltsam, weil ich das vorher noch nie erlebt hatte. Es war einfach der Gedanke, daß ich draußen dem Burschen recht geben würde mit seiner schlechten Meinung von mir.

Er machte sich keine Sorgen. Er rieb sich eifrig die Hände und trat an seine Regale.

»Mal sehen ... was wäre wohl das Beste für Sie, hm? Hm-m-m. Erfolg ist etwas, was Sie nicht rechtfertigen könnten. Geld? Sie wissen nicht, wie man es ausgibt. Eine gute Stellung? Sie sind nicht geeignet dafür.« Er sah mich an und schüttelte den Kopf. »Ein trauriger Fall. Tz, tz.« Ich bekam eine Gänsehaut. »Die perfekte Partnerin? Nee. Sie sind zu dumm, um Perfektion zu erkennen, zu eingebildet, um sie zu schätzen. Ich glaube nicht, daß ich etwas – Halt!« Er riß vier oder fünf Flaschen und Gläser aus dem Regal und verschwand irgendwo in den dunklen Hinterräumen des Ladens. Augenblicklich hörte ich Geräusche heftiger Geschäftigkeit – Klirren und leises Poltern; Rühren und dann das schnelle Scharren eines Mörsers; dann das Gluckern einer Flüssigkeit, die beim Rühren einer trockenen Masse zugefügt wurde; und schließlich, nach langer Stille, das Tröpfeln, als Flüssiges durch einen Trichter in eine Flasche gefüllt wurde. Der Besitzer erschien triumphierend mit einer kleinen Flasche ohne Etikett.

»Das wird es schaffen!« strahlte er.

»Was wird es schaffen?«

»Na, Sie kurieren!«

»Kurie –« Meine aufgeblasene Art, wie Audrey das genannt hatte, war inzwischen wiedergekehrt. »Was meinen Sie mit kurieren? Mir fehlt nichts!«

»Mein lieber, kleiner Junge«, sagte er beleidigend. »Ihnen fehlt allerhand. Sind Sie glücklich? Sind Sie jemals glücklich gewesen? Nein. Nun, das wird alles von mir geregelt. Das heißt, ich verschaffe Ihnen den Start, den Sie brauchen. Wie jede andere Kur verlangt sie Ihre Mitarbeit.

Sie sind in schlechter Verfassung, junger Mann. Sie haben das, was man im Gewerbe retrogressive Metempsychose des Ichs nennt, und zwar in ihrer übelsten Form. Sie sind konstitutionell in keiner Arbeit unterzubringen, Sie sind ein glatter Soziophag. Ich mag Sie nicht. Keiner mag Sie.«

Ich kam mir ein bißchen vor wie das Opfer eines Blitzkriegs und stammelte: »W-was haben Sie vor?«

Er hielt mir die Flasche hin.

»Gehen Sie heim. Setzen Sie sich allein in ein Zimmer – je kleiner, desto besser. Trinken Sie das aus, gleich aus der Flasche. Warten Sie ab, was sich ergibt. Das ist alles.«

»Aber – was wird mir das tun?«

»Es wird Ihnen gar nichts tun. Es wird sehr viel *für* Sie tun. Es kann für Sie tun, soviel Sie wollen. Aber passen Sie gut auf.

Solange Sie das, was es Ihnen verleiht, für Ihre Besserung gebrauchen, werden Sie gedeihen. Verwenden Sie es zur Befriedigung der Genußsucht, als Grundlage für Prahlerei oder zur Rache, und Sie werden es schwer büßen. Vergessen Sie das nicht.«

»Aber was ist es? Wie –«

»Ich verkaufe Ihnen ein Talent. Jetzt haben Sie keines. Wenn Sie dahinterkommen, was für ein Talent es ist, wird es von Ihnen abhängen, es zu Ihrem Vorteil anzuwenden. Und jetzt gehen Sie. Ich mag Sie immer noch nicht.«

»Was bin ich Ihnen schuldig?« murmelte ich, inzwischen völlig überrumpelt.

»Die Flasche trägt ihren Preis mit sich. Sie bezahlen gar nichts, außer Sie halten sich nicht an meine Anweisungen. Gehen Sie jetzt, oder muß ich einen Dschinn aus der Flasche lassen – und ich meine nicht den, aus dem man Martinis macht?«

»Ich gehe schon«, sagte ich. Ich hatte am Ende der Theke am Grund eines Glasballons etwas wirbeln sehen, und das gefiel mir gar nicht. »Leben Sie wohl.«

»Weben Sie lohl«, erwiderte er.

Ich ging hinaus, marschierte die Tenth Avenue entlang und bog an der 20. Straße ab und schaute mich nicht einmal um. Aus vielen Gründen wünsche ich mir jetzt, daß ich es doch getan hätte, denn an dem Haschenflaus war ohne Zweifel etwas ganz Merkwürdiges.

Ich beruhigte mich erst, als ich zu Hause war, und als ich eine Tasse schwarzen Espresso getrunken hatte, wurde mir wohler. Ich wurde endlich skeptisch. Ich neigte sogar dazu, zu spotten. Aber aus irgendeinem Grund sollte ich das nicht zu laut tun. Ich sah die Flasche ein wenig verächtlich an, und das Glas hatte irgend etwas Bestimmtes an sich, das zurückzustarren schien. Ich zog die Nase hoch und warf die Flasche hinter ein paar alte Hüte im Schrank, dann setzte ich mich hin, um abzuschalten. Ich schaltete immer gern ab. Ich legte die Füße auf die Türklinke und rutschte im Sessel hinunter, bis ich auf den Schulterblättern lag, und wie es in dem alten Spruch heißt: ›Manchmal sitz' ich da und denk, und manchmal sitz' ich nur so da‹. Das erste ist ganz einfach, und sogar ein geübter Faulenzer muß dieses Stadium durchmachen, bevor er den zweiten, viel herrlicheren Zustand erreicht. Man braucht jahrelange Übung, um sich so entspannen zu können, daß man ›nur sitzt‹. Ich hatte es vor Jahren gelernt.

Aber eben als ich in den vegetativen Zustand gleiten wollte, störte mich etwas. Ich versuchte es zu ignorieren. Ich bewies einen übermenschlichen Mangel an Neugier, aber die Störung blieb. Ein leichter Druck an meinem Ellbogen, wo er über der Sessellehne hing. Ich geriet in die unangenehme Lage, mich darauf konzentrieren zu müssen, was das war, und begriff, daß Konzentration das Unerwünschteste war, was es gab. Ich gab es schließlich auf, öffnete mit einem tiefen Seufzer die Augen und schaute nach.

Es war die Flasche.

Ich kniff die Augen zusammen und schaute wieder hin, aber sie war noch da. Die Schranktür stand offen, wie vorher, und das Regalbrett befand sich genau über mir. Mußte herausgefallen sein. Ich überlegte mir, daß das verdammte Ding, wenn es am Boden lag, nicht tiefer fallen konnte, und stieß es mit dem Ellbogen von der Lehne.

Die Flasche hüpfte. Sie hüpfte mit so erstaunlicher Genauigkeit, daß sie genau da landete, wo sie vorher gewesen war – auf der Sessellehne neben mir. Verblüfft gab ich ihr einen heftigen Stoß. Er war so fest, daß sie an die Wand prallte, von wo sie auf das Brett unter meinem kleinen Tisch zurück auf die Armlehne federte – und diesmal legte sie sich gemütlich an meine Schulter. Von dem Aufprall gelockert, hüpfte der Korken aus dem Flaschenhals und rollte mir in den Schoß; und da saß ich, atmete die bittersüßen Dämpfe des Inhalts ein, fürchtete mich und kam mir albern vor.

Ich packte die Flasche und roch daran. Ich hatte das schon irgendwo gerochen – wo denn? Äh – ah ja; die Wimperntusche der chinesischen Barmädchen in Frisco. Die Flüssigkeit war dunkel – rauchdunkel. Ich probierte sie vorsichtig. Nicht schlecht. Wenn das kein Alkohol war, dann hatte der Alte in dem Laden einen verdammt guten Ersatz für Alkohol gefunden. Beim zweiten Schluck schmeckte es mir, beim dritten war es wirklich ein Genuß, und einen vierten gab es nicht, weil die Flasche inzwischen ein toter Soldat war. Das war auch etwa der Zeitpunkt, zu dem mir der Name der schwarzen Zutat mit dem komischen Geruch einfiel. Antimonpulver. Eine Pflanze, die die Orientalen benutzen, damit man übernatürliche Wesen sehen kann. Alberner Aberglaube!

Und dann begann die Flüssigkeit, die ich eben getrunken hatte, die warm und gemütlich in meinem Magen lag, zu brausen. Dann, glaube ich, fing sie an sich auszudehnen. Ich wollte aufstehen und konnte nicht. Das Zimmer schien auseinanderzufallen und mir stückweise entgegenzufliegen, und ich verlor das Bewußtsein.

Hoffentlich wachen Sie nie so auf wie ich danach. Seien Sie bloß vorsichtig mit so etwas. Schwimmen Sie nicht aus einem schlappen Schlaf herauf und schauen Sie sich um und sehen Sie alle diese flatternden und schwebenden und fliegenden und kriechenden und krabbelnden Dinger um sich herum – aufgedunsene Dinger, von denen Blut tropft, und durchsichtige, beinlose Wesen und kleine Stückchen und Fetzen menschlicher Anatomie. Es war furchtbar. Drei Zentimeter vor meiner Nase schwebte eine Menschenhand in der Luft, und auf mein entsetzliches Ächzen schwebte sie davon, während die Finger durch meinen Atemstoß flatterten. Etwas Klumpiges, Geädertes flutschte unter meinem Sessel heraus und rollte über den Boden. Ich hörte ein leises Knacken und blickte in knirschende Kiefer, denen das dazugehörige Gesicht fehlte. Ich glaube, ich ließ mich gehen und weinte ein bißchen. Ich weiß, daß ich wieder ohnmächtig wurde.

Als ich wieder aufwachte – es muß Stunden später gewesen sein, weil heller Tag war und meine Armbanduhr und der Wecker standen –, war es ein wenig besser. O ja, es gab noch ein paar von den gräßlichen Dingen. Aber aus irgendeinem Grund störten sie mich nicht mehr so. Ich war praktisch davon überzeugt, daß ich übergeschnappt war; warum sich also noch Sorgen machen, wenn das für mich feststand? Ich weiß nicht; es muß eine der Zutaten in der Flasche gewesen sein, die mich so beruhigte. Ich war neugierig und aufgeregt, und das war auch schon ungefähr alles. Ich schaute mich um und war beinahe erfreut.

Die Wände waren grün! Die farblosen Tapeten hatten sich in etwas atemberaubend Schönes verwandelt. Sie waren bedeckt mit etwas, was Moos zu sein schien, aber kein Moos, wie es ein Mensch je zuvor gesehen hatte. Es war lang und dicht, und es bewegte sich ständig ein wenig – nicht wie im Wind, sondern vom Wachstum. Fasziniert ging ich hin und schaute mir das genauer an. Es wuchs wirklich, mit all dem schnellen Zauber von Spore und Zyste und Wurzel und wieder von Spore; und der schnelle Zauber war nur ein Teil des ganzen Zaubers, denn solches Grün hatte es noch nie gegeben. Ich streckte die Hand aus, um es zu berühren und zu streicheln, spürte aber nur die Tapete. Als ich die Finger aber schloß, konnte ich die leichte Berührung in meiner Handfläche fühlen, das Gewicht von zwanzig Sonnenstrahlen, das weiche Federn kohlschwarzer Dunkelheit in einem abgeschlossenen Raum. Die Empfindung war von zarter Ekstase, und nie war ich glücklicher gewesen als in diesem Augenblick.

Um die Bodenleisten gab es kleine, schneeige Pilze, und der Boden war grasbewachsen. An der Scharnierseite der Schranktür rankten sich blühende Kletterpflanzen empor, und ihre Blüten waren von unbeschreiblichen Farben. Ich kam mir vor, als wäre ich bisher blind gewesen und auch taub; denn jetzt konnte ich das

Wispern scharlachroter, gazedünner Insekten zwischen den Blättern und das unaufhörliche Murmeln des Wachstums hören. Rings um mich war eine neue, herrliche Welt, so zart, daß der Wind meiner Bewegungen Blütenblätter von den Blumen riß, so wahr und natürlich, daß sie ihrer eigenen Unmöglichkeit trotzte. Fassungslos drehte ich mich immer wieder herum, lief von Wand zu Wand, schaute unter meine alten Möbel, in meine alten Bücher, und überall, wo ich hinblickte, fand ich neue und immer schönere Dinge zu bestaunen. Während ich flach auf dem Bauch lag und auf die Bettfedern starrte, wo sich eine Gruppe juwelenglänzender Echsen ringelte, hörte ich das Schluchzen zum erstenmal.

Es klang jung und klagend, und es gehörte nicht in mein Zimmer, wo alles so glücklich war. Ich stand auf und schaute mich um, und dort in der Ecke kauerte die durchscheinende Gestalt eines kleinen Mädchens. Sie lehnte an der Wand. Ihre dünnen Beine waren vor ihr übereinandergeschlagen, und sie hielt das Bein eines zerfetzten Spielzeugelefanten betrübt in einer Hand und weinte in die andere hinein. Ihr Haar war lang und schwarz, und es fiel ihr über Gesicht und Schultern.

»Was ist los, Kleines?« fragte ich. Ich höre nicht gern ein Kind so weinen.

Sie hörte mitten im Schluchzen auf, schüttelte das Haar aus den Augen und sah auf und an mir vorbei, ganz Angst und olivfarbene Haut und große, volle veilchenblaue Augen.

»Oh!« quietschte sie.

»Was ist los?« wiederholte ich. »Warum weinst du?«

Sie preßte den Elefanten an ihre Brust und wimmerte: »W-wo bist du?«

Überrascht sagte ich: »Na, genau hier vor dir, Kind. Kannst du mich nicht sehen?«

Sie schüttelte den Kopf.

»Ich habe Angst. Wer bist du?«

»Ich tu' dir nichts. Ich habe dich weinen hören, und ich wollte sehen, ob ich dir helfen kann. Kannst du mich gar nicht sehen?«

»Nein«, flüsterte sie. »Bist du ein Engel?«

Ich lachte auf.

»Ganz und gar nicht!« Ich trat näher heran und legte die Hand auf ihre Schulter. Die Hand drang durch sie hindurch, und das Mädchen zuckte zusammen und wich zurück, einen kleinen Schrei ausstoßend. »Tut mir leid«, sagte ich hastig. »Ich wollte nicht ... du kannst mich überhaupt nicht sehen? Ich kann dich aber sehen.«

Sie schüttelte wieder den Kopf.

»Ich glaube, du bist ein Gespenst«, sagte sie.

»Na so was!« meinte ich. »Und was bist du?«

»Ich bin Ginny«, sagte sie. »Ich muß hierbleiben, und ich habe niemanden, mit dem ich spielen kann.« Sie blinzelte, und wieder schienen Tränen kommen zu wollen.

»Woher kommst du?« fragte ich.

»Ich bin mit meiner Mutter hergekommen«, sagte sie. »Wir haben schon in vielen Pensionen gewohnt. Mutter hat in Bürohäusern geputzt. Aber da bin ich so krank geworden. Ich war sehr lange krank. Dann bin ich eines Tages aufgestanden und herübergekommen, aber als ich mich umschaute, lag ich noch auf dem Bett. Es war ganz komisch. Ein paar Männer kamen und legten mein ›Ich‹, das auf dem Bett war, auf eine Bahre und trugen es – mich – hinaus. Nach einiger Zeit ging Mami auch. Sie weinte lange, bevor sie ging, und als ich sie rief, hörte sie mich nicht. Sie ist nie wiedergekommen, und ich muß hierbleiben.«

»Warum?«

»Ach, ich muß einfach. Ich – ich weiß nicht, warum. Ich muß – einfach.«

»Was machst du hier?«

»Ich bleibe hier und denke nach. Einmal hat eine Dame hier gewohnt, die hatte ein kleines Mädchen wie mich. Wir spielten miteinander, bis uns die Dame eines Tages beobachtete. Sie regte sich furchtbar auf. Sie sagte, ihr kleines Mädchen sei besessen. Das Mädchen rief mich dauernd: ›Ginny! Ginny! Sag Mama, daß du hier bist!‹, und ich wollte es, aber die Dame konnte mich nicht sehen. Dann bekam die Dame Angst und nahm ihr kleines Mädchen und weinte, und das tat mir leid. Ich rannte hier herüber und versteckte mich, und nach einer Weile hat mich das kleine Mädchen wohl vergessen. Sie sind ausgezogen«, schloß sie mit rührender Endgültigkeit.

Ich war tief berührt.

»Was wird mit dir werden, Ginny?«

»Weiß nicht«, sagte sie, und ihre Stimme klang bedrückt. »Ich werde wohl hierbleiben und warten, bis Mami zurückkommt. Ich bin schon lange hier. Es geschieht mir sicher recht.«

»Warum das, Kind?«

Sie blickte schuldbewußt auf ihre Schuhe.

»Ich konnte es nicht aushalten, daß ich mich so schlecht fühlte, als ich krank war. Ich stand auf, bevor es Zeit war. Ich hätte bleiben sollen, wo ich war. Das habe ich davon. Aber Mami wird wiederkommen, warte nur ab.«

»Ganz bestimmt«, murmelte ich. Meine Kehle war eng. »Reg dich nicht auf, Kleines. Wenn du dich unterhalten willst, melde dich nur. Ich spreche immer mit dir, wenn ich da bin.«

Sie lächelte, und es war ein hübscher Anblick. Was für ein armes Kind! Ich packte meinen Hut und ging.

Draußen war alles so wie in meinem Zimmer. Die Flure, der staubige Läufer auf der Treppe trugen neue Gewänder aus buntem, beinahe körperlosem Laub. Sie waren nicht mehr dunkel, denn jedes Blatt hatte sein eigenes blasses, andersartiges Licht. Ab und zu sah ich etwas, was nicht so schön war. Es gab ein kicherndes Ding, das im zweiten Stock hin und her huschte. Es war ein bißchen verschwommen, sah aber ›Faßschädel‹ Brogan sehr ähnlich, einem irischen Landstreicher, der vor etwa einem Jahr von einem Lagerhauseinbruch zurückgekommen war, nur um sich aus Versehen mit seiner eigenen Waffe zu erschießen. Mir tat das nicht leid.

Unten im Erdgeschoß, auf der untersten Stufe, sah ich zwei Halbwüchsige sitzen. Das Mädchen hatte den Kopf auf die Schulter des Jungen gelegt, er den Arm um ihre Schulter, und ich konnte durch sie hindurch das Treppengeländer sehen. Ich blieb stehen und hörte zu. Ihre Stimmen klangen schwach und schienen von weit her zu kommen.

Er sagte: »Es gibt einen Ausweg.«

Sie sagte: »Sag so etwas nicht, Tommy!«

»Was können wir sonst tun? Ich liebe dich seit drei Jahren, und wir können nicht heiraten. Kein Geld, keine Hoffnung – nichts. Sue, wenn wir es tun, weiß ich einfach, daß wir immer zusammen wären. Immer und ewig –«

Nach einer langen Pause sagte sie: »Also gut, Tommy. Du besorgst eine Waffe, wie du versprochen hast.« Sie preßte ihn plötzlich noch fester an sich. »Oh, Tommy, bist du sicher, daß wir immer so zusammen sein werden?«

»Immer«, flüsterte er und küßte sie. »Genauso wie jetzt.«

Dann blieb es lange Zeit still, und keiner von den beiden bewegte sich. Plötzlich war alles wieder wie am Anfang, und er sagte: »Es gibt nur einen Ausweg.«

Und sie sagte: »Sag so etwas nicht, Tommy!«

Und er sagte: »Was können wir sonst tun? Ich liebe dich seit drei Jahren –« So ging es weiter, immer und immer wieder.

Ich fühlte mich scheußlich. Ich trat hinaus auf die Straße.

Langsam begann ich zu begreifen, was geschehen war. Der Mann im Laden hatte es ein ›Talent‹ genannt. Ich konnte doch nicht verrückt geworden sein, oder? Ich kam mir nicht verrückt vor. Der

Trunk aus der Flasche hatte mir die Augen für eine neue Welt geöffnet. Was war das für eine Welt?

Es war eine Welt, von Gespenstern bevölkert. Da waren sie: Geister aus Märchenbüchern, wandelnde Gespenster und arme, verdammte Seelen – alles Drum und Dran des Übernatürlichen, alles, wovon wir gehört und was wir laut abgelehnt und insgeheim fragend bedacht haben. Na und? Was hatte das alles mit mir zu tun?

Als die Tage vergingen, zerbrach ich mir den Kopf immer weniger über meine neue, fremdartige Umwelt und befaßte mich immer mehr mit dieser Frage. Ich hatte ein Talent gekauft – oder geschenkt bekommen. Ich konnte Gespenster sehen. Ich konnte alle Bestandteile einer Geisterwelt sehen, sogar das, was dort wuchs. Das war völlig begreiflich – die Bäume und Vögel und Schwämme und Blumen. Eine Geisterwelt ist eine Welt, wie wir sie kennen, und eine Welt, wie wir sie kennen, muß eine Vegetation besitzen. Ja, ich konnte sie sehen. Aber man konnte mich nicht sehen!

Na gut: Was hatte ich davon? Ich konnte nicht darüber reden oder schreiben, weil man mir kein Wort glauben würde, und außerdem gehörte mir das Ganze exklusiv, soviel ich wußte; weshalb da andere Leute beteiligen?

Wobei denn?

Nein, wenn ich nicht von irgendwo einen Hinweis bekam, war für mich, soweit ich sehen konnte, nichts zu holen. Und dann, ungefähr sechs Tage, nachdem ich den Augenöffner zu mir genommen hatte, fiel mir ein, wo ich den Hinweis bekommen konnte.

Im Haschenflaus!

Ich war zu dem Zeitpunkt in der Sixth Avenue und versuchte in einer Kaufhalle etwas zu finden, was Ginny Spaß machen mochte. Sie konnte nichts berühren, was ich ihr brachte, aber ihr gefielen Dinge, die sie ansehen konnte – Bilderbücher und dergleichen. Ich hatte ihr ein kleines Buch mit Fotos von Eisenbahnzügen auch von früher gebracht, sie gefragt, welche sie gesehen hätte, und dann herausgefunden, wie lange sie ungefähr schon in dem Haus war. Beinahe achtzehn Jahre. Jedenfalls kam ich auf diese Idee und machte mich auf den Weg zur Tenth Avenue und dem Haschenflaus. Ich wollte den alten Mann fragen – er würde es mir verraten. Und als ich die 21. Straße erreichte, blieb ich stehen und riß die Augen auf. Ich hatte eine nackte Mauer vor mir. Die ganze Seite an diesem Straßenstück war unbewohnt. Es gab nirgends einen Laden.

Ich stand ganze zwei Minuten da und wagte nicht einmal zu denken. Dann ging ich stadteinwärts zur 20. Straße und hinauf zur

21. Dann machte ich es wieder. Kein Laden. Ich stand da, ohne daß meine Frage beantwortet worden wäre – was sollte ich mit diesem ›Talent‹ anfangen?

Ich unterhielt mich eines Nachmittags mit Ginny über dies und jenes, als ein menschliches Bein, vom Knie an abwärts, vollständig und aufgedunsen, zwischen uns schwebte. Ich zuckte entsetzt zurück, aber Ginny stieß es mit einer Hand leicht an. Es wippte und schwebte zum Fenster, das an der Unterseite ein bißchen geöffnet war. Das Bein schwebte auf den Spalt zu, wurde wie eine Wolke aus Zigarettenrauch hinausgesogen und bildete sich auf der anderen Seite wieder. Es stieß ein paarmal an die Scheibe, dann flog es davon.

»Meine Güte!« stieß ich hervor. »Was war denn das?«

Ginny lachte.

»Ach, eines von den Dingern, die hier dauernd herumfliegen. Bist du erschrocken? Mir ging es früher auch so, aber ich habe so viele gesehen, daß es mir nichts mehr ausmacht, und darum sinken sie nicht mehr auf mich herunter.«

»Aber was im Namen all dessen, was scheußlich ist, soll das sein?«

»Teile«, sagte Ginny gelassen.

»Teile wovon?«

»Von Leuten, hör mal. Ich glaube, das ist so eine Art Spiel. Siehst du, wenn jemand verletzt wird und etwas verliert – einen Finger oder ein Ohr oder irgend etwas –, na, dann kehrt das Ohr – der *innere* Teil davon, meine ich, wie ich das Innere von dem Ich war, das sie hinausgetragen haben –, es kehrt dahin zurück, wo die Person, der es gehörte, zuletzt gelebt hat. Dann zu dem Ort, wo sie vorher war, und so weiter. Das geht nicht sehr schnell. Wenn einer ganzen Person etwas zustößt, sucht der ›innere‹ Teil nach dem Rest von sich selbst. Es sucht Stück für Stück zusammen – Schau!« Sie streckte einen durchsichtigen Zeigefinger und Daumen aus und fischte etwas Hauchdünnes aus der Luft.

Ich beugte mich vor und schaute genauer hin; es war ein kleines Stück halbdurchsichtiger Menschenhaut, mit Linien und Wirbeln.

»Jemand muß sich in den Finger geschnitten haben«, sagte Ginny sachlich, »während er hier in diesem Zimmer gewohnt hat. Wenn etwas geschieht mit – siehst du! Er wird es sich holen!«

»Du guter Himmel!« sagte ich. »Passiert das jedem?«

»Weiß nicht. Manche Leute müssen bleiben, wo sie sind – wie ich. Aber ich glaube, wenn man nichts getan hat, was einem einbringt, daß man an einem Ort bleiben muß, muß man überall hingehen und einsammeln, was man verloren hat.«

Ich hatte schon über angenehmere Dinge nachgedacht.

Mehrere Tage lang war mir ein grauer Geist aufgefallen, der die Straße hinauf und hinab schwebte. Er war immer auf der Straße, nie im Haus. Er wimmerte unaufhörlich. Er war ein kleiner, unauffälliger Mann vom Typ Melone und gestärkter Kragen – oder war es gewesen. Er beachtete mich nicht – das tat keiner von ihnen, denn ich war offenkundig unsichtbar für sie. Ich sah ihn aber so oft, daß ich wußte, ich würde ihn vermissen, wenn er wegging. Ich beschloß, mich bei der nächsten Begegnung mit ihm zu unterhalten.

Ich verließ eines Morgens das Haus und stand eine Weile auf den Stufen herum. Bald erschien auch wirklich die schmale Gestalt des Gespenstes, das ich bemerkt hatte, mit makellosem Schwalbenschwanz und bunter Weste. Ich trat hinter ihn und sagte: »Hallo.«

Er zuckte heftig zusammen und wäre weggerannt, wenn er gewußt hätte, woher meine Stimme kam, glaube ich.

»Immer mit der Ruhe, Freund«, meinte ich. »Ich tue Ihnen nichts.«

»Wer sind Sie?«

»Das wüßten Sie auch nicht, wenn ich es Ihnen sage«, erwiderte ich. »Hören Sie auf zu frösteln, und erzählen Sie mir von sich.«

Er wischte sich das geisterhafte Gesicht mit einem geisterhaften Taschentuch und spielte dann nervös mit einem goldenen Zahnstocher.

»Wahrhaftig«, sagte er. »Seit Jahren hat niemand mehr mit mir gesprochen. Ich bin nicht ganz bei mir, wissen Sie.«

»Ja«, sagte ich. »Immer mit der Ruhe. Mir ist nur zufällig aufgefallen, daß Sie in letzter Zeit hier herumwandern. Ich bin neugierig geworden. Suchen Sie jemanden?«

»O nein«, sagte er. »Ich suche mein Heim.«

»Hm-m-m«, sagte ich. »Suchen Sie schon lange?«

»O ja.« Seine Nase zuckte. »Ich bin vor langer Zeit eines Morgens zur Arbeit gegangen, und als ich am Battery Place von der Fähre stieg, blieb ich einen Augenblick stehen, um die Arbeit an der neumodischen S-Bahn da unten zu verfolgen. Auf einmal gab es einen Riesenkrach – du meine Güte! es war schrecklich! –, und bis ich mich umschaute, stand ich am Randstein und beobachtete einen Mann, der genauso aussah wie ich! Ein Stahlträger war heruntergefallen, und – wahrhaftig!« Er wischte sich wieder das Gesicht. »Seitdem suche und suche ich. Ich scheine niemanden finden zu können, der weiß, wo ich gewohnt habe, und ich verstehe alles nicht, was um mich herumschwebt, und ich hätte nie gedacht, daß ich den Tag erlebe, wo Gras am unteren Broadway wächst – ach, es ist schrecklich.« Er begann zu weinen.

Er tat mir leid. Ich konnte leicht verstehen, was passiert war. Der Schock war so groß gewesen, daß sogar sein Geist an Gedächtnisverlust litt. Der arme kleine Kerl – bis er wieder vollständig war, konnte er keine Ruhe finden. Die Sache interessierte mich. Würde ein Gespenst auf die üblichen Mittel gegen Amnesie ansprechen? Wenn ja, was würde dann mit ihm geschehen?

»Sie sagen, Sie sind von einer Fähre gestiegen?«

»Ja.«

»Dann müssen Sie auf der Insel gewohnt haben ... Staten Island, drüben auf der anderen Seite der Bucht!«

»Glauben Sie wirklich?« Er starrte mich an, verwirrt und hoffend.

»Na sicher! Sagen Sie, was halten Sie davon, wenn ich Sie hinüberbringe? Vielleicht finden wir Ihr Haus.«

»Ah, das wäre herrlich! Aber – o je, was wird meine Frau sagen?«

Ich grinste.

»Sie wird vielleicht fragen, wo Sie gewesen sind. Auf jeden Fall wird sie sich freuen, Sie wiederzusehen. Kommen Sie, gehen wir.«

Ich schob ihn in Richtung U-Bahn und schlenderte allein hinterher. Ab und zu starrte mich ein Passant an, weil ich eine Hand ausgestreckt hatte und mit mir selbst zu reden schien. Es störte mich nicht. Mein Begleiter war aber sehr verlegen, denn die Bewohner seiner Welt kreischten und kicherten, als sie ihn praktisch dasselbe tun sahen. Von allen Menschen war nur ich für sie unsichtbar, und das kleine Gespenst mit der Melone wurde vor Verlegenheit so rot, daß ich dachte, es würde platzen.

Wir bestiegen eine U-Bahn – für ihn war das offenbar etwas Neues – und fuhren nach South Ferry. Das U-Bahnsystem in New York ist für jemanden von meiner Begabung äußerst unerfreulich. Alles, was sich gern im Dunkeln herumdrückt, ist da zur Stelle, und es gibt ganze Mengen von abgetrennten Gliedern. Von da an nahm ich den Omnibus.

Wir brauchten nicht zu warten, eine Fähre war schon da. Dem kleinen grauen Geist machte die Fahrt richtigen Spaß. Er fragte mich nach den Schiffen im Hafen und ihren Flaggen und bestaunte den Mangel an Segelschiffen. Vor der Freiheitsstatue machte er tz, tz; beim letztenmal, als er sie gesehen hatte, erklärte er, habe sie noch den Goldüberzug gehabt. Danach placierte ich ihn Ende der siebziger Jahre; er mußte schon seit über sechzig Jahren nach seinem Heim suchen!

Wir landeten an der Insel, und von dort an ließ ich ihm freie Hand. Oben auf Fort Hill sagte er plötzlich: »Ich heiße John Quigg. Ich wohne Fourth Avenue fünfundvierzig!« Ich habe noch niemanden gesehen, der sich so freuen konnte. Und von da an war es einfach. Er bog links ab, marschierte zwei Straßen weit und bog wieder rechts ab. Mir fiel auf – ihm nicht –, daß die Straße den Namen ›Winter Avenue‹ trug. Ich erinnerte mich undeutlich, daß die Straßen hier vor Jahren umbenannt worden waren.

Er lief schnell die Steigung hinauf, blieb plötzlich stehen und drehte sich um.

»Äh, sind Sie noch da?«

»Immer noch«, sagte ich.

»Jetzt geht es schon. Ich kann Ihnen gar nicht sagen, wie dankbar ich Ihnen bin. Könnte ich irgend etwas für Sie tun?«

Ich überlegte.

»Kaum. Wir sind aus verschiedenen Zeiten, wissen Sie. Es verändert sich manches.«

Er blickte auf das neue Apartmenthaus an der Ecke und nickte.

»Ich glaube, ich weiß, was mit mir geschehen ist«, sagte er leise. »Aber es ist schon gut . . . ich hatte ein Testament gemacht, und die Kinder waren erwachsen.« Er seufzte. »Aber ohne Sie würde ich noch immer in Manhattan herumlaufen. Mal sehen – ah, kommen Sie mit.«

Er begann plötzlich zu laufen. Ich folgte ihm, so schnell ich konnte. Fast ganz oben stand ein altes, mit Schindeln gedecktes Haus mit albernem Kuppeldach, ganz ohne Anstrich. Es war schmutzig und halb verfallen, und bei dem Anblick verzerrte sich das Gesicht des kleinen Mannes traurig. Er schluckte und stieg durch eine Lücke in der Hecke hinein. Er suchte im hohen Gras und entdeckte einen schweren Stein, der tief im Boden steckte.

»Da«, sagte er. »Sie brauchen darunter nur zu graben. In meinem Testament ist keine Rede davon, außer von einem kleinen Betrag für die Fachmiete. Ja, ein Depositenfach, und der Schlüssel und die Vollmacht liegen unter dem Stein da. Ich habe sie eines Nachts vor meiner Frau versteckt«, er kicherte, »und nie daran gedacht, es ihr zu sagen. Sie können haben, was Ihnen von Nutzen davon ist.« Er wandte sich dem Haus zu, straffte die Schultern und marschierte zur Seitentür hinein, die sich durch einen passenden Windstoß krachend für ihn auftat. Ich lauschte einen Augenblick und lächelte dann über die losbrechende Gardinenpredigt. Der alte Quigg wurde ganz schön fertiggemacht von seiner Frau, die über sechzig Jahre dagesessen und auf ihn gewartet hatte! Es war ein bitterer Strom von Schimpfworten, aber – nun, sie mußte ihn geliebt haben. Sie konnte den Ort nicht verlassen, bis sie wieder ganz war, wenn Ginnys Theorie zutraf, und sie war nicht ganz vollständig, bis ihr Mann nach Hause kam! Es gefiel mir. Jetzt waren sie wieder in Ordnung!

Ich fand im Schuppen ein altes Hebeeisen und machte mich über den Stein her. Es dauerte eine ganze Weile, und meine Hände fingen an zu bluten, aber nach einer Weile konnte ich den Stein hochhieven und unter ihm herumscharren. Tatsächlich lag da ein Wachstuchbeutel. Ich hob ihn auf und öffnete ihn vorsichtig. Er enthielt einen Schlüssel und einen Brief, an eine New Yorker Bank adressiert, der nur auf ›Überbringer‹ lautete und zur Verfügung über das Fach berechtigte. Ich lachte laut. Der kleine, alte brave und sanfte John Quigg hatte offenkundig etwas auf die Seite geschafft.

Ich brauchte nicht lange, um zur Bank zu kommen. Es war ein bißchen schwierig, in den Tresor zu gelangen, weil man erst lange nach den Unterlagen suchen mußte. Schließlich war das Bürokratische aber erledigt, und ich war stolzer Besitzer von knapp achttausend Dollar in kleinen Scheinen.

Na, von da an ging es mir gut. Was ich machte? Tja, zuerst kaufte ich mir etwas zum Anziehen, und dann fing ich an, ein bißchen Eindruck zu machen. Ich ging aus und lernte viele Leute kennen, und je mehr ich erfuhr, desto klarer wurde mir, was für ein Haufen abergläubischer Trottel das war. Ich konnte keinem übelnehmen, daß er einer Leiter auswich, unter der ein echter Basilisk hockte, versteht sich – aber na, nicht eine von tausend hat Ungeheuer unter sich hocken! Jedenfalls wurde meine Frage beantwortet. Ich gab zweitausend Piepen für ein elegantes Büro mit Gardinen und indirekter Beleuchtung aus, ließ mir ein Telefon legen und brachte an der Tür ein kleines, unauffälliges Schild an: ›Berater für übersinnliche Erscheinungen‹. Und wie das florierte!

Meine Kunden waren meist aus der Oberschicht, weil ich teuer war. Es fiel allgemein nicht schwer, mit den toten Verwandten Kontakt aufzunehmen, denn das wollten die Leute meistens. Die meisten Geister sind ohnehin verrückt danach, mit dieser Welt in Verbindung zu kommen. Das ist einer der Gründe dafür, daß fast jeder ein Medium werden kann, wenn er sich genug Mühe gibt; der Himmel weiß, daß es nicht viel erfordert, sich mit dem Durchschnittsgespenst in Verbindung zu setzen. Wenn jemand ein ganz ordentliches Leben führt und nichts Loses hinterläßt, wird er frei. Ich bin nie dahintergekommen, wohin diese freien Geister gelangen. Die überwältigende Mehrheit der Leute muß aber zurück und das erledigen, was noch unerledigt war – hier eine kleine Bosheit gutmachen, dort jemandem helfen, den sie behindert haben, Schmutziges wieder beseitigen. Daher kommt das Glück wohl überhaupt. Man bekommt nichts für nichts.

Wenn man einen Glücksfall erlebt, ist das so von jemandem arrangiert, der einem in der Vergangenheit übel mitgespielt hat oder von jemandem, der an deinem Vater oder deinem Großvater oder deinem Großonkel Julius etwas gutzumachen hat. Auf lange Sicht gleicht sich alles aus, und bis dahin wandert irgendeine arme verdammte Seele auf der Erde herum und versucht, etwas in dieser Richtung zu tun. Die Hälfte der Menschheit läuft umher und klagt über ihr Pech. Wenn Sie und Sie und Sie nur wüßten, wie viele Dutzende von Leuten sich danach sehnen, Ihnen zu helfen, wenn man sie nur läßt! Und wenn man sie läßt, hilft man, das mit auszuräumen, was sie hier angestellt haben, und man befreit sie, damit sie hingehen können, wo sie eben hingehen, wenn sie gereinigt sind. Wenn Sie also das nächstemal in eine Patsche geraten, dann gehen Sie irgendwo hin, wo Sie allein sind, und öffnen sich diesen Leuten. Sie erscheinen und führen Sie schon richtig, wenn Sie Ihre Selbstzufriedenheit und Ihre falsche Meinung über Ihr eigenes Urteil ablegen.

Ich hatte zwei Gespenstergehilfen, die Aufträge für mich erledigten. Einer davon, ein Exmörder namens Einauge Rachuba, war der schnellste Geist, den ich je gesehen hatte, wenn es darauf ankam, einen gesuchten Vorfahren zu finden; und dann gab es Professor Grafe, einen froschgesichtigen Sozialwissenschaftler, der Geld aus Spendensammlungen unterschlagen hatte und auf der Flucht in den Hudson gefallen war. Er konnte in Sekundenschnelle die verwickeltsten Stammbäume aufspüren und den vermutlichen Aufenthalt des Geistes eines vermißten Verwandten finden. Die beiden waren das ganze Personal, das ich brauchen konnte, und obwohl sie jedesmal, wenn sie einem meiner Klienten halfen, der Freiheit für sich selbst näher kamen, waren sie beide mit ihrem unerfreulichen Leben so gefesselt, daß ich ihrer Dienste noch für Jahre sicher sein konnte.

Aber glauben Sie, ich wäre zufrieden gewesen mit dem Geldverdienen, ohne daß ich dafür eigentlich etwas arbeiten mußte? O nein. Ich nicht. Ich mußte groß einsteigen. Ich mußte über die Ereignisse der vergangenen Monate nachdenken und mich über diese verrückte Audrey aufregen, die der Mühe gar nicht wert war. Es genügte nicht, daß ich Audrey widerlegt hatte, als sie behauptete, aus mir würde nie etwas werden. Und ich war auch nicht glücklich, wenn ich an die Kumpel dachte. Ich mußte auf den Tisch hauen.

Ich erinnerte mich sogar an das, was der kleine Mann im Haschenflaus zu mir gesagt hatte, wie es sein würde, wenn ich mein ›Talent‹ zum Prahlen oder zu Zwecken der Rachsucht verwendete. Ich bildete mir ein, daß ich mit allem fertig werden würde. Ich stolperte einfach über einen Minderwertigkeitskomplex. Ich benahm mich wie ein ausgesprochener Narr, und der war ich auch. Ich fuhr zur West Side.

Es war eine kühle Spätwinternacht. Ich hatte mich elegant angezogen, und mein neuer Wagen glänzte nur so. Schade, daß ich nicht auch mein Gehirn auf Hochglanz bringen konnte.

Ich hielt vor Caseys Billardhalle mit quietschenden Reifen und ließ den Motor ein paarmal aufheulen. Dann lehnte ich mich zurück, zündete mir eine teure Zigarre an, schob den Hut übers Auge und drückte auf die Hupe, die achtundzwanzig Sekunden lang ›Tuxedo Junction‹ spielte. Dann schaute ich zur Halle hinüber.

Na, einen Augenblick lang dachte ich, ich hätte nicht kommen sollen, wenn das die Wirkung war. Und von da an vergaß ich alles andere, außer, wie ich schnellstens wieder verschwinden konnte.

Zwei Gestalten lungerten am Eingang herum. Ich erkannte Happy Sam und Fred Bellew. Sie starrten mich nur an, rührten sich nicht und sagten nichts, und als ich sagte: »Na, Kroppzeug – kennt ihr mich noch?«, merkte ich, daß der ganze Verein an der dunklen Wand neben dem Eingang aufgereiht war. Es war ein Schock; es war ein bißchen zu vollkommen. Es gefiel mir nicht.

»Hi«, sagte Fred leise. Ich wußte, daß ihm die Protzerei nicht behagen würde. Gefallen würde sie natürlich allen nicht, aber Freds Abneigung entsprang dem Ekel, die der anderen dem Ärger, und zum erstenmal kam ich mir ein bißchen billig vor. Ich stieg aus.

Sam schnaubte und sagte: »Kleiderpuppe!« Jemand kicherte, und aus dem Dunkel drang ein: »Wau-wau!«

Ich ging zu Sam und grinste ihn an. Mir war nicht nach Grinsen zumute.

»Ich habe dich schon so lange nicht mehr gesehen, daß ich ganz vergessen hatte, was für ein Ganove du bist«, sagte ich. »Wie geht's denn so?«

»Mir geht es gut«, sagte er. »Ich *arbeite* noch für mein Brot.«

Das Murmeln der anderen verriet mir, daß es klug wäre, wenn ich mich zurückziehen würde. Ich blieb.

»Schlaumeier, was?« sagte ich lahm.

Sie hatten getrunken, begriff ich – alle miteinander. Ich steckte plötzlich in der Klemme. Sam steckte die Hände in die Taschen und sah an mir herunter. Er war der einzige kleine Mann, der das bei mir fertigbrachte.

»Geh lieber wieder zu deinen Kristallkugeln, fauler Kunde«, sagte er nach einer Pause. »Wir mögen Kerle, die schwitzen. Wir mögen sogar Kerle, die etwas drehen, wenn sie es machen, weil sie schlauer oder härter sind als der Nächstbeste. Aber Glück und Schnauze reichen nicht. Hau ab.«

Ich schaute mich hilflos um. Ich bekam, was ich gewollt hatte. Was hatte ich eigentlich erwartet? Hatte ich angenommen, die Burschen würden sich um mich drängen und mir die Hand schütteln, wenn ich mich so aufführte?

Sie bewegten sich kaum, aber sie hatten mich auf einmal umkreist. Wenn mir nicht schnell etwas einfiel, würde es mir schlecht gehen. Und wenn diese Burschen einmal auf einen losgingen, hatte er nicht mehr viel zu erwarten. Ich atmete tief ein.

»Ich will nichts von dir, Sam. Nichts. Damit sind Ratschläge gemeint, klar?«

»Bekommst du die?« fuhr er auf. »Du und deine Seangsen. Wir haben von dir gehört. Witwen für fünfzig Kröten einreden, daß sie mit ihren ›Entschlafenen‹ reden können! Berater für ›iebernatierliche Erscheinungen‹! Mensch! Hau bloß ab!«

Jetzt hatte ich einen Anhaltspunkt.

»Fauler Kunde, was? Na, ich wette, ich könnte dich so von Gespenstern heimsuchen lassen, daß dir die Haare zu Berg stehen, wenn du den Mumm hast, da hinzugehen, wo ich sage.«

»Wetten? Daß ich nicht lache! Hört euch das an.« Er drehte den Kopf, lachte und wandte sich mir wieder zu. »Na schön. Du hast es so gewollt. Komm, Geldsack. Fred nimmt die Wetten an. Wie wäre es mit zehn von deinen lausigen Piepen gegen jede von den meinen? Da, Fred – nimm den Zehner.«

»Ich geb' dir zwanzig zu eins«, sagte ich, halb hysterisch. »Und ich führe dich wohin, wo du auf das scheußlichste, übelste Gespenst stößt, das du je gesehen hast.«

Die anderen brüllten vor Lachen. Sam lachte mit, wollte aber nicht aussteigen. Wette war Wette. Ich nickte nur und gab Fred zweihundert Dollar. Fred und Sam stiegen in den Wagen, und als wir losfuhren, beugte sich Sam hinaus und winkte.

»Auf Wiedersehen in der Hölle, Jungs«, rief er. »Ich hole mir einen Geist, und einer von uns erschreckt den anderen zu Tode!«

Ich hupte, um das Geschrei zu übertönen, und brauste los. Ich bog in den Parkway ein und fuhr zur Stadt hinaus.

»Wohin?« sagte Fred nach einer Weile.

»Wirst schon sehen«, sagte ich, obwohl ich es selbst nicht wußte.

Es mußte nicht weit von hier irgendein Haus geben, wo sich die Gespenster tummelten, und zwar so, daß Sam es sich anders überlegte und mich bei den Jungs wieder ins richtige Licht brachte. Ich öffnete das Fach im Armaturenbrett und ließ Ikey heraus. Ikey war ein kleiner, verkrümmter Teufel, der zwischen zwei Stahlbleche geraten war, als sie den Wagen montiert hatten, und der da bleiben mußte, bis er verschrottet wurde.

»He, Ike«, flüsterte ich. Er hob den Kopf, und das Licht schimmerte rötlich in seinen Augen. »Pfeif dem Professor, ja? Ich will ihn nicht rufen, weil die Kerle hinten das sonst hören. Dich können sie nicht hören.«

»Okay, Boss«, sagte er, legte die Finger an die Lippen und ließ einen heulenden Schrei los, bei dem einem das Blut in den Adern gerann.

Das war sozusagen das Rufzeichen für den Professor. Der Alte flog vor dem Wagen, umkreiste ihn und glitt neben mir durch das Fenster, das ich einen Spalt geöffnet hatte.

»Du meine Güte«, keuchte er, »wenn Sie mich wenigstens nicht hierherholen würden, wo dieses Ding so schnell fährt. Ich hatte alle Mühe, Sie einzuholen.«

»Hören Sie auf damit, Professor«, flüsterte ich. »Sie können eine Düsenmaschine einholen, wenn Sie wollen. Hören Sie, ich habe da hinten einen sitzen, der sich von einem Geist einmal richtig erschrecken lassen möchte. Wissen Sie hier in der Nähe etwas?«

Der Professor setzte seinen geisterhaften Zwicker auf.

»Hm, ja. Erinnern Sie sich, daß ich vom Wolfmeyer-Haus gesprochen habe?«

»Mensch – der ist übel.«

»Er eignet sich ideal für Ihren Zweck. Aber verlangen Sie nicht, daß ich mitgehe. Mit Wolfmeyer läßt sich keiner von uns ein. Und seien Sie um Himmels willen vorsichtig.«

»Ich werde schon fertig mit ihm. Wo ist das?«

Er erklärte es mir genau, verabschiedete sich und verschwand. Ich war ein bißchen verwundert. Der Professor reiste viel mit mir herum, und er hatte noch nie abgelehnt, sich etwas Neues anzusehen.

Ich zuckte die Achseln und fuhr weiter. Ich wußte es einfach nicht besser.

Wir fuhren zur Stadt hinaus und ein Stück aufs Land zu einem gewissen alten Farmhaus. Wolfmeyer, ein Pennsylvania-Holländer, hatte sich dort erhängt. Er war ein übler Bursche gewesen und geblieben. Er wußte genau, daß er für den Rest der Ewigkeit festsaß, wenn er nicht eine Menge Gutes tat, um das Böse auszugleichen. Das schien ihn überhaupt nicht zu stören. Er wurde griesgrämig und zu einem wirklich bösartigen Gespenst. Acht Menschen waren in dem Haus gestorben, seitdem der Alte von seinem eigenen Strick gefault war. Drei davon waren Personen, die das Haus gemietet hatten, drei Landstreicher, und zwei Leute, die übernatürliche Erscheinungen untersuchten. Sie hatten sich alle aufgehängt. So arbeitete Wolfmeyer. Ich glaube, es machte ihm wirklich Spaß zu spuken. Jedenfalls war er sehr gründlich.

Ich wollte Happy Sam eigentlich nichts antun, sondern ihm nur eine Lektion erteilen. Und was passierte?

Wir kamen kurz vor Mitternacht an. Niemand hatte viel gesagt, außer daß ich Fred und Sam von Wolfmeyer und dem, was man bei ihm erwarten mußte, erzählte. Sie lachten sich halb kaputt, bis ich endlich den Mund hielt. Fred erklärte später, wie die Wette aussehen sollte. Sam mußte, wenn er gewinnen wollte, bis zur Morgendämmerung im Haus bleiben. Er durfte nicht um Hilfe schreien und nicht weggehen. Er mußte einen Strick mitnehmen, eine Schlinge knoten und das andere Ende über ›Wolfmeyers Balken‹ ziehen – den großen eichenen Tragbalken, an dem sich der Alte und die acht anderen aufgehängt hatten. Das war meine Idee gewesen. Ich sollte mit Sam hineingehen und ihn beobachten, falls es zu gefährlich wurde. Fred sollte hundert Meter vom Haus entfernt im Wagen bleiben und warten.

Ich stellte den Wagen ab, und Sam und ich stiegen aus. Fred war ziemlich still geworden und sah ernst aus. Sam hatte mein Schleppseil über der Schulter, die Schlinge war schon geknotet.

»Ich glaube, mir gefällt das nicht«, sagte Fred und schaute zum Haus hinüber. Es sah aus wie ein bösartiges Wesen, tief in Gedanken.

»Also, Sam? Willst du zahlen und Schluß machen?« fragte ich.

Er folgte Freds Blick. Das Haus sah wirklich unheimlich aus, und die Wirkung des Alkohols war verflogen. Er überlegte eine Weile, dann zuckte er die Achseln und grinste. Ich mußte den Kerl bewundern.

»Mensch, ich mache weiter. Mich kann man nicht so leicht ins Bockshorn jagen, Freundchen.«

Fred schüttelte den Kopf.

»Ich weiß nicht. Ich hab' auch nicht das Gefühl, daß er ein fauler Kunde ist.«

Sam blieb störrisch, obwohl ich ihm am Gesicht ansah, daß ihm anders zumute war.

»Komm, fauler Kunde«, sagte er und marschierte los.

Wir stiegen durch eine Kellertür, die zu einem Fenster hinaufreichte, ins Haus. Ich zog eine Taschenlampe heraus und leuchtete den Balken an. Es war nur einer von vielen, denen es behagte, das Geräusch von Schritten in lachendes Flüstern zu verwandeln, das durch die Räume und Korridore lief und nicht aufhören wollte. Unter dem berühmten Balken war der staubige Boden dunkel verfärbt.

Ich half Sam, den Strick anzubringen, dann knipste ich das Licht aus. Es muß schlimm für ihn gewesen sein. Mir machte es nichts aus, weil ich wußte, daß ich alles sehen konnte, bevor es mich erreichte, und außerdem konnte mich kein Gespenst sehen. Nicht nur das, für mich waren Wände und Böden und Decken mit einem fluoreszierenden bunten Gewächs überzogen. Ich hätte gern gehabt, daß Sam den leuchtenden Schimmel unter dem Balken hätte sehen können.

Sam atmete schon schwer, aber ich wußte, daß mehr nötig war als Dunkelheit und Stille. Er mußte allein sein, und dann brauchte er noch den einen oder anderen Besucher.

»Auf bald, Kleiner«, sagte ich, schlug ihm auf die Schulter, drehte mich um und ging.

Ich verließ das Haus mit lauten Schritten, dann schlich ich lautlos wieder hinein. Es war ohne Zweifel das verlassenste Haus, das mir je begegnet war. Sogar Gespenster hielten sich fern, abgesehen von Wolfmeyer, versteht sich. Es gab nur die wuchernde Vegetation, unsichtbar außer für mich, und das tiefe Schweigen, das nur von Sams Atemzügen durchbrochen wurde. Nach etwa zehn Minuten wurde mir klar, daß Happy Sam mehr Mumm besaß, als ich ihm zugetraut hätte. Er mußte Angst haben. Er ließ sich davon nicht stören.

Ich kauerte mich an die Wand eines Nebenraums und machte es mir bequem. Wolfmeyer mußte bald kommen. Ich hoffte wirklich, daß ich der Sache ein Ende machen konnte, bevor sie zu weit ging. Es war unsinnig, mehr daraus zu machen als eine Lektion für einen

Schlaumeier. Ich fühlte mich ganz wohl und war auf das, was geschah, völlig unvorbereitet.

Ich schaute zur gegenüberliegenden Tür, als mir klar wurde, daß dort seit einigen Minuten das schwächste aller schwachen Lichter aufschimmerte. Es wurde heller und flackerte ein wenig. Es war grün, vom Grün der faulenden, schimmelnden Dinge, und es war begleitet von einem schwachen, gräßlichen Geruch. Es war der Geruch von Fleisch, das so lange tot war, daß es schon gar nicht mehr stank. Es war unglaublich gräßlich, und ich fürchtete mich zu Tode. Es dauerte einige Augenblicke, bis ich wieder daran dachte, daß mir nichts passieren konnte. Ich preßte mich an die Mauer und schaute zu.

Wolfmeyer kam herein.

Er war das Gespenst eines alten, uralten Mannes. Er trug ein fließendes, schmutziges Gewand, und seine nackten Unterarme waren sehnig und kraftvoll. Sein Kopf mit dem wirren Haupthaar und Bart schwankte auf einem gebrochenen, kaputten Hals wie die Klinge eines Messers, das man eben in weiches Holz geschleudert hat. Mit jedem seiner langsamen Schritte wackelte sein Kopf von neuem. Seine Augen leuchteten; rot waren sie, mit grünen Flammen, tief darin verborgen. Seine Zähne hatten sich zu langen, gelben Stoßzähnen ausgewachsen, und sie wirkten wie Säulen, die sein schiefes Grinsen trugen. Das eiternde grüne Leuchten war ein gräßlicher Heiligenschein um ihn.

Er ging an mir vorbei, ohne mich zu erahnen, und blieb an der Tür zu dem Zimmer stehen, wo Sam am Strick wartete. Er stand da, die Klauen ausgestreckt, während das Beben seines Kopfes langsam aufhörte. Er starrte zu Sam hinein, und plötzlich öffnete er den Mund und heulte. Es war ein leiser, tödlicher Laut, der aus der Kehle eines fernen Hundes hätte kommen können, aber obwohl ich nicht in das andere Zimmer sehen konnte, wußte ich, daß Sam den Kopf herumgerissen hatte und das Gespenst anstarrte. Wolfmeyer hob ein wenig die Arme, schien etwas zu schwanken und trat ins Zimmer.

Ich riß mich aus dem Entsetzen, das mich erfaßt hatte, und raffte mich auf. Wenn ich nicht sofort handelte –

Ich lief auf Zehenspitzen zur Tür, blieb nur so lange stehen, bis ich sah, daß Wolfmeyer die Arme über dem Kopf schwang, daß Sam mit weit aufgerissenen Augen zum Strick zurücktaumelte. Er umfaßte seine Kehle, öffnete den Mund, brachte keinen Laut hervor, sein Kopf kippte auf die Seite, sein Hals dehnte sich, sein verzerrtes Gesicht gaffte an die Decke, als er vor dem Gespenst zurückstolperte, in die bereite Schlinge. Und dann beugte ich mich über Wolfmeyers Schulter, legte die Lippen an sein Ohr und sagte: »Hu!«

Ich mußte beinahe lachen. Wolfmeyer quietschte, sprang ungefähr zwei Meter hoch und hetzte, ohne sich umzudrehen, aus dem Zimmer, daß man nur noch einen Wischer sah. Das war wahrhaftig ein erschrockenes Gespenst!

Gleichzeitig richtete sich Happy Sam auf, sein Gesicht erschlaffte erleichtert, und er setzte sich unter dem Strick hart auf den Hosenboden. Es war wirklich knapp gewesen, so wie ich es nicht mehr erleben möchte. Er saß da, während ihm der kalte Schweiß über das Gesicht lief und er die Hände zwischen den Knien hängen hatte und schlaff seine Füße anstarrte.

»Na, das reicht wohl!« sagte ich und ging zu ihm. »Zahl aus, Freund, das geschieht dir recht!« Er rührte sich nicht. Er war wohl noch ganz schockiert.

»Los!« sagte ich. »Nimm dich zusammen, Mann! Hast du noch nicht genug gesehen? Der Alte kommt jeden Augenblick wieder. Steh auf!«

Er rührte sich nicht.

»Sam!« Ich packte ihn an der Schulter. Er kippte auf die Seite und lag still. Er war tot.

Ich machte nichts und sagte eine Weile nichts. Dann flüsterte ich hoffnungslos, während ich da kniete: »Sam, Mensch. Sam. Sam – hör doch auf damit, Mann.«

Nach einer Minute stand ich langsam auf und ging zur Tür. Nach drei Schritten blieb ich stehen. Irgend etwas ging vor! Ich rieb mir die Augen. Ja, es – es wurde dunkel! Das Leuchten der Ranken und Blumen der Geisterwelt wurde trüber, verblaßte, verschwand –

Aber das war noch nie vorgekommen!

Egal, sagte ich mir verzweifelt, es passiert jetzt, siehst du? Ich muß hier raus!

Verstehen Sie? Natürlich. Es war das Zeug – das verdammte Zeug aus dem Haschenflaus. Es ließ nach! Als Sam starb, hörte die Wirkung auf mich auf! War das der Preis, den ich für die Flasche zahlen mußte? Sollte das geschehen, wenn ich sie zur Rache benutzte?

Das Licht war fast fort – und jetzt war es fort. Ich konnte im Zimmer nichts sehen als eine der Türen. Weshalb konnte ich den Eingang erkennen? Was war das bläßlich-grüne Licht an dem verstaubten Türrahmen?

Wolfmeyer! *Ich muß hier raus!*

Ich konnte keine Gespenster mehr sehen. Gespenster konnten jetzt mich sehen. Ich rannte los. Ich hetzte durch das dunkle Zimmer und prallte an die Wand. Ich taumelte zurück, während das Blut von den Fingern rann, die ich ins Gesicht preßte. Ich rannte weiter. Die nächste Wand klatschte mir entgegen. Wo war die andere Tür? Ich lief weiter und prallte wieder an eine Wand. Ich schrie auf und rannte. Ich stolperte über Sams Leiche. Mein Kopf glitt durch die Schlinge. Sie zuckte herunter zu meiner Luftröhre, und mein Genick brach mit qualvollem Knirschen. Ich hampelte da eine halbe Minute, dann hing ich schlaff.

Mausetot war ich. Wolfmeyer lachte und lachte.

Fred fand mich und Sam am Morgen. Er transportierte unsere Leichen mit dem Auto ab. Und ich muß jetzt hierbleiben und in diesem verdammten alten Gemäuer spuken. Zusammen mit Wolfmeyer.

Das Monument

A. D. 5000 hatte sich Der Schlund über die Jahrhunderte hinweg wenig verändert. Noch immer war er ein düsteres Denkmal für den Mißbrauch gewaltiger Macht; und seinetwegen war organisierte Kriegführung ein vergessener Begriff. Seinetwegen war die Welt befreit von dem verheerenden Rauch und Schmutz der Industrie. Das Heulen und Krachen von Bomben, der einschläfernde Rhythmus des Marschtritts waren nie zu hören, und die Erde hatte endlich, endlich Frieden.

Sich Dem Schlund zu nähern war langsamer, sicherer Tod, und er wurde respektiert und gefürchtet und würde es noch Jahrhunderte bleiben. Er blakte und blinkte nachts rötlich und war umgeben von nackter, zerrissener Landschaft, die sich weithin erstreckte zum Horizont; und um ihn flackerte ein geisterhaft bläulicher Schimmer. Nichts lebte dort. Nichts konnte leben.

Mit einem solchen Kriegsdenkmal konnte es nur Frieden geben. Die Erde konnte nie das Entsetzen vergessen, das der Krieg freizusetzen vermochte.

Das war Grenfells Traum.

Grenfell gab das betippte Blatt zurück.

»Genau, Jack. Meine Idee, und – ich möchte sie auch gerne so ausdrücken können.« Er lehnte sich zurück an die unaufgeräumte Werkbank, sein merkwürdig asymmetrisches Gesicht wirkte versonnen. »Woran liegt es, daß man eine nutzlose Person braucht, um einen abstrakten Gedanken passend auszudrücken?«

Jack Roway grinste, als er das Blatt zusammenfaltete und in die Brusttasche steckte.

»Interessante Frage, Grenfell, weil das *Ihr* Ausdruck ist, *Ihre* Worte sind. Praktisch wortwörtlich. Ich habe die ›Ähs‹ und ›Mhs‹ weggelassen, mit denen Sie Ihre Äußerungen würzen, und alle Wirkungen aneinandergereiht, von denen Sie sprachen, ohne eine der technologischen Ursachen zu erwähnen. Ergebnis: Sie glauben, ich hätte getan, was Sie getan haben. Sie halten das für guten Stil und ich nicht.«

»Sie nicht?«

Jack streckte seine knochige Gestalt auf dem harten, kleinen Feldbett aus. Wenn er sich entspannte, nahm man das wahr, wie beim Aufknöpfen des Hemdkragens. Er lachte.

»Natürlich nicht. Viel zu gefühlsbetont für meinen Geschmack. Ich bin nur ein herumtastender Ästhet – nutzlos, sagten Sie? M-m-m – ja, mag sein.« Er machte nachdenklich eine Pause. »Ihr kaltblütigen Typen, ihr Wissenschaftler seid nämlich die wahren Seher. Der wesentliche Unterschied zwischen Wissenschaftler und Künstler scheint mir der zu sein, daß der Wissenschaftler seine Hoffnungen mit Geduld vermischt.

Der Wissenschaftler vergegenwärtigt sich sein höchstes Ziel, achtet aber wenig darauf. Er ist ganz beschäftigt mit dem nächsten Schritt nach oben. Der Künstler sieht so weit voraus, daß er die meiste Zeit nicht sehen kann, was er vor den Füßen hat; deshalb fällt er auf die Nase und wird von Wissenschaftlern ›nutzlos‹ genannt. Aber wenn Sie alle Zwischenschritte aus dem Denken des Wissenschaftlers entfernen, haben Sie eine künstlerische Konzeption, auf die der Wissenschaftler entfernt und mit Überraschung reagiert; er billigt einem Künstler tiefe Einsicht zu, nur weil der Künstler etwas wiederholt, was der Wissenschaftler gesagt hat.«

»Sie verblüffen mich«, sagte Grenfell offen. »Sie wären nicht das, was Sie sind, wenn Sie nicht faul und oberflächlich wären. Und trotzdem bringen Sie so etwas hervor wie das hier. Ich weiß nicht, ob ich verstehe, was Sie eben gesagt haben. Ich muß erst nachdenken – aber ich glaube, daß Sie alle Anzeichen von klarem Denken erkennen lassen. Bei einem Verstand wie dem Ihren kann ich nicht begreifen, weshalb Sie ihn nicht dazu benutzen, etwas aufzubauen, statt ihn für Ihre beiläufigen Auslegungen zu verschwenden.«

Jack Roway streckte sich wohlig.

»Was hat es für einen Zweck? Die Zerstörung von Dingen, die schon aufgebaut sind, stellt größere Vergeudung dar, als die Energie zu verschwenden, die es kosten würde, etwas aufzubauen. Außerdem ist die Welt voll von Erbauern – und Zerstörern. Ich setze mich lieber hin und schaue zu und spüre etwas. Mir gefällt meine Umwelt, Grenfell. Ich möchte von ihr spüren, soviel ich kann, solange es sie noch gibt. Lange wird es nicht mehr dauern. Ich möchte alles davon berühren, was ich kann, schmecken, hören, solange Zeit bleibt. Wichtig ist für mich, was hier und jetzt um mich herum vorhanden ist. Die Beschleunigung des menschlichen Fortschritts und die Zunahme ihrer Masse – um Ihre eigenen Ausdrücke zu gebrauchen – führen die Menschheit geradewegs in die Vorhölle. Sie mit Ihrer Arbeit glauben, daß Sie die Trägheit der Menschen bekämpfen. Sie befehligen keine Streitkraft, die groß genug wäre, sie aufzuhalten oder auch nur ihren Kurs merklich zu verändern.«

»Ich habe Atomkraft.«

Roway schüttelte lächelnd den Kopf.

»Das genügt nicht. Keine Kraft genügt. Es ist einfach zu spät.«

»Diese Art von Pessimismus betrifft mich nicht«, sagte Grenfell. »Sie können an meinen Fundamenten nagen, soviel Sie wollen, Jack, und nichts erreichen als den Verlust Ihrer Vorderzähne. Ich glaube, das wissen Sie.«

»Gewiß weiß ich das. Ich versuche es nicht einmal. Ich habe nichts zu verkaufen, niemanden zu verändern. Ich bin sogar noch ohnmächtiger als Sie mit Ihrer Atomkraft; und Sie sind völlig hilflos. Äh – ich habe aber Einwände gegen Ihren Gebrauch des Ausdrucks ›Pessimist‹. Ich bin gar keiner. Da ich mich zu der Erkenntnis durchgerungen habe, daß die Menschheit, wie wir sie kennen, erledigt ist, habe ich mich auch damit abgefunden. Pessimismus von mir wäre unter diesen Umständen der Pessimismus eines Fotofans, der voraussagt, daß morgen die Sonne aufgehen wird.«

Grenfell grinste.

»Darüber muß ich auch nachdenken. Sie sind ein solcher Packen von Paradoxen, die sich als Vernunftschlüsse entpuppen. Offenbar leben Sie in einer Welt, in der Wissenschaftler Poeten sind und die Grille der Ameise überlegen ist.«

»Ich habe immer gefunden, daß die Ameise in der Fabel unsympathisch ist.«

»Weshalb kommen Sie immer wieder her, Jack? Was haben Sie davon? Ist Ihnen nicht klar, daß ich ein Verbrecher bin?«

Roways Augen verengten sich.

»Manchmal glaube ich, Sie möchten, daß Sie ein Verbrecher wären. Das Gesetz sagt, Sie sind einer, und es spricht vieles dafür, daß Sie gefaßt und entsprechend behandelt werden. Ethisch gesehen, wissen Sie, daß Sie keiner sind. Das nimmt der Tatsache, zu den Gejagten zu gehören, etwas von seiner Würze.«

»Vielleicht haben Sie recht«, sagte Grenfell nachdenklich. Er seufzte. »Es ist absolut lächerlich. Während der Kriegsjahre riß man sich um die Fähigkeiten, die ich hatte, und die Regierung peitschte mich ins Manhattan-Projekt, wo sie Wunder erwartete und auch geliefert bekam. Ich habe nie aufgehört, in dieser Richtung zu arbeiten. Und jetzt hat die Regierung die Gesetze geändert und mir die Legalität unter den Füßen weggezogen.«

»Das ist kaum verwunderlich. Die Regierung geht ziemlich streng um mit Soldaten, die andere Soldaten auch dann noch töten, wenn der Krieg schon vorbei ist.« Er hob die Hand, um Grenfells Einwurf abzuwehren. »Ich weiß, daß Sie niemanden umbringen und für das Gegenteil arbeiten. Ich habe nur betont, daß es sich um die gleiche Umkehrung handelt. Wir, das Volk«, sagte er dozierend, »haben in unserer souveränen Macht beschlossen, daß es keine Atomforschung mehr geben soll, außer in Einrichtungen der Regierung. Wir haben unseren Politikern dann gestattet, so wenig Geld für die Aufrechterhaltung dieser Laboratorien zur Verfügung zu stellen – im Gegensatz zu unseren überseeischen Freunden –, daß man dort keine wirklich erschöpfenden Forschungen betreiben kann. Wir haben es ferner zu einem schweren Vergehen erklärt, ein illegales Labor wie das Ihre zu betreiben.« Er zuckte die Achseln. »Kommt das Ende der Menschheit. Wir werden als erste erledigt. Wenn wir mehr Geld und Mühe in die Nuklearforschung stecken als jedes andere Land, würde irgendein anderes Land als erstes erledigt werden. Wenn wir noch weitere hundert Jahre überstehen – was zweifelhaft erscheint –, wird irgendein armer, lahmer, unterbezahlter Wissenschaftler im Staatsdienst zufällig auf das Aluminiumisotop-Raum-Heizungssystem stoßen, das Sie schon vervollkommnet haben.«

»Das war ein bißchen hart«, sagte Grenfell bitter. »Mich rechtzeitig genug in den Untergrund zu treiben, daß es mir unmöglich war, sie öffentlich vorzustellen. Was für eine Verschwendung von Zeit und Energie ist es, Wohnungen und Häuser so zu heizen, wie man das jetzt macht! Raumheizung – der größte einzelne Anwendungszweck für Hitzeenergie –, und ich habe die Lösung dort drüben stehen.« Er wies mit dem Kopf auf einen kompakten Würfel aus Bleilegierungen in einer Ecke. »Man baut das Ding in das Fundament ein und hat steuerbare Wärme, solange das Gebäude besteht, ohne einen Cent für zusätzlichen Heizstoff ausgeben zu müssen, während die Wartung nahezu nichts kostet.« Seine Kiefermuskeln spannten sich. »Na, ich bin froh, daß es so gekommen ist.«

»Weil es Sie auf den Weg zu Ihrem Kriegsdenkmal brachte – Den Schlund? Ja. Nun, ich kann nur sagen, hoffentlich haben Sie recht. Bis jetzt war es noch nicht möglich, die Menschheit zu erschrecken. Die Erfindung des Schießpulvers sollte dem Krieg ein Ende machen und hat es nicht geschafft. Auch nicht das Unterseeboot, der Torpedo, das Flugzeug und die Bombe, die sie auf Hiroshima abgeworfen haben.«

»Nichts davon gilt für Den Schlund«, sagte Grenfell. »Sie haben recht: Die Menschheit ist vom Krieg noch nicht abgeschreckt worden, aber die Bombe von Hiroshima hat zu einem Schock geführt.

Mein kleines Denkmal ist das Wahre. Ich verlasse mich nicht auf eine Spaltungswirkung, wissen Sie, mit der Freisetzung von einem Zehntel Prozent der Energie des Atoms. Ich werde es völlig sprengen und die ganze Energie herausholen, die es enthält. Und es wird mehr als tausendmal so gewaltig sein wie die Bombe von Hiroshima, weil ich zwölfmal soviel Sprengstoff verwende und weil das Ding am Boden explodiert, nicht fünfhundert Meter darüber.« Grenfells Stirn, über plötzlich glühenden Augen, glänzte vor Schweiß. »Und dann – Der Schlund«, sagte er leise. »Das Kriegsdenkmal, um dem Krieg und allen anderen Kriegsdenkmälern ein Ende zu machen. Eine riesige Grube, ein Krater, gefüllt mit brodelnder Lava, zehntausend Jahre lang den Tod verstrahlend. Hier draußen in der Wüste, wo es keine Städte gibt, wo das Land immer unbrauchbar war, wird der Schauplatz des nützlichsten Ereignisses in der Geschichte der Menschheit sein – eine Predigt ohne Ende, eine Warnung, ein Beispiel für die schrecklichen Antithesen zum Frieden.« Seine Stimme sank zu einem Flüstern herab und erstarb.

»Manchmal erschrecken Sie mich, Grenfell«, sagte Roway. »Ich komme auf den Gedanken, daß ich alles, was ich kann, probieren muß, weil ich Angst davor habe, irgend etwas allein so stark zu empfinden.« Er schüttelte den Kopf oder fröstelte. »Sie sind ein Fanatiker, Grenfell. Hyperemotional. Ein Monomane. Hoffentlich schaffen Sie es.«

»Ich schaffe es«, sagte Grenfell.

Zwei Monate vergingen, und in diesen zwei Monaten war Grenfells Versunkenheit in seine Arbeit durch den wachsenden Druck der Tagesereignisse weggedrängt worden. Als er eines Nachmittags eine Rotte von Vigilanten von seinen kleinen Hütten aus über die Wüste nach Süden reiten sah, dachte er grimmig an das, was Roway gesagt hatte. ›Manchmal glaube ich, Sie möchten, daß Sie ein Verbrecher wären.‹ Roway, der Gefühlsmensch, mußte das sagen. Roway würde den Geschmack der Gefahr genießen, genau so, wie er alle anderen Gefühle genoß. Während sie sich verstärkte, würde er darauf warten, sie voll zu genießen, egal, wie schlimm es werden mochte.

Zweimal schaltete Grenfell die Auslöseenergie für den Kohlenstoff-Aluminium-Meiler ab, den er gebaut hatte, als er am zerklüfteten Horizont Hubschrauber der Regierung schweben sah. Er wußte von Detektoren für harte Strahlung, und er konnte keine Fragen gebrauchen. Seine totale Enttäuschung darüber, den Erfolg seines Raum-Heizungs-Geräts nicht verbreiten zu können, aus

Angst, man werde ihn als Verbrecher bestrafen, seinen Apparat beschlagnahmen und vergessen – diese Enttäuschung war unerträglich gewesen. Sie hatte sein ganzes Denken in eine bestimmte Richtung gelenkt und ihn in der Hingabe an die Dinge, für die er im Krieg eingestanden war, bestärkt. Jeder Fall von Nervenschock bei Männern, die vom Krieg betroffen worden waren und ihn verabscheuten, ließ ihn noch angestrengter an seinem Monument arbeiten – am Schlund. Denn wenn die Menschen vom Krieg verkrüppelt worden waren und den Feind von damals immer noch haßten – jene, die sofort hingehen und noch mehr davon umbringen würden, weil sich für sie das Risiko des eigenen Lebens lohnte –, die hielt er für wahnsinnig und vergaß sie.

Er konnte also eine weitere Enttäuschung nicht mehr ertragen. Er war der Mittelpunkt seines eigenen Universums, er erkannte es auf furchtbare Weise, und er mußte seine Position dort rechtfertigen. Er war ein Humanist, ein Philanthrop in des Wortes wahrster Bedeutung. Er war vermutlich ebenso wahnsinnig wie nur irgendeiner, der durch seine eigenen Bemühungen die Welt bewegt hat.

Zum erstenmal war er dann dankbar, als Jack Roway mit seinem alten, verbeulten Kabrio eintraf, obwohl ihn das Aufheulen des Motors vor seinem Laborfenster bis ins Mark erschreckte. Seine übliche Reaktion auf Jacks Erscheinen war eine Mischung aus Ärger und Befriedigung, denn es machte große Mühe, zu seiner Behausung zu gelangen. Sein Ärger bezog sich nicht auf die Störung, weil Jack ganz gewiß nicht störte. Grenfell vermutete, daß Jack zum Teil herauskam, um den Geschmack der Großstadt loszuwerden, und zum Teil, um sich jemandem überlegen fühlen zu können, von dem er etwas hielt.

Die zunehmende Angst vor der Entdeckung jedoch und das Rennen, seine Arbeit zu vollenden, bevor eine hysterische Öffentlichkeit sie ihm wegnahm, hatte die ungewöhnliche Wirkung, daß er sich einsam fühlte. Für einen Menschen wie Grenfell grenzte das Gefühl, einsam zu sein, an das Außerordentliche, denn in seinem täglichen Leben gab es einfach zuviel zu tun. Der Tag hatte nie genug Stunden, die Woche nie genug Tage für ihn gehabt, und er mißbilligte zutiefst die Forderungen des Schlafs, den er für verbrecherische Verschwendung hielt.

»Roway!« stieß er hervor, als er die Tür aufriß, in so herzlichem Ton, daß Roway überrascht die Brauen hochzog. »Was führt Sie hierher?«

»Nichts Besonderes«, sagte der Schriftsteller, als sie sich die

Hände schüttelten. »Nicht mehr als das Übliche, was eine ganze Menge ist. Wie geht es voran?«

»Ich bin fast fertig.« Sie gingen hinein, und als die Tür zufiel, drehte Grenfell sich um und sah Jack an. »Ich bin schon so lange fertig, daß ich mich vor mir selber schäme«, sagte er nachdrücklich.

»Ha! Inbrünstige Beichte, schon so früh am Tag! Wovon reden Sie?«

»Ach, es hat Arbeit genug gegeben«, sagte Grenfell ruhelos. »Aber ich könnte praktisch jederzeit mit – mit der großen Sache beginnen.«

»Sie hassen es, fertig zu sein. Sie haben sich nie vorgestellt, wie es sein würde, wenn die Arbeit beendet ist.« Seine Zähne blitzten. »Wissen Sie, ich habe von Ihnen nie ein Wort darüber gehört, welche Pläne Sie für die Zeit nach dem großen Knall haben. Wollen Sie sich verstecken?«

»Ich – habe nicht viel darüber nachgedacht. Ich hatte früher eine unklare Idee, daß ich eine Warnung und eine Erklärung verbreiten würde, bevor ich die Explosion auslöse. Ich habe mich aber dagegen entschieden. Erstens würde man mich binnen Minuten stoppen, gleichgültig, wie vorsichtig ich mit dem Sender wäre. Zweitens – tja, das wird so eine große Sache, daß sich eine Erklärung erübrigt.«

»Niemand wird wissen, wer es getan hat oder warum.«

»Ist das notwendig?« fragte Grenfell leise.

Jacks lebendiges Gesicht wurde still, als er sich Den Schlund vorstellte, seine zehntausendjährige Hölle speiend.

»Vielleicht nicht«, meinte er. »Ist das aber nicht für Sie nötig?«

»Für mich?« sagte Grenfell erstaunt. »Sie meinen, ob es mir wichtig ist, daß die Welt weiß, ob ich das getan habe oder nicht? Nein, natürlich nicht. Eine Kette von Umständen läuft ab, und sie ist über mich gegangen. Sie führt unmittelbar zum Schlund; Der Schlund wird von da an tun, was nötig ist. Ich werde nicht mehr beteiligt sein.«

Jack beschäftigte sich unter Klirren und Planschen am Spülbekken in der Ecke.

»Wo ist denn der ganze Kaffee? Ah – da. Äh . . . ich habe mich gefragt, welches Maß an persönlichen Motiven Sie für Ihre Arbeit hatten. Ich glaube, das ist Antwort genug. Ich meine auch, daß Sie glauben, was Sie sagen. Wissen Sie, daß Menschen, die sich nicht durch persönliche Motive leiten lassen, so selten sind wie Fische mit Pelz?«

»Darüber habe ich nicht nachgedacht.«

»Das glaube ich Ihnen auch. Zucker? Und Milch, ich weiß. Und haben Sie Radio gehört?«

»Ja. Ich bin – etwas durcheinander, Jack«, sagte Grenfell, als er nach der Tasse griff. »Ich weiß nicht, wie ich die Sache zeitlich arrangieren soll. Ich bin Techniker, kein Machiavelli.«

»Ein Seher, wie ich schon sagte. Sie wissen nicht, ob Sie Ihre Apparatur zu früh oder zu spät in die Weltgeschichte schleudern – ist es das?«

»Genau. Jack, die ganze Welt scheint überzuschnappen. Sogar Spaltungsbomben sind zuviel für die Menschheit.«

»Was kann man anderes erwarten«, sagte Jack grimmig, »wenn unsere lieben Freunde jenseits des Wassers vor ihren Knöpfen sitzen und nur auf eine Ausrede warten, um sie drücken zu können?«

»Und wir haben natürlich unsere eigenen Knöpfe.«

»Wir müssen uns verteidigen«, sagte Jack Roway.

»Machen Sie Witze?«

Roway warf ihm einen Blick unter dem V seiner schwarzen Brauen zu.

»Nicht darüber. Ich mache selten Witze, aber schon gar nicht darüber.« Und er – schauderte.

Grenfell starrte ihn entgeistert an und begann dann leise zu lachen.

»Jetzt«, sagte er, »habe ich alles erlebt. Mein Bilderstürmerfreund Jack Roway, ausgerechnet er, erfaßt von – von einer Mode. Einem nationalen Zeitvertreib, erzeugt von Unsicherheit und genährt vom Hintertreppenjournalismus – Angst vor dem Feind. Dieses Land ist nicht im Krieg.«

»Sie meinen, wir haben keinen Feind? Wollen Sie sagen, daß die Herren jenseits des großen Wassers mit ihren juckenden Fingern über den Druckknöpfen nicht unsere Feinde sind?«

»Hm –« Grenfell ging auf seinen Freund zu und legte ihm die Hand auf die Schulter. »Jack – was ist los? Sie können doch von den Nachrichten nicht so verstört sein – nicht Sie!«

Roway starrte auf die grelle Sonne und schüttelte langsam den Kopf.

»Das internationale Gleichgewicht ist zu empfindlich«, sagte er leise, und wenn eine Stimme sich trüben konnte wie ein Auge, die seine tat es. »Ich sehe die Nationen der Erde als Massen, jede auf ihrem eigenen mathematischen Punkt balancierend, jede mit ihrem Schwerpunkt genau darüber. Aber die Massen fließen, sie entfernen sich heftig von den Mittelpunkten. Die Wechselwirkungskräfte sind nicht gleich stark, sie können einander nicht aufheben, der Takt ist zu langsam. Die eine oder die andere wird umkippen, und dann geht alles kaputt.«

»Aber das wissen Sie doch schon lange. Sie haben es seit Hiroshima gewußt. Vielleicht schon vorher. Weshalb erschreckt es Sie jetzt so?«

»Ich habe nicht geglaubt, daß es so schnell geht.«

»Oho! Das ist es also! Sie haben plötzlich begriffen, daß die Explosion noch zu Ihren Lebzeiten stattfindet. Hm-m-m-m? Und das können Sie nicht ertragen. Sie sind zu allen Ihren befriedigenden ästhetischen Überlegungen nur fähig, solange Sie die Wirklichkeit auf Armlänge von sich fernhalten können!«

»Hui!« sagte Roway, dessen unbesiegbarer Humor auf Grußweite an ihn herankam. »Keine Tiefschläge, Grenfell!«

Grenfell lächelte.

»Wissen Sie, Jack, Sie erinnern mich sehr an ehemalige Freunde von mir, die Science-fiction schreiben. Sie hatten lange Zeit sehr nah bei der Atomkraft verbracht – Jahre, bevor der Mann auf der Straße oder übrigens auch der durchschnittliche Politiker ein Atom von Adam unterscheiden konnte. Die Atomkraft war für diese spezialisierten Wortemechaniker brauchbar, weil sie ihnen eine unerschöpfliche Energiequelle für den Hintergrund zu einer unerschöpflichen Quelle von Material für ihre Geschichten und Romane lieferte. Auf dem Höhepunkt des Manhattan-Projekts ahnten die meisten, was da vorging, manche wußten es – einige arbeiteten sogar mit. Alle waren sich der furchtbaren Möglichkeiten der Nuklearenergie vollauf bewußt. Praktisch alle fürchteten sich vor der ganzen Sache bis zum Exzeß. Sie fürchteten für die Menschheit, aber sie selbst hatten nicht eigentlich Angst, weil sie sich nicht vorstellen konnten, daß diese utopische Angelegenheit jemand anders zustoßen könnte als der Nachwelt. Es passierte aber mitten in ihrer eigenen, sakrosankten Lebensspanne.

Und der Teufel soll mich holen, wenn Sie nicht genau dasselbe machen. Sie hatten einen gewaltigen Nervenkitzel dabei, sich das Unheil vorzustellen, das der Menschheit in einem Atomkrieg blüht. Sie erhoben sich bewußt darüber, indem Sie es unvermeidlich nannten, und in der Zwischenzeit wollen wir Rosenblüten sammeln, bevor es regnet. Sie dachten, Sie wären in Sicherheit – nämlich tot –, bevor die ersten Tropfen fielen. Nun hat sich der soziale Fortschritt zu einer Gewitterwolke zusammengebraut, und Sie sehen sich eine Meile von zu Hause entfernt, mit gebügelter Hose und ohne Regenschirm. Und Sie haben Angst.«

Roway blickte auf den Boden und sagte: »Es ist zu früh. Es ist so früh.« Er sah auf zu Grenfell, und seine Backenknochen schienen zu groß zu sein. Er atmete tief ein. »Sie ... wir können das aufhalten, Grenfell. Der Krieg ... das ... diese Sache, die mit uns geschieht. Die Explosion, die kommen wird, wenn die Belastung in der internationalen Politik zu groß wird. Und das *muß* aufgehalten werden!«

»Dafür ist Der Schlund da.«

»Der Schlund!« sagte Roway verächtlich. »Ich habe Sie einen Seher genannt. Grenfell, Sie müssen praktischer denken! Durch Exempel lernt die Menschheit nichts. Sie muß getreten und aufgeschnitten werden. Chirurgisch.«

Grenfells Augen verengten sich.

»Chirurgisch? Was Sie vorhin darüber sagten, daß ich es aufhalten könnte ... meinen Sie wirklich, was ich vermute?«

»Verstehen Sie denn nicht?« sagte Jack drängend. »Was Sie hier haben – totale Zertrümmerungsenergie – der Gipfel der Atomkraft. Einen oder zwei Schläge damit, am richtigen Ort, und wir können jeden aufhalten.«

»Das ist keine Waffe. Ich habe es nicht als Waffe gedacht.«

»Der erste Stein, den ein vorgeschichtlicher Mensch geschleudert hat, war an sich auch keine Waffe. Aber er lag bereit und war wirksam, und er wurde gewiß deshalb gebraucht, weil er gebraucht werden mußte.« Er warf plötzlich mit einer verzweifelten Geste die Arme hoch. »Sie begreifen nicht. Ist Ihnen nicht klar, daß dieses Land jeden Augenblick angegriffen werden kann – daß die Diplomatie jetzt hoffnungs- und hilflos ist, daß die ganze Welt einfach nur noch darauf wartet, daß es anfängt? Wahrscheinlich ist es sogar jetzt schon zu spät – aber es ist das mindeste, was wir tun können.«

»Was, genau, ist das mindeste, was wir tun können?«

»Übergeben Sie Ihre Arbeit dem Verteidigungsministerium. In ein paar Stunden kann die Regierung sie dort einsetzen, wo es am meisten nützt.« Er fuhr sich mit den Fingern über die Kehle. »Überall, wo wir wollen, über dem Meer.«

Es wurde still. Roway schaute auf die Uhr und befeuchtete die Lippen. Schließlich sagte Grenfell: »Der Regierung übergeben? Damit sie sie als Waffe benutzt – und wozu? Um den Krieg zu beseitigen?«

»Natürlich!« stieß Roway hervor. »Um dem Rest der Welt zu zeigen, daß unsere Lebensanschauung ... um soviel Schrecken zu verbreiten, daß – daß –«

»Hören Sie auf!« schrie Grenfell. »Keine Spur davon. Sie glauben – oder hoffen zumindest –, daß die Anwendung der totalen Zertrümmerung als Waffe das Unvermeidliche hinausschieben wird – jedenfalls solange Sie leben. Nicht wahr?«

»Nein. Ich –«

»Nicht wahr?«

»Na ja, ich –«

»Sie haben noch ein paar Knittelverse zu schreiben«, sagte Grenfell ätzend. »Sie haben noch ein paar Blondinen zu vernaschen. Sie wollen noch bei ein paar Bachfugen dahinschmelzen.«

Jack Roway sagte: »Niemand weiß, wo die erste Bombe fallen könnte. Überall. Es gibt keinen Ort, wo ich – wo wir hingehen könnten, um in Sicherheit zu sein.« Er zitterte am ganzen Körper.

»Zittern die Leute in den Städten so?« sagte Grenfell.

»Unruhen«, stieß Roway hervor, Panik in den Augen. »Das Radio teilt nichts mit über die Unruhen.«

»Sind Sie deshalb heute hergekommen – um den Versuch zu unternehmen, mich dazu zu bringen, daß ich die Zertrümmerungskraft *irgendeiner* Regierung gebe?«

Jack sah ihn schuldbewußt an.

»Es war die einzige Möglichkeit. Ich weiß nicht, ob Ihre Bombe das schafft, aber man muß es versuchen. Es ist das einzige, was noch bleibt. Wir müssen darauf eingerichtet sein, als erste zuzuschlagen, härter als jeder andere.«

»Nein.« Grenfells einzelne Silbe war absolut unerschütterlich.

»Grenfell – ich habe geglaubt, daß ich Sie dazu überreden kann. Machen Sie es sich nicht selbst schwerer. Sie müssen es tun. Bitte, tun Sie es von sich aus. Bitte, Grenfell.« Er stand langsam auf.

»Von mir aus – oder was? *Bleiben Sie mir vom Leib!*«

»Nein – ich –« Roway erstarrte plötzlich und lauschte. Von weit oben aus dem Norden drang das Knattern von Drehflügeln herüber. Roways angstschlaffe Lippen strafften sich zu einem Grinsen, und mit zwei unfaßbar schnellen Schritten war er bei Grenfell. Er packte den kleineren Mann an der Hemdbrust und hob ihn halb vom Boden.

»Versuchen Sie ja nichts«, zischte er. Es gab kein Geräusch außer ihrem rasselnden Atmen, bis Grenfell müde sagte: »Es hat einen Mann namens Judas gegeben –«

»Sie können mich nicht beleidigen«, sagte Roway mit einer Spur seiner alten Keckheit. »Und Sie schmeicheln sich selber.«

Ein Hubschrauber sank draußen in seine eigene röhrende Staubwolke. Männer stürmten hinaus und ins Haus. Es waren drei. Sie trugen keine Uniformen.

»Doktor Grenfell«, sagte Jack Roway, ohne den anderen loszulassen, »ich stelle vor –«

»Lassen Sie nur«, sagte der größte von den drei Männern knapp. »Sie sind Roway? Hm-m-m. Doktor Grenfell, soviel ich weiß, haben Sie hier eine Nuklearenergie-Anlage.«

»Weshalb sind Sie selbst angekommen?« sagte Grenfell leise zu Roway. »Warum haben Sie nicht einfach diese Handlanger geschickt?«

»Ihretwegen, seltsamerweise. Ich hatte gehofft, Sie dazu bewegen zu können, daß Sie das Ding freiwillig hergeben. Sie wissen, was geschieht, wenn Sie sich sträuben?«

»Ich weiß es.« Grenfell schob kurz die Lippen vor und wandte sich an den hochgewachsenen Mann. »Ja. Ich habe so etwas hier. Totale Atomzertrümmerung. Ist es das, was Sie suchen?«

»Wo ist es?«

»Hier im Labor, und der Meiler steht im Nebengebäude. Sie finden –« Er zögerte. »Sie finden zwei Proben von dem Konzentrat. Die eine hier –« Er deutete auf einen Bleibehälter auf einem Gestell hinter einem der Tische. »Und die zweite befindet sich in einem ähnlichen Behälter im Schuppen hinter dem Meilergebäude.«

Roway seufzte und ließ Grenfell los.

»Brav. Ich wußte, daß Sie vernünftig sind.«

»Ja«, sagte Grenfell. »Ja –«

»Holt das Zeug«, sagte der Hochgewachsene. Einer von den anderen hastete hinaus.

»Man braucht zwei Männer, um es tragen zu können«, sagte Grenfell mit schwankender Stimme. Seine Lippen waren weiß.

Der Hochgewachsene zog eine Pistole und behielt sie lässig in der Hand. Er nickte dem zweiten Mann zu.

»Holt es. Bringt es her, wir schnallen die beiden zusammen und schleppen sie in den Hubschrauber. Beeilt euch.«

Die beiden Männer gingen hinaus.

»Jack?«

»Ja, Doc?«

»Glauben Sie wirklich, daß die Menschheit erschreckt wird?«

»Jetzt ja. Man wird die Waffe richtig einsetzen.«

»Das hoffe ich. Wie ich das hoffe«, flüsterte Grenfell.

Die Männer kamen zurück.

»Auf den Tisch«, sagte der Anführer und wies mit dem Kopf auf den Behälter, den die Männer schleppten.

Als sie auf die Werkbank stiegen und den zweiten Behälter ergriffen, um ihn herunterzuheben, sah Jack Roway, wie plötzlich der Schweiß von Grenfells Gesicht tropfte, und Entsetzen erfaßte ihn.

»Grenfell!« sagte er heiser. »Das ist –«

»Natürlich«, flüsterte Grenfell. »Kritische Masse.«

Dann ging es los.

Es war wie in Hiroshima, nur viel größer. Und trotzdem erzeugte diese Explosion nicht Den Schlund. Es war der Meiler, der das zustande brachte – das Boron-Aluminium-Gitter, das Grenfell aus heimlich beschafften Einzelteilen im Lauf der Jahre so mühsam zusammengesetzt hatte. Genau im Herzen der Spaltungsexplosion fand im Meiler totale Kernumwandlung statt, denn das war seine Aufgabe. Es ging langsamer. Es dauerte über eine Stunde, bis die höllische Aktivität einen Gipfelpunkt erreichte, und in dieser Zeit war ein riesiger Krater aus dem Boden gefetzt worden, eine kochende, speiende Masse flüchtiger Elemente, reiner Strahlung und glühender Gase. Es war – Der Schlund. Die Aktivitätskurve wurde abrupt vorgezeichnet – in einer Stunde und acht Minuten bis zum Scheitelpunkt, dann ein stufenweises Nachlassen, als er sich mit immer geringer werdendem Aufheizeffekt weiterzufressen versuchte; und während er seine eigenen flammenden Abfallstoffe in dem Bemühen verbrauchte, Inaktivität zu erreichen. Der Regen würde dazu beitragen, den Prozeß zu dämpfen, durch Energie, die verlorenging, um die Tropfen zu verdampfen; und jedes der vielen Elemente, die betroffen waren, ging durch seine jeweilige sekundäre Strahlung und durchlief seine darauffolgende Halbwertzeit. Das Abflauen des Schlundes würde zwischen acht- und neuntausend Jahre dauern.

Und wie in Hiroshima hatte diese Explosion Auswirkungen, die in die Geschichte eingriffen, in die Herzen der Menschen an Orten, die von dem Kataklysmus zeitlich weit entfernt waren.

Diese Dinge geschahen:

Die Explosion konnte nicht verheimlicht werden, und es gab zuviel Hysterie, als daß irgendeine Meinung hätte bestätigt werden können. Es war einfacher, Schlagzeilen zu bringen, die da lauteten: ›Wir werden überfallen.‹ Es gab augenblickliche und panikartige Forderungen nach Vergeltung, und die Regierung gab ihnen nach, weil diese ›Vergeltung‹ der Politik gewisser Mitglieder entsprach, die Notstandsrechte beanspruchen konnten. Und so wurde der erste Atomkrieg ausgelöst.

Und der zweite.

Danach gab es keine Atomkriege mehr. Der Mutantenkrieg war eine barbarische Angelegenheit, und die Mutanten besiegten die zersprengten und großenteils sterilen Überbleibsel der Menschheit, weil die Mutanten stark waren. Und dann starben die Mutanten aus, weil sie untauglich waren. Eine Weile gab es hochinteressantes Material über die Wirkung von Strahlungen auf das Erbgut zu studieren, aber es war niemand da, der es hätte studieren können.

Ein paar Menschen blieben übrig. Die Ratten erledigten die meisten von ihnen, nachdem sie sich auf phantastische Weise vermehrt hatten; und es gab drei Pestseuchen.

Danach gab es gebückte, nackte Wesen, deren verformte Erbmasse auf die Menschheit zurückgeführt werden konnte; aber sie konnten in Angst versetzt werden, als Einzelwesen wie als Rasse, so daß es für sie keinen Fortschritt gab. Menschlich waren sie gewiß nicht.

A. D. 5000 hatte sich Der Schlund über die Jahrhunderte hinweg wenig verändert. Noch immer war er ein düsteres Denkmal für den Mißbrauch gewaltiger Macht; und seinetwegen war organisierte Kriegführung ein vergessener Begriff. Seinetwegen war die Welt befreit von dem verheerenden Rauch und Schmutz der Industrie. Das Heulen und Krachen von Bomben, der einschläfernde Rhythmus des Marschtritts waren nie zu hören, und die Erde hatte endlich, endlich Frieden.

Sich Dem Schlund zu nähern war langsamer, sicherer Tod, und er wurde respektiert und gefürchtet und würde es noch Jahrhunderte bleiben. Er blakte und blinkte nachts rötlich und war umgeben von nackter, zerrissener Landschaft, die sich weithin erstreckte zum Horizont; und um ihn flackerte ein geisterhaft bläulicher Schimmer. Nichts lebte dort. Nichts konnte leben.

Mit einem solchen Kriegsdenkmal konnte es nur Frieden geben. Die Erde konnte das Entsetzen nicht vergessen, das der Krieg freizusetzen vermochte.

Das war Grenfells Traum.

ENDE

Goldmann SCIENCE FICTION

Rex Gordon
Der Zeitfaktor
Technischer Zukunftsroman
192 Seiten. Band 069.

Amerikanische Wissenschaftler schicken eine Filmkamera mit einer Zeitmaschine hundert Jahre in die Zukunft. Doch die Aufnahmen aus jener Zeit vermitteln ein Bild des Schrekkens. Die Erde ist durch einen Atomkrieg verwüstet. – Muß es tatsächlich so werden? Oder gibt es eine Möglichkeit, den Ablauf der Geschehnisse zu beeinflussen?

Damon Knight
Welt ohne Maschinen
Utopisch-technische Erzählungen
176 Seiten. Band 092.

Die Titelgeschichte führt den Leser in eine Zeit, wo alle Maschinen überflüssig geworden sind. Man hat einen höchst ungewöhnlichen Ersatz dafür gefunden. – Die beiden anderen Erzählungen befassen sich mit der ewigen Menschheitsfrage der Unsterblichkeit und der Freundschaftsmission eines Botschafters aus dem All.

Rick Raphael
Strahlen aus dem Wasser
Utopisch-technische Erzählungen
192 Seiten. Band 073.

Die Überbevölkerung der Erde und die Industrialisierung haben ein Ausmaß erreicht, das die menschliche Existenz gefährdet. Das Frischwasser reicht für die Erdbevölkerung nicht mehr aus! Werden die Fachleute der Zukunft noch rechtzeitig eine Möglichkeit finden, diese große Gefahr zu beseitigen?

WILHELM GOLDMANN VERLAG MÜNCHEN

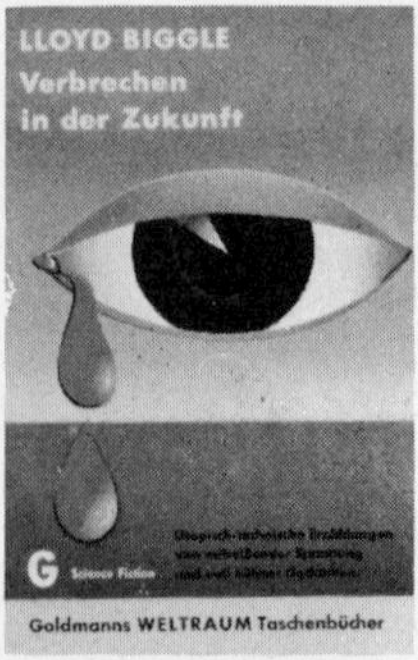

Lloyd Biggle
Verbrechen in der Zukunft
Utopisch-technische Erzählungen
192 Seiten. Band 098.

Die Polizei hat ein Gerät erfunden, mit dessen Hilfe man auf einem Fernsehschirm Ereignisse beobachten kann, die erst in einigen Wochen stattfinden werden. Aber kann man die Zukunft, die man vorhergesehen hat, manipulieren?

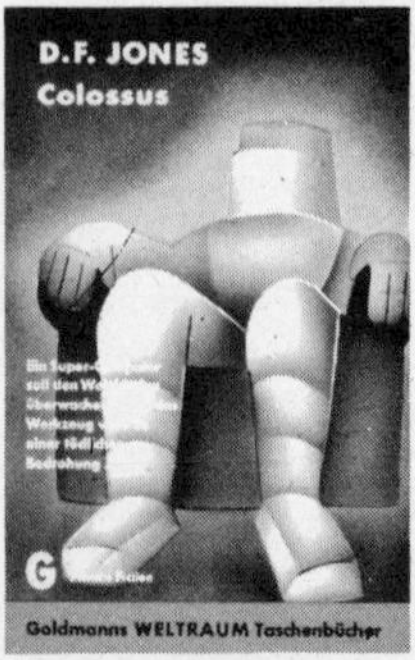

D. F. Jones
Colossus
Technischer Zukunftsroman
176 Seiten. Band 094.

Colossus – diesen Namen gab Professor Charles Forbin dem riesigen Computer, den er in langjähriger Arbeit entwickelte. Seine Aufgabe: Die Verteidigung des amerikanischen Kontinents. Als der Super-Computer in Betrieb genommen wird, muß man feststellen, daß er sich nicht mehr abschalten läßt. Der Menschheit droht die Gefahr, von Colossus regiert zu werden …

E. C. Tubb
Projekt Ming-Vase
Utopisch-technische Erzählungen
176 Seiten. Band 093.

Zehn Geschichten von morgen – in kühnem Gedankenflug entführen sie den Leser in eine ferne Zukunft, in die unendlichen Weiten des Universums. Eine Auswahl, in der die ganze Spannweite der Science Fiction aufgezeigt wird. Telepathie, Raumfahrt, Leben auf anderen Planeten, Abenteuer im Weltraum – das sind einige der Themen.

Verehrter Leser,
senden Sie bitte diese Karte ausgefüllt an den Verlag. Sie erhalten kostenlos unsere Verlagsverzeichnisse zugestellt.

WILHELM GOLDMANN VERLAG · 8 MÜNCHEN 80

Bitte hier abschneiden

Diese Karte entnahm ich dem Buch ______

______

Kritik + Anregungen ______

______

______

______

______

______

______

______

______

Ich wünsche die kostenlose und unverbindliche Zusendung des Verlagskataloges und laufende Unterrichtung über die Neuerscheinungen des Wilhelm Goldmann Verlages.

Name ______

Beruf ______ Ort ______

Straße ______

Ich empfehle, den Katalog auch an die nachstehende Adresse zu senden:

Name ______

Beruf ______ Ort ______

Straße ______

Goldmann Taschenbücher sind mit über 3700 Titeln (Ende 1973) die größte deutsche Taschenbuchreihe. Jeden Monat etwa 25 Neuerscheinungen. Gesamtauflage über 135 Millionen.

Aus dem WILHELM GOLDMANN VERLAG
8 München 80, Postfach 80 07 09 bestelle ich
durch die Buchhandlung

Anzahl	Titel bzw. Band-Nr.	Preis

Datum: Unterschrift:

4535 · 7039 · 3.000

Bitte mit Postkarten-Porto frankieren.

Wilhelm Goldmann Verlag

8000 MÜNCHEN 80

Postfach 80 07 09